SANDRA DÜNSCHEDE

Kilometer 151

SANDRA DÜNSCHEDE

Kilometer 151

Kriminalroman

GMEINER SPANNUNG

Bisherige Veröffentlichungen im Gmeiner-Verlag:
Friesennebel (2017), Kofferfund (2016),
Friesenmilch (2016), Knochentanz (2015),
Friesenschrei (2015), Friesenlüge (2014),
Friesenkinder (2013), Nordfeuer (2012),
Todeswatt (2010), Friesenrache (2009),
Solomord (2008), Nordmord (2007), Deichgrab (2006)

Personen und Handlung sind frei erfunden.
Ähnlichkeiten mit lebenden oder toten Personen
sind rein zufällig und nicht beabsichtigt.

Besuchen Sie uns im Internet:
www.gmeiner-verlag.de

Im Ehnried 5, 88605 Meßkirch
Telefon 07575/2095-0
info@gmeiner-verlag.de

1. Auflage 2017

Lektorat: Dominika Sobecki
Herstellung: Mirjam Hecht
Umschlaggestaltung: U.O.R.G. Lutz Eberle, Stuttgart
unter Verwendung eines Fotos von: © Lutz Eberle
Druck: GGP Media GmbH, Pößneck
Printed in Germany
ISBN 978-3-8392-2108-2

Für Michael,
der Peer Nielsen mit zum Leben erweckt hat

GRUNDGESETZ FÜR DIE BUNDESREPUBLIK DEUTSCHLAND ART 3

(1) Alle Menschen sind vor dem Gesetz gleich.

(3) Niemand darf wegen seines Geschlechtes, seiner Abstammung, seiner Rasse, seiner Sprache, seiner Heimat und Herkunft, seines Glaubens, seiner religiösen oder politischen Anschauungen benachteiligt oder bevorzugt werden. Niemand darf wegen seiner Behinderung benachteiligt werden.

1. KAPITEL

Peer Nielsen schrak auf. Was war das? Etwa schon wieder Babygeschrei? Ein Stöhnen entfuhr ihm.

Er hatte sich am gestrigen Freitag freigenommen und seinem besten Freund beim Umzug geholfen. Kisten, Körbe, Schrankwände, Stühle – kurzum den gesamten Hausstand hatte er aus der kleinen Altbauwohnung in Eimsbüttel in die neue Vierzimmerwohnung nach Rissen geschleppt. Lange hatte Sören nach einer neuen Bleibe für seine kleine Familie gesucht, denn als sich der Nachwuchs angekündigt hatte, war schnell klar gewesen, dass die alte Wohnung zu klein sein würde.

Die Suche hatte sich mehr als schwierig gestaltet – zu hohe Mieten, nicht sanierte Häuser und zig Bewerber, gegen die Sören als zukünftiger Alleinverdiener kaum Chancen gehabt hatte. Daher hatte er auch nicht lange gezögert, als ihm diese Dachgeschosswohnung unter der Hand von einem Kollegen angeboten worden war, auch wenn sie im vierten Stock ohne Aufzug lag.

Peer hatte im Prinzip kein Problem mit Treppen. Er war körperlich fit, wohnte selbst im Dachgeschoss eines Altbaus ohne Fahrstuhl, aber normalerweise stieg er am Tag keine 100 Mal auf und ab, und schon gar nicht mit schweren Kisten oder gar einer Waschmaschine beladen.

Er war daher mehr als froh gewesen, als der Freund ihm gegen Mitternacht angeboten hatte, einfach bei ihm auf der

Couch zu übernachten. Er hätte ohnehin kaum das Gaspedal betätigen können, so sehr schmerzten seine Beine. Und nicht nur die – als er nun versuchte sich aufzurappeln, spürte er jeden einzelnen Knochen in seinem Körper.

Die Nacht auf dem alten Sofa hatte wenig Erholung gebracht; zumal er ständig aus dem Schlaf gerissen worden war, weil Julius, der drei Monate alte Sohn von Sören, permanent geschrien hatte.

Doch diesmal hatte ihn etwas anderes geweckt. Es war kein Kindergeplärre, das ihn aus seinem Schlaf hatte auffahren lassen, sondern sein Handy.

Mühsam angelte er nach seiner Jacke, die über der Lehne eines Sessels hing, und fingerte das Telefon aus der Tasche.

»Niel…« Er räusperte sich. »Nielsen?«

»Chef, wir haben einen Leichenfund in Stellingen«, erklang die dynamische Stimme seines Mitarbeiters Michael Boateng, während er sich mit der freien Hand über seinen kahlen Kopf fuhr.

»Wo genau?«

»Auf der Baustelle.«

»Welche Baustelle?« Peers Gehirnzellen liefen noch nicht auf Hochtouren. Er versuchte, seine Augen weiter zu öffnen und erblickte das Chaos um sich herum.

»Na, die von der A 7 – an der Langenfelder Brücke.«

»Aha.« Nielsen blickte auf seine Uhr. Es war kurz nach sieben. Zu früh, um aufzustehen, aber als sein Blick erneut auf die Kisten und noch nicht aufgestellten Möbel fiel, spürte er trotzdem so etwas wie Erleichterung. »Gut, ich komme. Gib mir ’ne halbe Stunde.«

Er beendete das Gespräch und ließ sich zurück aufs Sofa fallen. Eigentlich hatte er Sören versprochen, ihm heute weiter zu helfen, aber er hatte Bereitschaft an diesem Wochenende, und wenn er ehrlich zu sich selbst war, kam ihm die Leiche gar nicht so ungelegen. Zwar bedeutete der Leichenfund zunächst einmal Arbeit, aber zumindest keine körperliche.

Er rappelte sich stöhnend auf, zog aus seiner Jacke das Merkbuch und riss ein unbeschriebenes Blatt heraus.

Musste zum Einsatz – sorry, aber kann dauern. Leichenfund an der A 7.

Er legte den Zettel auf den Küchentisch, auf dem etliche leere Bierflaschen standen, die in dem Chaos aber nicht weiter ins Gewicht fielen. Er seufzte, denn an einen Kaffee war nicht zu denken. Schnell ging Peer ins Bad, um zu pinkeln und etwas kaltes Wasser über seine Hände laufen zu lassen und in sein Gesicht zu spritzen, dann zog er leise die Wohnungstür hinter sich zu.

Die ersten Treppenstufen waren die reinste Folter. Peer stützte sich beim Laufen an der Wand ab. Als er unten ankam, ging es zwar schon besser, aber er musste noch eine Hürde nehmen und in den geliehenen Lkw klettern, den sie gestern nicht mehr zurückgebracht hatten. Peers Wagen stand bei der Autovermietung in der Stresemannstraße.

Um diese Uhrzeit waren schon mehr Leute auf der Straße, als er gedacht hatte. Die Osdorfer Landstraße war eine der Haupteinfallstraßen in die Stadt. Er kam nur langsam voran, zumal er in dem Lkw kein Blaulicht hatte, und selbst wenn, dann hätten sich die anderen Verkehrsteilnehmer wahrscheinlich gefragt, an was für einem Polizeieinsatz ein Möbeltransporter beteiligt war, und vermutlich kaum Platz gemacht.

An einer roten Ampel sah er den Hinweis auf einen Frühstücksimbiss und sofort setzte ein innerlicher Kampf ein – Kaffee oder Leihwagen wegbringen? Kaffee? Lkw?

Die Ampel sprang auf Grün und Peer setzte den Blinker. Eine Leiche auf nüchternen Magen konnte er nur schlecht vertragen. Er arbeitete mittlerweile seit fast 15 Jahren bei der Mordkommission und war den Anblick toter Menschen gewohnt – sofern man sich daran gewöhnen konnte, aber ohne was im Bauch fiel es ihm schwer, einen Toten zu betrachten. Erst recht, wenn die Leiche übel zugerichtet war. Über den Zustand hatte Boateng schließlich nichts gesagt, rechtfertigte er seinen Stopp beim Imbiss. Vielleicht war die Leiche scheußlich entstellt? Oder zerstückelt? Den Lkw konnte er später zur Leihstation zurückbringen. Kaffee ging eindeutig vor.

Mit einem Coffee to go und einem Käsebrötchen bewaffnet stieg er wenig später zurück in den Lkw und fuhr weiter zur Baustelle in Stellingen. Den Fundort konnte er kaum verpassen, denn schon als er von der Autobahn abbog, sah er das Blaulicht der Kollegen aus dem PK 25, die man zuerst über den Leichenfund informiert hatte, am Fuße der Brücke blinken.

Nielsen suchte einen geeigneten Platz für sein Gefährt, nahm einen letzten Schluck Kaffee und sprang aus dem Wagen.

Erst jetzt fielen ihm die gewaltigen Ausmaße der Baustelle auf. Vor einigen Monaten hatte man den Ausbau der A 7 in Angriff genommen. Ein Großprojekt, das sich über mehrere Jahre hinziehen würde, längst überfällig, da die vorhandene Autobahn schon lange nicht mehr dem täglichen Ansturm der Blechlawine gewachsen war. Zusätzlich sollte im Zuge der Baumaßnahmen ein Teil der Strecke in einem Tunnel verschwinden. Peer hatte sich bisher nicht näher mit dem Ausbau befasst, lediglich gehört, dass es trotz der positiven Auswirkungen, die das Projekt bringen sollte, etliche Proteste dagegen gegeben hatte. Aber war das nicht normal?

Gerade in Hamburg waren die Bewohner mehr als sensibel, wenn es um die Verwendung ihrer Steuergelder ging. Nicht zuletzt deswegen hatte man in einem Volksentscheid auch gegen Olympia gestimmt, was Peer persönlich bedauerte.

»Na, Zweitjob angenommen?« Boateng war bereits vor Ort und kam ihm grinsend in Gummistiefeln entgegen. Die letzten Tage hatte es stark geregnet, die Baustelle hatte sich in ein Schlammloch verwandelt, doch Michael war wie immer bestens ausgerüstet. Ganz im Gegensatz zu Peer, der weiße Sneakers trug, die er nach dem Einsatz wahrscheinlich würde wegwerfen können. Da halfen auch nicht die Schutzüberzieher, die Boateng ihm mit einem leicht mitleidigen Blick reichte, während er bereits die ersten Informationen für seinen Chef zusammenfasste.

»Bei der Leiche handelt es sich um Harry Neumann, 67 Jahre alt, Rentner und Inhaber einer Parzelle in der Gartenkolonie ganz in der Nähe.« Boateng deutete in die entsprechende Richtung. »Gefunden hat ihn einer der Bauarbeiter. Die fangen hier gegen 6:00 Uhr an, und auf dem Weg zu seinem Bagger hat Lothar Wutzke den Toten entdeckt.«

Sie hatten die Stelle erreicht, die die Kollegen mittlerweile abgesperrt hatten und nun nach Spuren absuchten.

Die Leiche wirkte wenig entstellt und auf den ersten Blick war für Peer nicht erkennbar, wie der Mann umgekommen war.

»Schlag auf den Hinterkopf«, klärte Michael ihn auf, als er Peers forschenden Blick bemerkte.

»Womit?«

»Kann man noch nicht sagen. Etwas Passendes haben die Kollegen jedenfalls noch nicht gefunden. Die haben aber auch gerade erst angefangen, und vielleicht bringt die Obduktion da mehr Licht rein.« Boateng wies zu dem Leichenwagen, der gerade eintraf.

Nielsen trat näher an die Leiche. »Und habt ihr sonst was?«, fragte er die Kollegen von der Spurensicherung.

Die schüttelten die Köpfe. »Aber lange liegt der hier noch nicht. Und der Tatort ist das wahrscheinlich auch nicht.«

»Wieso? Wie kommt ihr darauf?«

Einer der Männer im Schutzanzug drehte den Kopf des Toten leicht zur Seite. »Recht wenig Blut für solch eine große Wunde, finde ich.« Unter dem Leichnam hatte sich wirklich nur ein ganz kleiner roter Fleck gebildet. »Außerdem gibt es direkt hier Reifenabdrücke.«

»Reifenabdrücke?« Peer blickte sich um. Die mussten in der Tat frisch sein, ansonsten hätte der Regen der letzten Tage, der erst gestern Abend endlich aufgehört hatte, die Spuren gleich zerstört.

»Ja, könnten von einer Schubkarre stammen und …«

»Was ist hier los?«, zerschnitt plötzlich eine schrille Stimme die Luft.

Nielsen drehte sich um und sah einen Mann, den er höchstens auf Anfang 30 schätzte, mit gelbem Schutzhelm auf die Fundstelle zueilen. Automatisch trat er dem Heranstürmenden in den Weg. »Polizei Hamburg. Peer Nielsen. Und wie ist Ihr Name?«

Der Angesprochene blieb stehen und reckte den Hals in die Höhe. »Ich bin hier der Bauleiter. Stephan Braun. Wieso wird hier nicht gearbeitet? Ein Stopp kostet uns viel Geld.«

Peer zuckte mit den Schultern. Das war ihm zunächst einmal ziemlich egal. Für ihn galt es, ein Verbrechen aufzuklären. »Es wurde auf Ihrer Baustelle eine Leiche entdeckt. Von einem Ihrer Bauarbeiter.«

Stephan Braun schluckte. »So?«

»Ja, und daher müsste ich einmal mit Ihnen sprechen.«

»Jetzt?« Braun blickte auf seine Uhr und Nielsen konnte hinter der Stirn seines Gegenübers die Rechenmaschine rattern hören, die summierte, wie viel Geld die Verzögerung bereits gekostet hatte.

»Wer hat hier Zugang zu der Baustelle?«

»Na, die Bauarbeiter. Und das sind eine Menge. Sehen Sie sich um, das ist ein Großprojekt!«

Nielsen drehte sich tatsächlich einmal um die eigene Achse. Sein räumliches Vorstellungsvermögen war nicht besonders ausgeprägt, daher konnte er die Fläche schwer einschätzen. In der Ferne sah er einen Bauzaun, doch bereits aus Kindheitstagen wusste er, dass ein solcher niemanden davon abhielt, eine Baustelle zu betreten. Und bewacht wurde das Areal bestimmt nicht. Er fragte dennoch nach.

»Was glauben Sie denn? Dafür haben wir kein Geld, und generell ist das ja wohl auch nicht nötig. Zu klauen gibt es hier nicht wirklich etwas, jedenfalls nichts, womit man einfach so verschwinden könnte.« Braun zeigte dabei auf Stahlträger, die einen Teil der neuen Autobahnbrücke stützten.

»Und Manipulationen? Ist das vielleicht ein Thema?«

»Bisher nicht.«

»Was, glauben Sie, war dann der Grund, aus dem sich dieser Mann hier aufgehalten hat?«

»Was weiß ich? Ist das mein Job, das herauszufinden?

Wohl kaum!« Stephan Braun stemmte die Hände in die Hüften.

»Kannten Sie Harry Neumann?«

»Woher?«

»Na, ist quasi ein Nachbar.« Peer nickte mit dem Kopf Richtung Gartenkolonie.

»Was glauben Sie eigentlich, was wir hier machen?«, schnaubte der Bauleiter unvermittelt los. »Wir haben hier eine Großbaustelle mit engen Zeitfenstern und Deadlines, die wir einhalten müssen. Meinen Sie, da haben wir Zeit, uns mit den Nachbarn am Zaun zu unterhalten?«

Stephan Brauns Gesicht wirkte, als würde es jeden Moment platzen. Nielsen fragte sich, ob es nur der Zeitverzug war, der den Mann so rasend machte. So oder so, jedenfalls war in diesem Zustand nicht mit dem Mann zu reden.

»Mein Kollege nimmt Ihre Personalien auf und wir melden uns dann bei Ihnen.« Er wies auf Boateng, der bereits mit gezücktem Merkbuch parat stand.

»Ja, und was ist mit dem Bau?«

Peer zuckte mit den Schultern. »Also heute wird das wohl nichts mehr, die Kollegen müssen die Spuren sichern. Wir melden uns, wenn das Gelände wieder freigegeben werden kann.«

2. KAPITEL

Zwei Stunden später saß das Team der Mordkommission am großen Tisch im Besprechungszimmer zusammen. Es roch nach Kaffee, dessen Duft aus den dampfenden Tassen vor Peer und seinen Mitarbeitern aufstieg.

»Die Obduktion übernehme ich«, sagte Nielsen, er war bereit, sich der unbeliebtesten Aufgabe zu stellen. »Wer kümmert sich um die Befragung der Bauarbeiter?«

Jens und Carsten meldeten sich.

»Gut, Lutz, du fährst mit raus und hörst dich mal bei den Pächtern in der Gartenkolonie um.« Es war wichtig, auch das Umfeld des Opfers zu erkunden. »Lass dir zeigen, welche Parzelle Harry Neumann gehörte, und wenn da irgendetwas ungewöhnlich ist, ruf sofort die Spusi, klar?«

»Natürlich«, entgegnete Lutz Bielenberg, dem ähnlich wie den anderen Teammitgliedern Peers Kontrollwahn ziemlich auf die Nerven ging.

»Michael ist schon raus zu den Angehörigen. Das konnte nicht länger warten.«

Zwar war Hamburg eine Großstadt, trotzdem sprachen sich gewisse Dinge schnell herum. Gerade ein Leichenfund, dem aller Wahrscheinlichkeit nach ein Mord zugrunde lag, war schnell in aller Munde. Zumal die Presse mittlerweile bestimmt schon Wind von der Sache bekommen hatte.

»Alles klar, dann an die Arbeit. Wir treffen uns am Nachmittag. Dann haben wir vielleicht schon erste Ergebnisse.«

Peer schob seinen Stuhl zurück und verursachte ein lautes Scharren auf dem Laminatfußboden, der an einigen Stellen reichlich abgewetzt war durch das ewige Stühlerücken.

Er ging schnell in sein Büro und checkte die Mails. Nichts, was nicht warten konnte. Der aktuelle Fall hatte ohnehin oberste Priorität. Er griff nach seinen Autoschlüsseln – den Lkw hatte er auf dem Weg ins Präsidium zurückgebracht –, als sein Vorgesetzter den Raum betrat.

Gerhard Fritsche sah schlecht aus, dennoch fragte er sofort nach dem Fall.

»Haben alles im Griff«, sagte Peer. Er versuchte, seinem Chef die Last von den Schultern zu nehmen. Seit dem Tod seiner Frau war Fritsche deutlich gealtert, hatte sich gehen lassen. Nielsen verstand nicht, warum er nicht in den Ruhestand ging und seine Stelle frei machte. Ganz offensichtlich war er seit einiger Zeit überfordert mit der Arbeit.

Es ging Peer dabei nicht darum, den Posten zu übernehmen. Er war Teamleiter – das reichte ihm. Nur im Büro sitzen und Akten wälzen konnte er sich nicht für sich vorstellen. Selbst wenn seine Aufgaben nicht immer die angenehmsten waren.

»Muss zur Obduktion«, erklärte er, als er sich seine Jacke überwarf und sich an Fritsche vorbeiquetschte. »Aber heute Nachmittag ist Besprechung der ersten Ergebnisse. Komm doch dazu.«

Er wartete die Antwort nicht ab, sondern ging den Flur entlang zum Aufzug, wo er einen Kollegen traf.

»Na, hab gehört, ihr habt 'nen toten Laubenpieper?«, sagte der und grinste.

»Und ihr?«, fragte Peer zurück.

»Ach.« Die Miene des anderen verfinsterte sich augenblicklich. »Wir ermitteln doch in dem Fall der Kindesmisshandlung mit Todesfolge.«

»Oh«, entfuhr es Nielsen.

»Ja, ganz unschöner Fall. Geht einem echt an die Nieren.«

Peer nickte, als sie in den Aufzug stiegen und schweigend abwärts fuhren.

Der Verkehr floss wie immer zäh, und obwohl die Strecke nicht sonderlich weit war, brauchte Peer beinahe eine halbe Stunde zum Rechtsmedizinischen Institut, was nicht zuletzt an den zahlreichen Baustellen auf dem Weg lag.

Warum hatte man den Mann gerade in Stellingen auf die Baustelle gelegt? Und dann so offensichtlich? War doch klar, dass man die Leiche schnell finden würde. Der Mörder hatte sich ja nicht einmal die Mühe gemacht und dem Opfer die Papiere abgenommen. Also nach einem Raubmord sah das nicht aus, eher nach einem Unfall oder einer Affekthandlung. Vielleicht hatte der Täter Harry Neumann im Streit erschlagen. Peer baute auf Erkenntnisse, die die Obduktion hoffentlich bringen würde.

Michael Boateng räusperte sich, ehe er den obersten Klingelknopf drückte und auf das Summen des Türöffners wartete. Er hatte sich auf der Fahrt nach Osdorf ein paar Sätze zurechtgelegt, die er in Gedanken noch einmal wiederholte.

Er zuckte daher zusammen, als nach einer längeren Pause die Anlage surrte. Schnell drückte er die dunkle Holztür auf und betrat den schummrigen Flur.

Der alte Aufzug wirkte wenig vertrauenerweckend auf Boateng, sodass er lieber die Treppe nahm. Für Michael kein Problem. Er war sportlich, gut trainiert und hatte wenig Mühe, die Stufen in den dritten Stock hinaufzusteigen. Dass die Frau, die er erblickte, als er um die letzte Ecke im Treppenhaus bog, und die ihm ein »Harry, bist du es? Wo hast du denn deinen Schlüssel?« entgegenrief, dazu in der Lage war, bezweifelte er allerdings. Selbst der Lift könnte an seine Grenzen kommen, überlegte Michael, als er die Frau musterte.

Er schätzte, dass sie an die 160 Kilo auf die Waage brachte und es nur mithilfe des Rollators bis zur Wohnungstür geschafft hatte.

Als sie Boateng erblickte, kniff sie die Augen zusammen und machte mühsame Anstalten, die Tür zu schließen. Michael kannte derartige Reaktionen auf sein Erscheinen und zückte blitzschnell seine Dienstmarke, die er der Frau entgegenstreckte.

»Polizei?« Sie musterte ihn von oben bis unten und wieder bis oben.

»Ja, und Sie sind Frau Neumann?«, fragte er, obwohl er sicher war, die Witwe des Toten von der Baustelle vor sich zu haben. Prompt bestätigte sie ihre Identität und Boateng versuchte, sich an die zurechtgelegten Sätze zu erinnern.

»Ich habe Ihnen eine traurige Nachricht zu überbringen«, begann er. »Wir haben Ihren Mann leider heute Morgen auf der Baustelle in Stellingen tot aufgefunden.«

»Harry? Tot? Auf der Baustelle?« Sie glotzte ihn mit großen Augen an und schüttelte vehement den Kopf. »Das kann nicht sein.«

»Was ist denn, Mutter?«, hörte er plötzlich eine Stimme aus dem Hintergrund. Gleich darauf erschien ein Mann in den Vierzigern in Unterhemd und Boxershorts. Seine Figur ließ keine Zweifel an einer möglichen Verwandtschaft.

»Hier ist jemand, der behauptet, Vadder sei tot!«, entgegnete Ruth Neumann in einem ähnlich lauten Ton.

»Darf ich vielleicht reinkommen?«, erkundigte sich Boateng, dem die Unterhaltung auf dem Hausflur unangenehm wurde. Wieder musterte ihn die Witwe von oben bis unten, machte dann aber stöhnend Platz und ließ ihn eintreten. Langsam folgte er der ächzenden Frau ins Wohnzimmer, das anscheinend gleichzeitig als Schlafzimmer diente. Die Couch war zum Bett hergerichtet, und es roch wie in einem Pumakäfig. Boateng atmete automatisch flacher.

Die Witwe ließ sich stöhnend in einen abgewetzten Sessel plumpsen, Boateng blieb stehen und drehte sich zu dem jungen Mann um, der ihnen gefolgt war.

»Also, jetzt noch mal«, forderte der ihn auf. »Was ist mit meinem Vater?«

Boateng verwarf die zurechtgelegten Sätze. Mit Beileid und Mitgefühl schien er nicht weiterzukommen. Hier hatte er anscheinend zwei harte Brocken vor sich, wobei er »Brocken« aufgrund der körperlichen Ausmaße der beiden wirklich für eine passende Bezeichnung hielt. »Die Leiche Ihres Vaters wurde heute Morgen von einem Baggerfahrer gefunden, und zwar auf der Baustelle in Stellingen, direkt an der Langenfelder Brücke. Wie es aussieht, ist Ihr Vater ermordet worden.«

Zwei stumme Gestalten schauten ihn an, dann wiederholte Frau Neumann: »Das kann nicht sein.«

Und auch der Sohn schüttelte den Kopf. »Vaddern war doch in der Laube.«

»In der Laube?«, hakte Michael sofort nach.

»Ja, mein Vater wohnt da in den Sommermonaten, in der Gartenkolonie am Volkspark. Ist ein wenig eng hier.«

Boateng zog die Augenbrauen zusammen. War es dann nicht an der Zeit, den Sohn auszuquartieren? Der war mindestens Anfang 40, schätzte Michael. Alt genug, um flügge zu werden, oder was war der wirkliche Grund für Harry Neumanns Sommerquartier? Er zückte sein Merkbuch und notierte sich die Frage.

»Wann haben Sie Ihren Mann denn das letzte Mal gesehen?«

Die Witwe fing nun plötzlich an zu schluchzen und daher antwortete der Sohn erneut: »Gestern Nachmittag war er hier. Hat ein paar Einkäufe gebracht. Eigentlich kam er fast täglich. Um nach Muttern zu schauen. Es geht ihr ja nicht so gut.« Er blickte hinüber zum Sessel, auf dem der massige Körper unter den Schluchzern bebte.

Boateng nickte. »Hatte Ihr Vater Feinde, oder ist da irgendjemand, mit dem es Streit gab?«

Der Sohn blähte die Wangen wie ein Hamster auf und stieß dann geräuschvoll die Luft heraus. »Keine Ahnung.«

»Und was könnte er auf der Baustelle gewollt haben?«

»Woher soll ich das wissen? Mutter, kannst du dir vorstellen, was Papa da wollte?«

»Uh, neiin«, jammerte die Witwe nun laut und Michael hatte das Gefühl, hier im Augenblick nicht weiterzukommen. Die Familienkonstellation erschien ihm ziemlich seltsam, und anscheinend hatte man nicht viel miteinander zu tun gehabt. Allein der Auszug in die Laube sagte für ihn so einiges über die Familienverhältnisse aus.

Boateng steckte das Buch ein. »Ja, das war es fürs Erste. Wir melden uns dann wieder.«

3. KAPITEL

Peer hatte vor dem Gebäude der Rechtsmedizin geparkt, das auch am Wochenende besetzt war, und lief zum Eingang hinüber. Er holte tief Luft, ehe er die Eingangstür, die von innen durch einen Türsummer bedient wurde, aufstieß. Viel helfen wird das Luftschnappen nicht, fuhr es ihm durch den Kopf, aber schaden kann es auch nicht.

Er war spät dran, das wurde ihm klar, als die Empfangsdame ihm mitteilte, dass man ihn im Keller erwarte. Peer nickte lediglich und stieß die Tür zum Untergeschoss auf. Augenblicklich lief ihm wie bei jedem seiner Besuche in dem Rechtsmedizinischen Institut ein Schauer über den Rücken. Er würde sich nie daran gewöhnen, derart geballt und in dieser Art mit dem Tod konfrontiert zu werden. Es war eine Sache, die Leichen am Fundort zu sehen; bei einer Obduktion hier im Sektionssaal dabei zu sein, war etwas ganz anderes. Er konnte es nicht beschreiben, aber wohl war ihm nicht, als er sich den grünen Kittel überstreifte und nach ein paar Schutzüberziehern für seine ruinierten Sneakers griff.

Auf raschelnden Sohlen näherte er sich dem Bereich, in dem die Leichen untersucht wurden, und traf auf dem Weg dorthin einen Sektionshelfer, der eine Bahre zu den Kühlfächern schob, auf der die Leiche eines Kindes lag. Peer schluckte. Es war das tote Mädchen aus dem Fall seines Kollegen, der in Hamburg gerade hohe Wellen schlug, da das Kind von seinen Eltern trotz Betreuung vom Jugendamt zu Tode misshandelt worden war. Schnell bog er in den Sektionssaal ab, in dem Harry Neumanns Leichnam bereits auf dem Tisch lag.

»Dann können wir ja«, bemerkte Dr. Choui, der Leiter des Instituts, nachdem er Nielsen kurz zugenickt hatte. Irgendwie schien der Rechtsmediziner nicht ganz bei der Sache zu sein, war Peers erster Eindruck, nachdem er sich einen Platz gesucht hatte, von wo aus er die Obduktion gut im Blick hatte, denn sonst war Dr. Choui gesprächiger. Na ja, es ist Samstag, vielleicht hätte er auch lieber frei, dachte Peer. Doch die Toten nahmen nun mal keine Rücksicht auf Wochenende oder Feiertage, und da momentan mehrere prekäre Fälle zusammengefallen waren, musste der Leiter persönlich mit ran.

Heute war im Sektionsraum beinahe nur die Stimme von Dr. Lutz zu hören, der die Ergebnisse der äußeren Leichenschau in ein Diktiergerät sprach. »Männliche Leiche, 67 Jahre alt, 84 Kilo, 1,72 Meter groß. Der Leichnam ist bis auf eine Wunde oberhalb der Hutkrempe, die einen Schlag und somit eine Fremdeinwirkung vermuten lässt, unversehrt.«

Die Hutkrempenregel, schoss es Peer durch den Kopf. Eine Verletzung oberhalb der gedachten Hutkrempe deutete auf Schläge, unterhalb dieser Linie auf Stürze hin. Wobei es natürlich Ausnahmen gab, denn Tritte oder Stürze auf unebenen Flächen konnten das Verletzungsmuster durchbrechen.

Aber bei Harry Neumann untermauerte eine elf Zentimeter lange Fleischwunde den Verdacht der Fremdeinwirkung durch stumpfe Gewalt, wobei die Tatwaffe eine scharfe Kante besessen haben könnte, erklärte nun Dr. Choui.

»Meinen Sie, da hat jemand mit einem Beil …?« Nielsen hatte natürlich von solchen Fällen gehört, aber allein die Vorstellung gruselte ihn.

»Dafür ist die Wunde nicht tief genug; daher tendiere ich eben auch zur stumpfen anstatt zur halbscharfen Gewalteinwirkung. Eine Axt hätte direkt den Knochen gespalten, der scheint aber unverletzt«, beantwortete Dr. Choui seine Frage. »Ich tippe eher auf einen Spaten oder eine Schaufel.«

Da war auf der Baustelle sicher ranzukommen, überlegte Peer, und sofort kam ihm sein Anfangsverdacht in den Sinn, es könne sich um einen Unfall oder einen Mord im Affekt handeln. Vielleicht hatte Neumann unerlaubt die Baustelle betreten, und es war zum Streit gekommen? Hatte Stephan Braun rotgesehen, eine Schaufel genommen und einfach zugeschlagen? Zuzutrauen wäre es dem Bauleiter. So wie der sich am Morgen aufgeführt hatte.

»Herr Nielsen?«

Peer blickte den Mediziner an. »Äh, bitte?«

»Haben Sie denn solch einen Gegenstand gefunden?«

»Nein, am Fundort der Leiche haben die Kollegen nichts gefunden, was als Tatwaffe hätte dienen können, soweit ich weiß.«

»Na, gucken wir mal weiter«, sagte Choui und drehte den Toten mit der Hilfe des Sektionshelfers um.

»Hm«, entfuhr es ihm anschließend, als er die dunklen Flecken auf dem Rücken begutachtete. »Die Leiche scheint nach dem Tod bewegt worden zu sein.«

»Was?«, entfuhr es Peer.

»Ja, ich sehe hier einige Blutungen, sogenannte Vibices, allerdings außerhalb der Totenflecken. Das deutet auf eine postmortale Lageänderung hin. Und wenn ich mir das genauer anschaue …« Der Rechtsmediziner beugte sich noch ein Stück tiefer über den Leichnam. »… dann ist der Täter nicht gerade sanft mit dem Toten umgegangen. Sieht aus, als habe er ihn transportiert.«

»Dann stimmt die Vermutung des Kollegen, dass der Fundort nicht der Tatort ist?«, erkundigte Nielsen sich.

»Wahrscheinlich nicht. Und wenn man sich das Muster der Totenfleckblutungen anschaut, dann würde ich fast vermuten, die Leiche wurde in einer Schubkarre oder einem ähnlichen Gefährt herumgefahren.«

»Das passt«, kommentierte Peer Dr. Chouis Aussage und erzählte von den frischen Reifenspuren, die die Spusi gesichert hatte.

Dr. Lutz diktierte diese Ergebnisse für den Bericht, während Dr. Choui den Toten erneut zusammen mit dem Sektionshelfer wendete und anschließend zum Skalpell griff.

Das war der Moment, in dem sich Peer wünschte, er könne sich wegbeamen. Oder nur äußerlich anwesend sein und mit den Gedanken ganz tief abtauchen in ein Meer voller traumhafter Bilder. Eine Blumenwiese, ein Strand – irgendetwas, das schöner war als der Anblick der geöffneten Leiche, den er schwer ertragen konnte. Und dann der Geruch.

Während Dr. Choui die Organe entnahm, untersuchte und dem Helfer gab, der sie wog und das Gewicht an einer Tafel notierte, überlegte Peer, wo sich der Tatort befinden könnte. Natürlich war es immer noch möglich, dass Harry Neumann auf der Baustelle ermordet und dann lediglich auf dem Gelände bewegt worden war. Schubkarren gab es dort bestimmt, obwohl sich Nielsen nicht konkret daran erinnern konnte, derartiges Gerät gesehen zu haben. Aber welchen Grund sollte der Täter gehabt haben, den Toten innerhalb des Areals zu verlagern? Ergab es da nicht mehr

Sinn, den Tatort woanders zu vermuten? Beispielsweise in der Gartenkolonie. Immerhin war Harry Neumann dort Pächter einer Parzelle gewesen.

Das Geräusch der oszillierenden Säge riss ihn aus seinen Grübeleien. Herr Holst, der Sektionsassistent, setzte zur Schädelöffnung an.

Peer schluckte und unterdrückte den Reflex, sich die Ohren zuzuhalten. Mit starrem Blick verfolgte er, wie die Schädeldecke abgenommen wurde und Dr. Choui nach einem prüfenden Blick das Hirn entnahm.

»Ja, wie vermutet. Der Schlag war tödlich. Hat zu Blutungen geführt. Kein schöner Tod, da kann man nur hoffen, dass er frühzeitig das Bewusstsein verloren hat.«

»Und falls nicht?«, entfuhr es Peer.

»Na ja, die Blutungen haben zu einem erhöhten Druck geführt, und da sich der Schädel nun einmal nicht ausbreiten kann, kommt es zu neurologischen Ausfällen und zu Bewusstseinsstörungen.«

»Und wann ist der Tod eingetreten?«

»Schwer zu sagen.« Der Leiter des Rechtsmedizinischen Instituts blickte zu Dr. Lutz. »Ich denke aber, der Todeszeitpunkt liegt noch nicht allzu lange zurück. Vielleicht gestern Abend – also vor gut 14 bis 16 Stunden.«

Der Kollege nickte und sprach diese Information sogleich in sein Diktiergerät.

»Ansonsten war der Mann gut in Schuss. Bis auf seine Leber, aber die hätte noch ein wenig durchgehalten.«

»Heißt das, er war Alkoholiker?«

»Er hat auf jeden Fall gerne Alkohol getrunken.«

»Dann könnte er vielleicht auch einfach nur betrunken gestürzt und unglücklich aufgeschlagen sein?«

Dr. Choui stemmte die Hände in die Hüften. »Na, das

müsste schon ein ziemlich exakter Sturz gewesen sein, denn ein Stein etwa hätte diese Verletzungen nicht hervorgerufen. Und angeblich haben Sie doch keine Schaufel oder ähnliches Gerät gefunden. Dann muss es wohl jemand weggeräumt haben, oder?«

»Also Fremdeinwirkung?«

»Definitiv.«

Boateng war nach dem Besuch bei den Neumanns zu den Kollegen auf die Baustelle gefahren. Carsten Hinrichs und Jens Schnitter hatten bereits einige der Bauarbeiter befragt, die alle vor dem Container, in dem sich das Büro des Bauleiters befand, darauf warteten, dass sie ihre Arbeit wieder aufnehmen konnten. Stephan Braun hatte die Leute nach der jeweiligen Befragung nicht nach Hause geschickt, obwohl Peer angekündigt hatte, dass die Baustelle nicht so schnell freigegeben werden würde. Der Bauleiter schien unter enormem Druck zu stehen, dachte Michael, als er an die Containertür klopfte und eintrat. Ein Schwall warmer, abgestandener Luft schlug ihm entgegen; es roch nach Kaffee, Schweiß und matschiger Erde. Seine Kollegen saßen an einem Tisch, vor dem sich Stephan Braun aufgebaut hatte.

»Haben Sie überhaupt eine Vorstellung, wie viel Geld hier gerade zum Fenster rausgeblasen wird?«

Michael konnte an den Gesichtern der Angesprochenen ablesen, wie lange diese Diskussion bereits lief.

Er räusperte sich laut. »Also entschuldigen Sie mal, aber auf Ihrer Baustelle wurde vor wenigen Stunden eine Leiche entdeckt, und wie es bis jetzt aussieht, wurde der Mann ermordet. Da können Sie doch nicht einfach zur Tagesordnung übergehen.«

Stephan Braun drehte sich um und blitzte Michael feindselig an, hielt sich aber mit Worten zurück. Wütend stapfte er an ihm vorbei und verließ den Baucontainer mit einem lauten Türknallen.

Carsten und Jens atmeten laut auf.

»Und habt ihr was rausgefunden?«

Die beiden zuckten beinahe synchron mit den Schultern.

»Wie man es nimmt«, entgegnete Carsten Hinrichs, »angeblich will keiner etwas bemerkt haben, Anfeindungen gab es natürlich, aber das sei bei einem Projekt dieses Ausmaßes normal.«

»Normal?« Boateng zog die rechte Augenbraue hoch.

»Na, du weißt doch, bei solchen Projekten gibt es immer ein paar Naturschützer, die eine seltene Raupenart auf dem Gebiet der Baumaßnahme entdeckt haben.«

»Aber hier war doch schon bebaut, oder?«

»Ja, aber nicht umsonst nennt sich das *Aus*bau der A 7.«

Michael hatte sich mit dem genauen Bebauungsplan bisher nicht auseinandergesetzt und blickte die Kollegen fragend an.

»Einige Anwohner haben geklagt, aber auch die Gartenkolonie am Volkspark ist wohl gegen den Ausbau, weil die Gärten quasi plattgemacht werden sollen«, klärte Jens ihn auf.

»Aber die kriegen doch bestimmt eine Ausweichfläche, oder?«

Die beiden hoben die Schultern.

»Haben die Angehörigen etwas darüber erzählt, ob es hier Stress gab? Du warst doch bei der Familie?«, erkundigte sich Jens.

»Ja, aber angeblich haben die keine Ahnung, wer Harry Neumann umgebracht haben könnte. Ich hatte ehrlich gesagt den Eindruck, dass da keine echte Verbindung bestand.«

»Hä, wie meinst du das?«, hakte Carsten nach.

»Harry Neumann lebte quasi in seiner Laube. War für die Familie im Prinzip nur der Versorger, denn neben der Witwe lebt anscheinend auch der erwachsene Sohn von dessen Rente. Ich gehe gleich mal rüber in die Gartenanlage. Die anderen Besitzer können bestimmt etwas darüber sagen. Ist Lutz noch da?«

Carsten und Jens nickten.

4. KAPITEL

Peer war froh, die Obduktion endlich hinter sich gebracht zu haben, und trat ins Freie. Er holte tief Luft und stellte wieder einmal fest, wie der Leichengeruch sich an seine Fersen gehaftet hatte. Seine Kleidung und seine Haut hatten den leicht süßlichen Verwesungsgeruch absorbiert, der sich auch an seine feinen Nasenhärchen klammerte und deshalb nicht so leicht abzuschütteln war.

Der offizielle Bericht würde noch ein wenig auf sich warten lassen, aber ersten Erkenntnissen nach konnte er davon ausgehen, dass Harry Neumann erschlagen worden war; aller Wahrscheinlichkeit nach mit einer Schaufel.

Dr. Choui war sich außerdem sicher, dass die Leiche nach dem Tod bewegt worden war, denn es befanden sich Hautabschürfungen und Blutungen an dem Leichnam, die postmortal entstanden sein mussten. Das Muster ließ auf eine Schubkarre als Transportmittel schließen.

Aber wie weit konnte man in Hamburg unbemerkt eine Leiche durch die Gegend schieben? Dem Todeszeitpunkt nach zu urteilen, war es wohl schon dunkel gewesen, aber fiel jemand mit einer Schubkarre im Dunkeln nicht erst recht auf? Peer fuhr sich mit der Hand über den Kopf, wo er ganz feine Haarspitzen fühlte.

Und warum machte sich jemand die Mühe, die Leiche wegzuschaffen, dann aber nicht zu verstecken? War der

Täter gestört worden? Oder hatte er absichtlich die Leiche dort auf der Baustelle zur Schau gestellt?

Er ging hinüber zu seinem Wagen, stieg ein und fuhr Richtung Präsidium. Unterwegs rief er Michael an, der zunächst kurz von seinem Besuch bei den Angehörigen berichtete.

»Ich bin jetzt bei der Laubenkolonie und unterstütze Lutz bei den Befragungen.«

»Ist gut, aber denkt an die Besprechung nachher.«

»Klar, Chef.«

Peer wusste, er brauchte Michael nicht zu erinnern. Boateng war sein zuverlässigster Mitarbeiter und zwischen ihnen gab es eine besondere Verbindung. Würde man Nielsen dazu befragen, würde er das wohl leugnen, doch wer die beiden bei einem gemeinsamen Einsatz sah, merkte schnell, wie gut sie harmonierten.

Er parkte in der Tiefgarage und fuhr mit dem Aufzug ins Büro. Durch den Einsatz des Teams wirkten die Räume wie ausgestorben. Wie ruhig es ist, dachte Peer und nutzte die Gelegenheit, um seine Mails durchzugehen.

Die Spurensicherung hatte erste Ergebnisse vom Fundort zusammengefasst. Am Opfer waren Faserspuren sichergestellt worden.

Wahrscheinlich weil der Täter Harry Neumann in die Schubkarre gehievt hat, überlegte Peer und war erfreut, wie gut alles zusammenpasste. Vielleicht konnten sie den Fall schnell lösen? Das würde ihre Quote in Bezug auf die Dauer der Ermittlungen enorm verbessern.

Die Faseranalyse zeigte kräftige Baumwollfäden wie von einer Jeans und einige blaue Textilfasern, die laut ersten Annahmen von einer Fleecejacke stammen konnten, las Nielsen weiter. Ein paar Haare konnten ebenfalls sichergestellt werden, aber die Feinauswertungen liefen noch. Außerdem hatten sie aktuell keinen Verdächtigen, dessen Kleidung sie gegenchecken konnten. Aber sie hatten zumindest etwas – das war gut.

Denn eine große Frage blieb: die nach dem Motiv. Warum war Harry Neumann ermordet worden?

Den Weg von der Baustelle zur Gartenkolonie legte Michael zu Fuß zurück. Weit war die Anlage wirklich nicht entfernt, stellte er fest, als er nach wenigen Minuten die ersten Lauben erreichte. Er blickte sich nach dem Kollegen um, doch von Lutz Bielenberg war keine Spur zu sehen. Wahrscheinlich war er in dem oberen Bereich der Anlage unterwegs, denn die Gärten erstreckten sich über ein größeres Areal. Die wenigen Grundstücke, denen er sich nun näherte, waren nur ein kleiner Teil davon.

Die Sonne schien zwar nicht, aber es war trocken. Da sollten sich einige der Gärtner doch im Freien herumtreiben, dachte Boateng und trat an einen Jägerzaun.

»Hallo?«, rief er in den Garten hinein, der von einer Schar Gartenzwerge bevölkert wurde, woraufhin ein älterer Mann hinter einem hohen Strauch hervortrat und ihn argwöhnisch musterte.

»Entschuldigung«, rief Michael dem Gärtner zu, der ihn weiterhin feindselig anstarrte und plötzlich seine Hand hob.

»Verschwinde hier!«

Boateng, der so einige Reaktionen in Bezug auf seine Person gewöhnt war, empfand das Verhalten des Mannes doch als etwas sehr heftig. Er fingerte in seiner Jackentasche nach seiner Dienstmarke, während der Alte auf ihn zukam.

»Du sollst dich verziehen, hörst wohl schlecht!«

Der Gartenbesitzer funkelte ihn böse an. Und nahm zusätzlich eine Mistgabel, die im Boden neben dem Weg steckte, in die Hand, um seiner Aufforderung Nachdruck zu verleihen.

»Also Moment mal«, entfuhr es Michael, der spürte, wie Ärger über das Verhalten des anderen in ihm aufstieg. Er war Anfeindungen gewöhnt, aber dies hier ging eindeutig zu weit. Blitzschnell hob er seine Marke. »Polizei Hamburg.«

Sein Gegenüber hielt abrupt in der Bewegung inne und stierte auf die Marke. Es war offensichtlich, dass er ihm nicht traute.

»Das ist doch ein Trick«, schallte es schon zu ihm herüber.

»Ganz und gar nicht.«

Sehr langsam kam der Mann zur Gartenpforte, wobei der Ausdruck, mit dem er die Dienstmarke beäugte, nach wie vor feindselig wirkte. Er taxierte Michael erneut, ließ dann seinen Blick wieder über die Marke schweifen.

»Sie müssen entschuldigen, aber seitdem dieses Flüchtlingscamp hier ist …« Er machte eine nickende Kopfbewegung in Richtung der Zentralen Erstaufnahmeeinrichtung, die sich auf einem Teil des angrenzenden Geländes befand, das ursprünglich vom HSV als Parkplatz gepachtet worden war.

»Was ist seitdem?«, hakte Boateng sofort nach.

»Na, die lungern hier ständig rum und klauen wie die Raben.«

»Aha.« Michael runzelte die Stirn, ließ diese Behauptung aber ansonsten unkommentiert.

»Sie sind doch bestimmt wegen denen hier, oder?«

»Nein, eigentlich eher wegen einem von Ihnen.«

»Von uns?« Der Gärtner glotzte ihn ungläubig an.

»Leider ja. Kennen Sie Harry Neumann?«

»Harry? Na klar, der hat seine Laube gleich da drüben.« Er wies mit dem Arm nach rechts. Michael folgte dem Fingerzeig, ließ seinen Blick über die Gärten schweifen.

»Aha, und gab es da in letzter Zeit Vorkommnisse?«

»Vorkommnisse?« Der Mann kniff erneut die Augen zusammen. »Außer mit den Flüchtlingen nicht.«

»Was ist mit der Baustelle?«

»Was soll mit der sein?«

»Na, ich habe gehört, dass einige Anwohner gegen den Ausbau klagen.«

»Ja«, sagte der Ältere abwinkend, »aber da haben sich die meisten mit dem Bauträger und der Stadt geeinigt.«

»Auch der Harry Neumann?«

»Nee, der nicht.«

Peer hatte eine erste kurze Präsentation zusammengestellt und wartete im Besprechungsraum auf seine Mitarbeiter. Der Erste, der eintraf, war allerdings Gerhard Fritsche, der seit dem Tod seiner Frau auch meist an den Wochenenden arbeitete. Zu Hause hielt ihn nichts und die Arbeit lenkte ihn ab.

»Na, wie läuft's?«, fragte er, während er sich auf einen der Stühle an dem großen Tisch niederließ.

Peer zuckte mit den Schultern. Er vermutete, die Pressestelle hatte bereits bei seinem Chef angefragt, aber noch hatten sie nichts, was sie präsentieren konnten, ohne die Ermittlungen zu gefährden.

»Hat sich Pisto gemeldet, was?«

»Nicht nur der«, winkte Fritsche ab. »Du weißt doch, eine Leiche ist immer eine Sensation. So etwas wollen die Leute in den Medien sehen.«

»Aber wieso nur? Wenn ich mich recht entsinne, wünschen sich doch alle immer Frieden, oder? Und trotzdem lechzt die Bevölkerung anscheinend geradezu nach solch grausamen Taten. Warum? Ich verstehe das nicht.« Nielsen lehnte sich in seinem Stuhl weiter zurück.

»Vielleicht, um sich selbst zu beweisen, dass sie besser sind als andere?«

Peer schaute zweifelnd auf Fritsche, der seinen Job schon sehr lange machte. Auch er schien trotz der vielen Jahre noch nicht wirklich eine Antwort auf diese Frage gefunden zu haben.

»Warum machst du diesen Job?«, riss ihn Fritsche unvermittelt aus seinen Überlegungen.

»Weil ich für Ordnung und Gerechtigkeit bin.«

»Das klingt wie aus dem Lehrbuch. Wieso bist du bei der Mordkommission? Du könntest auch woanders arbeiten; warum ein Bereich, in dem es auf jeden Fall auch um Leichen geht?«

Nielsen zuckte mit den Schultern. So bewusst hatte er sich diese Frage noch nie gestellt. Sein Chef hatte recht, er könnte auch in einer anderen Abteilung arbeiten, wieso hatte er sich ausgerechnet die Mordkommission ausgesucht?

Bevor die beiden weiter ins Detail gehen konnten, trudelten die Mitarbeiter ein, und Peer startete schnell den Beamer, um die ersten Erkenntnisse zu präsentieren.

Als er zu dem persönlichen Umfeld des Opfers kam, übergab er das Wort an Boateng, der von seinem Besuch bei den Neumanns berichtete.

»Da der Lebensmittelpunkt von Harry Neumann zumindest in den Sommermonaten in der Gartenanlage lag, habe ich mich da auch gleich mal ein wenig umgehört.«

Während Peer Michael anerkennend zunickte, verfinsterte sich Lutz' Miene leicht, was jedoch nur Fritsche wahrnahm.

»Da herrscht eine seltsame Stimmung.«

»Wegen der Baustelle?« Peer witterte einen ersten Ermittlungsansatz.

»Nee, nicht deswegen. Die meisten haben sich mit der Stadt arrangiert – außer Harry Neumann, der weiter gegen den Ausbau vorgegangen ist.«

»Ha, das ist doch ein Motiv. Vielleicht wollte man den Querulanten beseitigen?«

»Ist natürlich möglich, aber da ist noch etwas anderes …«

»Die wettern alle gegen die Flüchtlinge«, fuhr Lutz dazwischen.

Peers Blick wanderte zwischen Lutz und Michael hin und her, blieb dann jedoch an Michael haften. »Gegen die Flüchtlinge?«

»Ja, angeblich klauen die und belästigen die Gartenbesitzer«, erklärte Boateng. »Aber ich denke, da steckt etwas anderes dahinter.«

»Und was?«

»Angst? Unwissenheit? Fremdenhass?«

»Hm«, entgegnete Peer und fuhr sich dabei mit der Hand übers Kinn. »Da sollten wir vielleicht weiter nachhaken.«

Die anderen in der Runde nickten zustimmend.

»Jens und Carsten, habt ihr denn bei den Befragungen auf der Baustelle etwas rausbekommen?«

»Na ja, nicht wirklich«, entgegnete Carsten Hinrichs. »Zwar ist Harry Neumann da bekannt gewesen, weil er immer vorm Bauzaun aufgetaucht ist und wohl auch schon mal in einer Nacht-und-Nebel-Aktion Banner aufgehängt hat, aber den haben die Arbeiter eher als harmlosen Spinner abgetan.«

»Alle?«

»Na, alle, mit denen wir gesprochen haben.«

»Auch der Bauleiter? Dieser …« Peer blickte auf seine Unterlagen. »… Stephan Braun?«

»Mit dem war ein Gespräch kaum möglich, der ist ziemlich aufgebracht. Empfindet den Mord anscheinend als persönlichen Angriff.«

»Aha«, entgegnete Peer lediglich, überlegte aber, ob es einen Sinn ergeben würde, sich mal mit dem Chef des Bauleiters zu unterhalten. Vielleicht hatte es ja doch Probleme zwischen Stephan Braun und Harry Neumann gegeben, wenn der Leiter der Baustelle derart sensibel auf dieses Thema reagierte. Diesen Ansatz behielt Nielsen momentan allerdings für sich, da er das Gespräch lieber selbst führen wollte. Wie so oft, konnte er die Arbeit schlecht delegieren. Was schon häufiger für miese Stimmung im Team gesorgt und ihm den einen oder anderen Rüffel von Gerhard Fritsche eingebracht hatte. Wenn er jemanden involvierte, gab es für ihn meist nur eine Wahl. »Also das Flüchtlingscamp sollten wir auf jeden Fall mal näher unter die Lupe nehmen. Michael?«

Boateng nickte. »Wir fahren da gleich mal zusammen hin und sprechen mit der Leitung.«

Peer ignorierte die frustrierten Mienen von Carsten, Jens und Lutz sowie den vorwurfsvollen Blick von Fritsche. Stattdessen überlegte er fieberhaft, welche Aufgaben er an die Mitarbeiter weitergeben konnte. »Untersucht noch einmal das Umfeld des Opfers genauer. Finanzdaten inklusive. Vielleicht ging es bei dem Mord auch um Geld? Wir dürfen uns nicht zu sehr auf einen Ansatz versteifen.«

Jens und Carsten zuckten leicht resigniert mit den Schultern.

»Und du, Lutz, gehst die Liste der Bauarbeiter durch und gleichst die mit der Kartei ab. Vielleicht gibt es da den einen oder anderen, der schon mal auffällig geworden ist. Und prüf auch gleich, ob bei einem von denen eventuell eine Verbindung zum Opfer bestand.« Er schaute Lutz eindringlich an, als habe er ihm die wichtigste Aufgabe in dem Fall übertragen.

»Und denk auch an den Bauleiter.« Er stand auf, forderte die Mitarbeiter wie üblich auf, an die Arbeit zu gehen, und eilte aus dem Raum, um irgendwelchen Diskussionen zu entgehen.

5. KAPITEL

»Kommst du?« Peer stand in der Tür zum Büro der Mitarbeiter. Boateng hatte einen Schreibtisch direkt am Fenster, sodass er mit dem Rücken zur Tür saß. Auf seinem Bildschirm war die Google-Suchseite zu sehen.

»Was machst du?« Peer trat hinter Michael, beugte sich vor, um die Einträge besser lesen zu können.

»Ach, ich habe nur mal geschaut, ob es im Netz generell Einträge zu der Einrichtung gibt.«

»Und?« Peer las die Schlagzeile eines der Suchergebnisse: »Dramatische Zustände in Hamburgs größtem Flüchtlingsdorf«. Er schluckte.

»Am besten, wir machen uns selbst ein Bild«, kommentierte Michael die Einträge und stand auf.

Während er den Dienstwagen durch den dichten Verkehr lenkte, versuchte Peer, den obersten Chef der Baustelle ans Telefon zu bekommen. Kein leichtes Unterfangen, aber nach einigem Hin und Her hatte er endlich Gustav Freimann in der Leitung.

»Es geht um den Leichenfund auf der Baustelle A 7, Abschnitt Kilometer 151 an der Langenfelder Brücke.«

»Ja, ich bin darüber unterrichtet, können wir da jetzt weiterarbeiten? Ist das Gelände wieder freigegeben?«

»Leider noch nicht, aber die Kollegen arbeiten auf Hochtouren«, versicherte Peer und merkte sofort, wie schwierig eine Befragung am Telefon sein würde. Spontan entschloss er sich dazu, den Mann persönlich zu treffen.

»Montag bin ich schon ausgebucht, mein Kalender ist voll.«

»Für solch eine wichtige Angelegenheit werden Sie sicherlich Zeit finden. Es ist angenehmer, als wenn ich Sie vorladen lasse.« Im Prinzip rechtfertigte nichts eine Vorladung, aber die meisten Leute kannten sich nicht sonderlich gut aus. Die kleine, unfundierte Drohung zeigte wie so oft Wirkung.

»Gleich um neun hätte ich noch Zeit.«

»Gut, dann bin ich am Montag um 9:00 Uhr bei Ihnen«, verabschiedete Peer sich und legte auf, ehe Gustav Freimann noch Einwände hervorbringen konnte.

»Meinst du, die von ganz oben haben mit dem Mord etwas zu tun?« Boateng blickte ihn von der Seite her an.

»Na, hast du nicht gesagt, der Bauleiter sei ziemlich aufbrausend?«

»Schon, aber das ist ja ein Stück weit verständlich, der bekommt wahrscheinlich Druck von oben. Da können wir doch auch ein Lied von singen.«

»Und genau das will ich herausfinden.«

Nielsen fuhr auf das Gelände der Erstaufnahmeeinrichtung und stellte den Wagen auf dem HSV-Parkplatz ab, der zum größten Teil zur Unterbringung der Flüchtlinge in Containern und Zelten genutzt wurde. Peer schaute sprachlos auf das Camp, schüttelte unbewusst den Kopf.

»Was hast du erwartet?«, fragte Michael, der durch die Internetrecherche vorbereiteter wirkte. »Das ist Hamburgs größtes Flüchtlingslager. Über 3.000 Bewohner.«

»Echt?« Nielsen betrachtete die riesige Container- und Zeltstadt, die sich vor ihnen erstreckte. Wie schlimm mussten die Verhältnisse sein, aus denen die Menschen geflohen waren, dass sie so etwas hier ertragen konnten?

Sie zeigten ihre Dienstausweise dem Mann vom Sicherheitsdienst, der ihnen am Eingang entgegentrat.

»Da haben Sie Glück, Herr Hummels, der Leiter, ist heute tatsächlich wegen eines Notfalls hier. Sie finden ihn dort drüben.« Er wies auf einen der Container, in dem sich das Büro des Chefs des Flüchtlingscamps befand. Sie nickten und folgten seinem Fingerzeig. Schon beim Näherkommen hörten sie laute, aufgeregte Stimmen. Arabisch? Französisch? Auf jeden Fall konnte Peer ein paar Brocken, die auf Englisch geschrien wurden, heraushören: »I am in Germany and I live like an animal!«

Nielsen war bisher wenig mit der Flüchtlingsthematik in Berührung gekommen. Natürlich hatte er die Bilder von Flüchtenden in viel zu kleinen Booten gesehen, von Toten und Menschenmassen an Grenzübergängen oder vor Behörden. Auch hier in Hamburg kamen täglich Hunderte von Flüchtlingen an, aber es war eben etwas ganz anderes, so hautnah damit konfrontiert zu werden, als alles nur im Fernsehen zu sehen.

Erst recht die Art der Unterbringung, die allerdings wohl nicht zu den schlechtesten zählte, was einem Flüchtling passieren konnte. Immerhin ein Dach über den Kopf, ausreichend zu essen und zu trinken und auch ärztliche Versorgung gab es. Doch obwohl die Hamburger sich bemühten, ein Leben war das nicht gerade, musste Peer sich eingestehen, denn was machten die Menschen hier – eingepfercht, wartend? Zwar dem Krieg und Terror entkommen, aber was brachte die Zukunft ihnen?

Er klopfte an die Containertür, die unter seiner Hand schepperte. Die lauten Stimmen verstummten zwar, aber ein »Herein« war nicht zu hören. Trotzdem drückte er die Klinke hinunter und trat ein.

Hinter einem Schreibtisch saß ein schmaler Mann, von dem Peer annahm, es sei Herr Hummels – davor hatte sich ein stämmiger Kerl aufgebaut.

Als Herr Hummels Boateng erblickte, der nach Nielsen den Raum betrat, winkte er gleich ab. »Sie müssen warten.«

Peer drehte sich kurz zu Michael um, ehe er sich wieder dem Mann hinter dem Schreibtisch zuwandte. »Nein, nein, wir sind von der Polizei.«

»Police?« Die Augen des fremdländisch wirkenden Mannes wanderten zwischen Peer und seinem Mitarbeiter hin und her.

»Ja, Police. Und wir würden gerne mit Ihnen sprechen.« Peer blickte auf Herrn Hummels, der seufzend auf die beiden Stühle vor seinem Tisch wies.

»And me?« Der stämmige Mann blickte fragend in die Runde.

»We'll speak later – später klären wir das«, sagte Herr Hummels und wies den Camp-Bewohner mit einer Handbewegung nach draußen.

»Shit«, schimpfte der, schien sich aber angesichts der Polizei nicht zu trauen, gegen den Rausschmiss anzugehen. Er warf dem Leiter einen feindseligen Blick zu, verließ aber anschließend wortlos den Raum.

»Entschuldigen Sie bitte, aber die Nerven vieler Bewohner liegen blank.«

»Verständlich«, murmelte Peer.

»Und was kann ich für Sie tun?« Herr Hummels überging Nielsens Bemerkung. »Hat einer der Flüchtlinge wieder etwas angestellt?«

»Das wissen wir noch nicht, aber Sie haben sicherlich von dem Mord auf der Baustelle an der Langenfelder Brücke gehört, oder?«

Der Leiter rückte seinen Stuhl ein wenig näher an den Tisch. »Ja, das hat sich bereits bis hierher rumgesprochen.«

Peer nickte und fixierte den Mann mit seinem Blick.

Der fühlte sich dabei sichtlich unwohl. Unruhig wippte er auf seinem Stuhl hin und her. »Aber Sie glauben jetzt nicht allen Ernstes, dass von den Flüchtlingen einer was damit zu tun hat, oder?«

Nielsen wandte sich wortlos Michael zu.

»Dem Toten gehörte einer der Gärten gleich nebenan. Die anderen Pächter haben ausgesagt, dass es mit den Flüchtlingen Ärger gibt«, erklärte Boateng.

Herr Hummels seufzte laut. »Natürlich.«

»Stimmt das etwa nicht?«, hakte Boateng nach.

»Na, Sie müssten es doch eigentlich besser wissen«, entgegnete Hummels und musterte ihn.

»Gerade deswegen. Da kommt es doch bestimmt zu Konflikten mit den Anwohnern.«

»Schon.«

»Sehen Sie«, mischte Peer sich nun ein. »Und einer solchen Spur müssen wir selbstverständlich nachgehen.«

»Schon klar, aber haben Sie auch in Betracht gezogen, es könne da absichtlich gegen die Flüchtlinge gewettert werden?«

»Natürlich«, erwiderte Michael wie aus der Pistole geschossen. »Aber wir müssen nun einmal in alle Richtungen ermitteln. Und dass es Ärger gegeben hat, ist ja nicht zu leugnen, oder?«

»Nein, aber wenn in alle Richtungen ermittelt wird, nehmen Sie bestimmt auch die Kleingärtner unter die Lupe, oder?«

»Ja, nun ja, schon. Nur später. Irgendwo müssen wir schließlich anfangen«, erklärte Peer, »und soweit ich weiß, sind hier im Flüchtlingscamp Bewohner, die bereits straffällig geworden sind.«

»Straffällig ja, aber das meiste sind kleinere Delikte, wie Diebstahl oder Schwarzfahren. Beinahe verständlich, wenn man bedenkt, dass die Asylbewerber in unserer Einrichtung nur 143 Euro Taschengeld bekommen.«

»143 Euro?« Nielsen wunderte sich und überlegte gleichzeitig, ob das viel oder wenig war. Schließlich brauchten die Flüchtlinge keine Miete, keinen Strom oder Versicherungen zu bezahlen. Auf der anderen Seite fiel ihm ein, dass er locker 50 Euro bei einem Einkauf für sich ausgab und eine Fahrkarte im Großbereich bereits über drei Euro kostete. Das läpperte sich und schnell waren 143 Euro weg.

»Nun«, sagte Boateng, der versuchte auf das eigentliche Thema zurückzukommen. »Aber es gibt hier bei Ihnen bestimmt ein paar schwarze Schafe.«

»Schwarze Schafe?« Herr Hummels kniff die Augen zusammen und musterte ihn.

»Bewohner, die ein bisschen mehr als Schwarzfahren auf dem Kerbholz haben«, ergänzte Peer. »Unter den Flüchtlingen sind bestimmt auch welche, die gewaltbereit sind? Oder haben Sie hier keine Probleme mit handgreiflichen Auseinandersetzungen?«

»Schon«, gab der Leiter zu, »aber das ist zum größten Teil der Situation geschuldet. Schauen Sie sich um.« Er machte eine ausladende Armbewegung. »Lagerkoller ist hier vorprogrammiert.«

»Heißt das, Sie trauen einem der Bewohner einen Mord zu?«

»Zutrauen schon, aber ob es wirklich ein Flüchtling war, der den Kleingärtner umgebracht hat, halte ich für fraglich, obwohl …«

»Obwohl?« Peer beugte sich auf seinem Stuhl leicht vor.

»Ach, ich kann da wirklich nichts zu sagen. Wahrscheinlich ist das nur Gerede von den Leuten. Die halten doch die Bewohner der Einrichtung sowieso alle für kriminell. Typisch deutsch. Sind ja alle so weltoffen, gehen zum Chinesen und Libanesen essen, reisen in die Türkei und nach Kroatien, aber vor der eigenen Haustür möchte man doch bitte keine Ausländer haben. Und schon gar nicht so etwas.« Er wiederholte seine Armbewegung.

»Sie müssten das doch kennen …« Er wies mit dem Finger auf Boateng.

»Also, ehrlich gesagt, so schlimm empfinde ich das nicht. Und ist es nicht auch ein Stück weit verständlich, wenn man gegenüber Fremden zurückhaltend ist?«

»Es gab also Ärger zwischen den Flüchtlingen und den Gärtnern?«, brachte Nielsen das Gespräch auf dessen Ursprung zurück.

Der Mann atmete geräuschvoll aus. »Schon. Als wenn wir nicht genug zu tun hätten, standen die alle paar Tage hier auf der Matte. Aber mal ehrlich, um deren Probleme können wir uns hier nicht auch noch kümmern.«

»Was für Probleme?«

»Angeblich stehlen die Flüchtlinge Obst und Gemüse und zertrampeln Blumen und Beete, pinkeln an die Hecken und, und, und … Die Liste der Beschwerden ist schier endlos«, erklärte Hummels stöhnend.

»Und war da was dran?«

»Na ja, ich will das nicht leugnen. Aber man muss sich auch mal die Situation der Leute hier im Camp vor Augen führen. Wenig Geld, keine Perspektive, und dann kommen natürlich die kulturellen Unterschiede dazu. Eine Kleingartenkolonie in Volkspark unterscheidet sich nun einmal massiv von Damaskus oder Aleppo – auch ohne Krieg.«

Peer und Boateng nickten.

»Also ausschließen kann ich nicht, dass der Mörder sich unter den Flüchtlingen befindet, aber wenn Sie mich fragen, ist das eher eine weitere haltlose Anschuldigung.«

»Der wir trotzdem nachgehen müssen«, erklärte Nielsen, fragte sich jedoch, wo sie anfangen sollten zu suchen. Bei so vielen Bewohnern im Camp war das wie die sprichwörtliche Suche nach der Nadel im Heuhaufen.

»Könnten Sie uns vielleicht eine Liste zusammenstellen, mit Flüchtlingen, die vorbestraft sind und denen Sie eben auch Gewalttaten zutrauen?«

Der Leiter der Einrichtung verfiel augenblicklich in eine Schnappatmung. »Haben Sie eine Ahnung, was wir hier machen? Ich kann nicht …«

»Herr Hummels«, unterbrach Peer den Mann, »es geht hier schließlich um Mord!«

6. KAPITEL

Am Montagmorgen wachte Nielsen noch weniger erholt auf als die Tage zuvor. Am gestrigen Sonntag war er nach einer kurzen Besprechung im Präsidium – viel mehr konnten sie am Sonntag nicht tun – bei Sören vorbeigefahren. Da er am Samstag sang- und klanglos verschwunden war, hatte er sich genötigt gefühlt, hier und da noch schnell mit anzupacken. Und so war es erneut nach Mitternacht gewesen, als er endlich die Treppen zu seiner Wohnung im Dachgeschoss hinaufgekrochen und in sein Bett gefallen war. Obwohl er sofort in einen tiefen, traumlosen Schlaf gefallen war, fühlte er sich immer noch todmüde. Kein Wunder, denn es fehlten ihm mindestens fünf Stunden Schlaf, aber die konnte er momentan nicht aufholen.

Noch reichlich schläfrig kroch er unter die Dusche, die ihn etwas wacher machte. Im Anschluss schlurfte er in die Küche und machte sich einen Kaffee, den er aufgrund der gähnenden Leere in seinem Kühlschrank heute schwarz trinken musste.

Der leere Kühlschrank war auch der Grund, warum er auf dem Weg ins Präsidium an einer Bäckerei hielt, denn nur von Kaffee wurde er nicht satt und die letzten Gemüsekrümel hatte er seinem Leguan Fritzchen nicht wegessen wollen. Der hatte schon hungrig an der Terrariumscheibe gescharrt und nach seinem Fressen verlangt.

Nielsen kaufte ein belegtes Brötchen und für die Seele ein Franzbrötchen. Dieses typische hanseatische Gebäck liebte Peer seit Kindertagen, gönnte es sich jedoch nur selten.

Aber heute brauchte er diesen Seelentrost, das spürte er, wenngleich er in den nächsten Tagen kaum dazu kommen würde, die Kalorien beim Laufen abzutrainieren.

Im Büro herrschte noch Ruhe, was sich aber schnell änderte. Nach und nach trudelten die Mitarbeiter ein.

»Habt ihr noch etwas rausgefunden?«

»Nee, nichts Ungewöhnliches. Keine persönliche Verbindung zu einem der Bauarbeiter. Wir haben gestern nach dem Meeting sogar noch einmal die Familienangehörigen mit der Kartei gegengecheckt, aber da ist niemand registriert«, seufzte Carsten Hinrichs.

»Gut, ich nehme den Sohn und die Witwe trotzdem noch einmal unter die Lupe und werde mich auch mal bei den Nachbarn umhören. Vorher habe ich aber einen Termin beim Chef von Stephan Braun.«

Die anderen nickten, doch in ihren leicht ratlosen Gesichtern erkannte Peer die Frage, was sie dann übernehmen sollten. Es war seine Aufgabe, die Mitarbeiter zu involvieren. Er fuhr sich mit der Hand über den Schädel und bemerkte, dass er dringend seinen Kopf rasieren musste. Da sprossen bereits die ersten Locken – zumindest vom Gefühl her. »Dann unterstützt ihr heute Michael bei den Gesprächen im Flüchtlingscamp, sobald Herr Hummels eine entsprechende Liste mit potenziellen Verdächtigen angefertigt hat.«

Schlagartig hellten sich die Mienen von Carsten, Jens und Lutz auf. Endlich gab es für sie außerhalb des Büros etwas zu tun. Eine willkommene Abwechslung zu dem tristen Schreibtischjob.

Peer blickte auf seine Uhr. »Ich muss los.«

Die Baufirma, die für den Ausbau der A 7 verantwortlich war, saß in der Hafencity. Hipp und modern präsentierte sich dieser relativ neue und immer noch im Bau befindliche Stadtteil Hamburgs. Peer mochte die Gegend nicht sonderlich. Das war für ihn nicht Hamburg, kein gewachsener Teil, in dem die Leute lebten, sondern ein über Nacht aus dem Boden gestampfter Neubau ohne Seele. Aber durchaus gefragt, was alleine die Mieten in der Hafencity verrieten.

Er betrat die riesige Eingangshalle des Bürokomplexes und entnahm einem Plexiglasschild an der rechten Wand, dass die Baufirma sich im dritten Stockwerk befand. Er stieg in den modernen Aufzug, der lautlos in die gewählte Etage schwebte.

Die Dame am Empfang sah aus wie einem Modejournal entsprungen und lächelte ihn an.

»Ich habe einen Termin.«

Sie lächelte weiter.

»Peer Nielsen, Mordkommission.«

Das Lächeln verschwand augenblicklich. Peer fragte sich, ob es einzig an dem Namen seiner Abteilung lag, da ihm eine derartige Reaktion der Menschen öfters begegnete, oder ob die Frau in ihm den Verantwortlichen für die Verzögerung auf der Baustelle sah.

»Nehmen Sie Platz.«

Peer blickte sich um und ging zu einer modernen Ledersitzgruppe in einem kreischenden Rotton hinüber. Er setzte sich aber nicht, um zu signalisieren, dass er nicht lange zu warten gedachte.

Kurz darauf erschien eine andere Dame in einem merkwürdig raschelnden Kostüm und bat ihn, ihr zu folgen.

Sie gingen einen langen, hellen Flur entlang, von dem mehrere Türen abgingen, blieben jedoch vor keiner stehen, bis sie eine ganz am anderen Ende des Korridors erreicht hatten. Die Frau klopfte, wartete, öffnete nach einem kaum vernehmbaren »Herein«.

Der Raum, der sich hinter der Tür offenbarte, war beeindruckend. Groß und hell durch eine riesige Fensterfront, durch die man direkt auf den Hafen blickte. Peer war sprachlos, als er das Büro mit seiner im Vergleich dazu bescheidenen Kammer im Polizeipräsidium verglich. So war es eben. Viele Leute nahmen an, die Behörden schwämmen im Geld und Beamte lebten im Luxus, aber das wirklich reiche Leben spielte sich hier ab – in der freien Wirtschaft. Nielsen wollte sich gar nicht vorstellen, welche Summe auf dem Lohnzettel von Herrn Freimann stand.

Der hatte sich erhoben und bat Peer, in einer hellen Sitzgarnitur aus Leder Platz zu nehmen. »Etwas zu trinken?«

»Vielleicht einen Kaffee, wenn es keine Umstände …«

Sofort huschte die raschelnde Dame davon, um wenige Sekunden später mit Kaffee und Gebäck zurückzukehren.

»Nun, Herr Nielsen«, wandte Herr Freimann sich an ihn, nachdem die Assistentin den Raum verlassen hatte, »ich hoffe, Sie haben gute Neuigkeiten?« Es war deutlich, dass er die Gesprächsführung übernehmen wollte, doch so schnell ließ sich Nielsen das Zepter nicht aus der Hand nehmen.

»Wenn die Kollegen so weit sind, werden wir Sie informieren.« Er sah sofort die Veränderung im Gesicht seines

Gegenübers. »Aber es wird sicherlich nicht mehr lange dauern«, schob er daher schnell nach, da er wusste, wie wenig vorteilhaft schlechte Laune in dem anstehenden Gespräch sein würde. »Herr Freimann, ich bin hier, weil ich wissen möchte, ob Ihnen Probleme im Zusammenhang mit der Baustelle bekannt sind.«

»Probleme? Nun ja, es gibt bei solchen Großprojekten immer wieder Hürden, die es zu überwinden gilt.«

»Das meine ich nicht.«

»Nicht?« Der Chef der Baufirma kniff die Augen zusammen. »Also, wenn Sie die Leiche meinen …«

»Es ist mir schon klar, dass Sie nicht ständig Tote auf der Baustelle haben, sonst würden wir uns bereits länger kennen«, entgegnete Peer schwach lächelnd. »Ich habe gehört, dass es Proteste gegen die Baumaßnahmen gab?«

Freimann zuckte mit den Schultern. »Mag sein, dass nicht jeder von dem Ausbau begeistert ist.«

»Das heißt konkret?«

»Na ja, es laufen ein paar Klagen; mit den meisten Anwohnern haben wir uns jedoch einigen können. Der Ausbau bringt eben mehr Vorteile als Nachteile.«

»So?«

»Ja«, sagte Gustav Freimann und nickte. Er zog gar nicht in Erwägung, Peers Bemerkung könne ironisch gemeint sein. »Ja, allein die Verkehrssituation wird deutlich entspannter werden.«

Das wäre nicht das Schlechteste, dachte Peer, denn seit er denken konnte, war die A 7 insbesondere um den Elbtunnel herum, der wie ein Nadelöhr wirkte, ein Problem – und nach dem Bau einer vierten Elbröhre waren die Straßen nicht weiter ausgebaut worden für den stetig steigenden Verkehrsansturm. Aber nur Vorteile brachte diese Erweiterung wahrscheinlich nicht. Alleine die Kosten – da war Hamburg ohnehin ein gebranntes Kind. Stichwort Elbphilharmonie.

»Kannten Sie den Toten?«

»Nicht persönlich. Mein Bauleiter Herr Braun hat mir berichtet, dass es da ab und an zu Auseinandersetzungen gekommen ist – so wie ich das aber verstanden habe, alles harmlos.«

»Auseinandersetzungen? Harmlos?« Peer runzelte die Stirn. Davon hatte der Mann gegenüber ihm oder seinen Mitarbeitern nichts erwähnt, soweit er sich erinnerte.

»Ja, also von Handgreiflichkeiten hat Herr Braun jedenfalls nicht gesprochen.«

»Und Sie schätzen ihn nicht so ein, dass er …«

»Nein, auf keinen Fall. Mag sein, dass dieser Herr Neumann …«

»Wie schätzen Sie Herrn Braun generell ein?«

»Nun ja.« Herr Freimann nahm einen Schluck von seinem Kaffee und schlug die Beine übereinander. »Das ist ein sehr großes Projekt, bei dem es um viel Geld geht, sehr viel Geld«, holte er aus. »Herr Braun ist jung, aber er hatte sehr gute Referenzen aus dem Ausland, daher haben wir ihm den Ausbau anvertraut.«

Das klang in Peers Ohren beinahe wie eine Entschuldigung. »Und wie gestaltet sich seine Arbeit?«

»Tja, ehrlich gesagt hatten wir uns mehr erhofft. Herr Braun war in China, wo Projekte innerhalb kürzester Zeit durchgezogen werden. Hier aber ist das wohl doch eine andere Nummer. Mit Verzögerungen haben wir nicht gerechnet.«

»Herr Braun kann nichts dafür, dass auf der Baustelle eine Leiche entdeckt wurde.«

»Das alleine ist es nicht. Wir sind …« Herr Freimann räusperte sich, »… ohnehin im Verzug.«

»Aber in den Medien …«, sagte Nielsen verwundert, der bisher nur Lobeshymnen über den Ausbau in der Zeitung gelesen hatte.

»Ja, die Stadt will verständlicherweise die Bevölkerung nicht aufscheuchen. Schon gar nicht die Ausbaugegner. Was glauben Sie, was los ist, wenn das an die Öffentlichkeit dringt. Ich verlasse mich daher auch auf Ihre Diskretion.«

Peer nickte.

Boateng und die anderen stiegen aus dem Wagen und wurden sofort neugierig vom Wachdienst und einigen Bewohnern, die sich in der Nähe des Eingangs aufhielten, beäugt. Wahrscheinlich hatte sich im Camp herumgesprochen, warum sie hier waren. Daher empfand Michael die Blicke als geradezu feindselig. Er konnte sie von den vieren auch am besten nachvollziehen. Doch seine eigenen Erfahrungen und Empfindungen musste er in diesem Fall ausblenden. Es ging darum, einen Mord aufzuklären, dabei jeden Verdächtigen gleich zu behandeln und die Befragungen wie gewohnt durchzuführen. Selbst wenn er glaubte, bei den Anschuldigungen handele es sich um Überreaktionen aufgrund von Vorurteilen oder Fremdenhass. Sie mussten jedem Hinweis nachgehen.

Sie hatten eh kaum Spuren, da konnten sie diesen Ansatz nicht einfach unter den Tisch fallen lassen.

Im Container des Leiters erwartete Herr Hummels sie bereits. Er hatte einen Dolmetscher hinzugezogen, der neben dem Schreibtisch stand und sie von dort durch eine kleine, runde Brille interessiert musterte, als sie eintraten.

»Oh, na das ist ja mal ein Aufgebot«, kommentierte Herr Hummels ihr zahlreiches Erscheinen.

»Ja, wir dachten, wir könnten parallel …?« Boateng blickte zwischen dem Dolmetscher und Herrn Hummels hin und her.

»Wenn einer von Ihnen Arabisch spricht?« Der Chef der Aufnahmeeinrichtung lächelte schwach. »Ich habe jedenfalls nur einen Dolmetscher zur Verfügung.«

»Ach so, ja dann …«, überlegte Boateng laut. »Vielleicht können sich meine Kollegen so ein wenig umschauen?«

»Klar«, erwiderte Herr Hummels, »aber viel zu sehen gibt es hier nicht.«

Mit leicht missmutigen Mienen verließen Jens und Lutz den Container, während Carsten zur Befragung blieb.

Boateng zog aus einer Tasche den Ausdruck der Liste, die Hummels für sie erstellt und ihnen gemailt hatte.

»Wir hatten inzwischen ein paar Abgänge«, bemerkte der Leiter, als er die Aufzählung erkannte.

»Seit heute Morgen?«, fragte Carsten Hinrichs.

»Das ist hier nur eine Erstaufnahme, daher ein Kommen und Gehen.«

»Egal«, winkte Boateng ab, »wir fangen erst einmal mit denen an, die sich noch im Camp aufhalten.«

»Gut, dann gehe ich los, die Leute einsammeln.« Herr Hummels erhob sich und verließ den Raum, der Dolmetscher folgte ihm.

»Na, dann schauen wir mal, oder?«, bemerkte Carsten und blickte sich um.

Der Raum war nur mit dem Nötigsten ausgestattet, neben Schreibtisch und Stühlen sowie einem Aktenschrank gab es lediglich ein kleines Regal, in dem eine augenscheinlich uralte Kaffeemaschine stand. Hinter dem Schreibtisch befand sich ein Fenster, das Michael bei seinem letzten Besuch nicht aufgefallen war. Nun aber blickte er direkt hindurch und sah Herrn Hummels und den Dolmetscher mit einem Mann zwischen sich näher kommen.

Boateng und Carsten begrüßten den Bewohner, als die Gruppe den Raum betrat. Der syrische Mann reagierte nicht auf ihren Gruß, schaute sie lediglich mit ausdruckslosen Augen an. Michael fragte sich, warum der Flüchtling derart apathisch wirkte. Hatte er vielleicht Drogen genommen? Die waren im Camp bestimmt ein Problem. Er nahm sich vor, Hummels später danach zu fragen, nun wartete er erst einmal ab, dass der Mann sich auf dem Stuhl neben ihm niederließ, und begann dann, seine Fragen zu stellen. »Seit wann leben Sie in dieser Erstaufnahmeeinrichtung?«

Der Dolmetscher schnatterte los, als Michael den Satz beendete, worauf der Befragte wider Erwarten ohne große Verzögerung antwortete.

»Drei Monate«, übersetzte der Dolmetscher. Seine Aussage erschien Michael im Vergleich zu dem zuvor Gesagten reichlich kurz.

»Verlassen Sie das Camp ab und an?«

Wieder folgte fremdartiges Gerede, das jäh von Herrn Hummels unterbrochen wurde. »Was ist denn das für eine Frage? Dies ist kein Gefängnis.«

»Lassen Sie ihn bitte einfach antworten«, entgegnete Carsten, als der Mann ohnehin schon nickte.

»Kennen Sie die Gartenkolonie am Volkspark?«, fuhr Boateng mit seinen Fragen fort.

Nach der Übersetzung senkte sich der Blick des Mannes.

»Fragen Sie ihn, warum ihm diese Frage anscheinend unangenehm ist«, forderte Michael den Dolmetscher auf.

Es folgte ein längerer Austausch auf Arabisch.

»Die Leute dort sind nicht gut«, fasste anschließend der Dolmetscher zusammen. »Jedenfalls nicht alle. Einige haben ihnen Kleidung und etwas zu essen gegeben, auch mal Geld, aber viele beschimpfen sie, wenn sie dort spazieren gehen.«

»Was heißt ›viele‹?«, hakte Carsten nach.

»Fast alle. Die Situation hat sich da wohl in letzter Zeit verschärft. Einige Gartenbesitzer sind sogar mit Schaufeln auf die Flüchtlinge losgegangen.«

»Weshalb?«

Der Dolmetscher wandte sich wieder dem Befragten zu und übersetzte. Diesmal war ein Schulterzucken die Antwort, die alle ohne weitere Erklärungen verstanden.

»Haben Sie sich gewehrt?«

»Hören Sie«, mischte sich wieder Herr Hummels ein, »die Leute sind zum Teil schwer traumatisiert, die können mit Gewalt nicht umgehen, da …«

»Warum lassen Sie ihn nicht antworten?« Michael schaute auf den Mann, der vom Dolmetscher aufgefordert wurde, die Frage zu beantworten, was durch ein zögerliches Kopfnicken erfolgte.

7. KAPITEL

Peer hatte bei seinem Besuch in der Hafencity interessante Informationen erhalten. Die Baustelle war im Verzug, der Bauleiter unter Druck und Neumann hatte hin und wieder für Ärger gesorgt. Ob er allerdings auch die Verzögerungen verursacht hatte, dessen war Freimann sich nicht sicher gewesen.

Aber wenn, dann könnte das durchaus ein Motiv für Braun gewesen sein, den Kleingärtner zu beseitigen, dachte Peer auf seinem Weg zu der Familie des Toten, der er sowieso einen Besuch hatte abstatten wollen. Bei der Gelegenheit konnte er sich gleich nach den Aktivitäten Neumanns gegen die Baustelle erkundigen.

Er traf nur die Witwe an, die wahrscheinlich das Haus nicht mehr verließ. Jedenfalls glaubte Peer nicht, dass es Frau Neumann aufgrund ihrer körperlichen Verfassung überhaupt möglich war, trotz Lift ins Erdgeschoss zu gelangen, geschweige denn irgendwohin zu gehen.

»Mein Sohn ist beim Bestatter und regelt alles Notwendige«, erklärte sie, als sie ihn einließ, nachdem er sich ausgewiesen hatte.

Besonders traurig wirkte die Witwe nicht auf Nielsen, aber jeder Mensch reagierte anders auf Extremsituationen. Er erinnerte sich, dass Fritsche versucht hatte, seine Trauer mit Arbeit zu bewältigen, und man ihm den Verlust seiner Ehefrau kaum angemerkt hatte. Nur wer Gerhard Fritsche sehr gut kannte, hatte es bemerkt. Vielleicht war es bei Frau Neumann ähnlich, überlegte er und wusste im Prinzip ganz genau, dass er sich kein Urteil erlauben durfte, da er selbst Meister im Verdrängen war.

Er nahm auf einem fleckigen Sessel Platz, während die Witwe sich in ein quietschendes Sofa fallen ließ und dabei laut stöhnte.

»Sagen Sie, Frau Neumann, Ihr Mann war ja gegen den Ausbau der A 7, stimmt das?«

»Der Harry hat immer gesagt, nun machen die ihm auch noch das Letzte, was ihn glücklich macht, kaputt.«

»Der Garten bedeutete ihm viel?«

»Viel?« Die Witwe winkte ab. »Alles. Der war immer da und hat ihn gehegt und gepflegt. Haben Sie sich den mal angeschaut?«

»Nicht persönlich, aber mein Kollege war in der Gartenanlage.«

»Der Schwatte?«

»Mein Kollege ist Deutscher.«

»Ach so.« Frau Neumann zog die Augenbrauen in die Höhe. »Wahrscheinlich ist der auch mit dem Boot übers Meer, wat? Die kriegen hier ja gleich alles, auch die Staatsbürgerschaft.«

Peer spürte, wie es ihm den Hals zuschnürte. Solche Vorurteile hasste er wie die Pest. Die Frau hatte keine Ahnung, ihr Wissen wahrscheinlich aus den Medien, die nie ganz objektiv berichteten, was ihr aber nicht weiter auffiel, weil sie nicht rausging. Vermutlich hatte Frau Neumann persönlich noch nicht einen einzigen Flüchtling gesehen. Er atmete tief ein, dabei bemerkte er, wie verbraucht die Luft im Zimmer war.

Zwar musste er wieder einmal zugeben, mit der ganzen Flüchtlingsthematik selbst nicht weiter in Berührung gekommen zu sein, aber gegen Rassismus hatte er schon immer etwas gehabt, und das nicht erst, seit Boateng in sein Team gekommen war.

»Also, hat Ihr Mann denn mal erzählt, ob er etwas gegen die Baustelle unternimmt?«

»Geklagt hat er doch. Wie die anderen, die haben sich irgendwann mit Geld abspeisen lassen, aber nicht mein Harry, der nicht – obwohl wir das Geld gut hätten gebrauchen können. Nun stehen wir nämlich schön da – die Witwenrente wird knapp ausfallen; wie ich die Beerdigung bezahlen soll, weiß ich nicht.«

»Und sonst, hat er selbst irgendwelche Aktionen gestartet?«

»Aktionen?« Frau Neumann glotzte ihn wie aus riesigen Kuhaugen an.

»Demos? Proteste?«

»Keine Ahnung, was er die ganze Zeit im Garten getrieben hat. Vorstellen kann ich mir das eigentlich nicht von meinem Harry.« Sie kramte ein gebrauchtes Tempo aus einer Sofaritze und schnäuzte sich laut.

»Hat er denn nie erzählt, ob es zu Auseinandersetzungen mit Leuten von der Baustelle gekommen ist?«

»Nee, nur von den Asylanten hat er erzählt, dass die seine Erdbeeren geklaut hätten, dieses Pack.«

»Bitte Frau Neumann, das sind Menschen, die Hunger haben.«

»Die kriegen doch alles. Bei uns in Deutschland braucht niemand zu hungern.«

Nielsen stöhnte innerlich auf. So kam er nicht weiter. »Also Streit gab es keinen mit der Baustelle?«

»Nur vorm Gericht, was da sonst so los war, keine Ahnung«, sagte die Witwe laut seufzend.

»Wann haben Sie Ihren Mann zuletzt gesehen?«

»Harry kam jeden Tag. Hat uns frische Sachen aus dem Garten gebracht. Nur keine Erdbeeren mehr, die waren ja weg.« Sie schluchzte. »Harry hat gut für uns gesorgt. Was soll denn nun bloß werden?«

»Das heißt, Freitag war er hier?«

Sie nickte, während sie wieder ihre Nase geräuschvoll putzte.

»Und da hat er nichts erzählt?«

»Was denn erzählt?«

»Dass es Ärger gab oder etwas Ungewöhnliches passiert ist?«

»Nee. Oder doch?« Die Witwe kratzte sich am Oberschenkel, der bei der Bewegung vibrierte und unter dem Stoff eine fürchterliche Cellulitis erahnen ließ.

Geduldig wartete Nielsen auf das Ergebnis ihrer Überlegungen, als plötzlich die Haustür laut ins Schloss fiel.

»Olaf, hast du alles erledigt?«, brüllte Frau Neumann durch die Wohnung.

»Ich bin nicht taub«, drang es aus dem Flur zurück. »Ist alles in Ordnung?«

»Nee, die Polizei ist hier!«, schrie die Witwe erneut.

Olaf Neumann betrat gleich darauf das Wohnzimmer und schaute fragend auf Nielsen.

»Du, die wollen wissen, ob Vati wat erzählt hat aus dem Garten.«

»Na, das Übliche, dass die Zigeuner sich da rumtreiben.«

»Zigeuner?«, zischte Peer scharf.

»Na, er meint die aus dem Lager«, korrigierte Frau Neumann und wandte sich an Olaf. »Du weißt doch, dass man

›Zigeuner‹ nicht sagen soll«, ermahnte sie ihn in einem Ton, als wenn er drei Jahre alt wäre.

»Was genau hat Ihr Vater denn erzählt?«

Peer machte sich darauf gefasst, haarsträubende Geschichten präsentiert zu bekommen, doch Olaf schilderte sehr sachlich einen konkreten Vorfall. »Also da war ein Typ, der Vaddern wohl richtig angemacht hat.«

»Angemacht?«

»Beschimpft oder so. Was genau passiert ist, hat er aber nicht erzählt, nur, dass der Kerl wohl mit einem Stock auf ihn los ist.«

Peer holte sein Merkbuch heraus. »Also noch mal von vorn, das könnte wichtig sein.«

Er notierte, was der Sohn ihm erzählte.

Angeblich habe plötzlich ein Mann in dem Garten gestanden und habe Geld von seinem Vater verlangt. Der habe zunächst Obst und Gemüse angeboten, aber der Ausländer habe Geld gefordert und dabei den Gärtner bedroht. Harry Neumann habe entgegnet, er hätte im Garten kein Geld, und den Mann aufgefordert zu gehen, ansonsten rufe er die Polizei.

»Und hat Ihr Vater das getan?«

»Da ist er wohl nicht zu gekommen, denn der Mann hat einen Stock genommen und Vater gedroht.«

»Echt, das hat Vati erzählt?«, mischte sich nun Frau Neumann ein, die sich an das Gespräch nicht zu erinnern schien.

»Oder war es ein Stein?«, sagte Olaf Neumann nachdenklich und kratzte sich am Arm. »Ich bin mir jetzt nicht sicher. Mit irgendetwas hat der Vaddern bedroht. Vielleicht war es auch ein Gartengerät, das da rumlag.«

»Eine Schaufel?« Peer sah plötzlich einen Hoffnungsschimmer am Horizont aufblitzen.

Olaf Neumann zuckte mit den Schultern. »Möglich.«

»Und dann?«

»Keine Ahnung. Ich habe dann einen Anruf bekommen und nicht weiter zugehört, was Vadder erzählt hat, du?« Er blickte zu seiner Mutter, die mittlerweile beinahe auf dem Sofa lag und eine Bewegung machte, die ihren Körper erbeben ließ.

»Ich vermute, dass ein Nachbar dazugekommen ist, wahrscheinlich der Heinz, und der Asylant ist abgehauen«, fabulierte Olaf Neumann nun scheinbar ins Blaue.

»Dieser Heinz, wie heißt der mit Nachnamen?«, hakte Nielsen trotzdem nach.

»Äh.« Neumann schaute wieder auf seine Mutter. »Ich glaube Schröder, aber sicher bin ich mir nicht. Der hat die Parzelle gleich neben Vadderns. Der Garten mit dem vielen Nippes – Gartenzwerge und so ein Zeugs.«

Peer notierte sich: *Gartennachbarn nochmals befragen.* »Wieso haben Sie das alles meinem Kollegen nicht erzählt?«

»Ich dachte nicht, dass es wichtig sein könnte.«

8. KAPITEL

Die Befragungen der Flüchtlinge in der Erstaufnahmeeinrichtung hatten nichts gebracht. Zum einen war die Sprachbarriere trotz Dolmetscher ein ziemliches Problem und zum anderen hielten sich die Männer bedeckt, hatten Angst und/oder ahnten, dass ihnen jemand etwas anhängen wollte. Wie dem auch war, aus den straffälligen Bewohnern war nichts herauszubekommen.

Boateng hatte Skrupel, die Leute unter Generalverdacht zu stellen, entdeckte aber, dass Carsten eher voreingenommen an die Sache heranging.

Michael kam es vor, als würde der Kollege die Befragten so oder so verurteilen. Vielleicht hatten die Männer Harry Neumann nicht ermordet, dennoch hatte jeder von denen etwas auf dem Kerbholz – so jedenfalls war ihm Carstens Einstellung bei der Befragung erschienen.

Boateng erlebte Carsten Hinrichs zum ersten Mal auf diese Weise und war nicht nur erstaunt über den Kollegen, sondern schämte sich beinahe ein wenig für ihn.

Jens und Lutz hatten nichts Auffälliges im Camp entdeckt. Jedenfalls nichts, was im Zusammenhang mit dem Mord stehen könnte. »Aber die Zustände dort …«, berichtete Jens Schnitter fassungslos, »… nirgends hat man Privatsphäre, ständig Leute, die ja im Prinzip Fremde sind, um sich rum. Kein Wunder, dass es da oft Zoff gibt.«

Sie gingen zurück zum Wagen. Ehe Michael einstieg, warf er einen letzten Blick auf die Containerstadt. Ob hier der Mörder wirklich zu finden war? Er bezweifelte das. Das waren alles Menschen, die ihre Heimat, ihr Haus, oft die Familie verloren hatten. Warum sollte da einer den Kleingärtner ermorden? Mit welchem Motiv?

Natürlich war Raub eine Möglichkeit, oder es war jemandem einfach die Sicherung durchgebrannt. Wie Jens bemerkt hatte, gab es für den Einzelnen kaum Ruhe. Da würde ich auch durchdrehen, dachte Boateng, der gerne alleine war, mal Zeit nur für sich hatte.

Doch reichte das als Auslöser für einen Mord, überlegte er, während er sich hinters Steuer klemmte, den Motor startete und Richtung Präsidium fuhr.

Zur gleichen Zeit fuhr Nielsen auf den Parkplatz unterhalb des Kleingartenvereins und stieg aus. Er hatte überlegt, ob er Michael bitten sollte, zur Befragung der Gärtner hinzuzukommen, hatte diesen Gedanken jedoch verworfen.

Zum einen würden die anderen Mitarbeiter wieder beleidigt sein, dass er Boateng hinzuzog – was ihn weniger störte als die Tatsache, dass, zum anderen, die Kleingärtner aufgrund von Michaels Hautfarbe besonders in diesem Fall unsachlich reagieren würden. Dieser Umstand ärgerte ihn, dennoch brauchte er möglichst objektive Aussagen, die er sich ohne die Anwesenheit des Mitarbeiters eher erhoffte.

Er ging auf Harry Neumanns Parzelle zu und entdeckte schnell den Garten seines Nachbarn. Olaf Neumann hatte nicht übertrieben, denn überall auf dem eingezäunten Areal standen Keramikfiguren, Holzskulpturen und andere Dinge, die Peers Meinung nach nichts in einem Garten verloren hatten. Man sah ja den Rasen kaum vor lauter Zeugs. Er schüttelte den Kopf, was ihm sofort einen grimmigen Blick des Gartenbesitzers einbrachte, den er zwischen dem ganzen Gedöns glatt übersehen hatte.

»Herr Schröder?« Peer trat näher an den Zaun.

»Wer will das wissen?«

Nielsen zückte seine Dienstmarke. »Polizei Hamburg.«

»Ach, habt ihr den Mörder vom Harry noch nicht?«

Peer Nielsen war sich unsicher, was er von der Bemerkung halten sollte. Glaubte der Mann wirklich, man könne einen Mordfall ruckzuck aufklären? Harry Neumann war erst Freitagabend ermordet worden. Oder wollte der Gärtner ihn provozieren?

»Wir arbeiten dran.«

»Aha, und was wollen Sie dann hier?«

»Hören, ob in letzter Zeit etwas Ungewöhnliches vorgefallen ist. Ist Ihnen etwas aufgefallen?«

»Ich habe doch Ihrem Kollegen bereits gesagt, dass diese Asylanten immer Ärger machen.«

»Die befragen wir selbstverständlich, aber gab es sonst etwas? Hatte Herr Neumann in letzter Zeit Besuch? Oder hat er Ihnen etwas erzählt, was in Zusammenhang mit seinem Mord stehen könnte?«

Peer wunderte sich, warum der Kleingärtner nichts von dem Vorfall in der letzten Woche erzählte. Neumanns Sohn hatte zumindest gemutmaßt, Heinz Schröder sei Neumann zu Hilfe geeilt. Dem war anscheinend nicht so, und Nielsen fragte sich, ob womöglich die ganze Geschichte nur erfunden war. »Also, ich bespitzele doch meine Nachbarn nicht.« Die Wangen des Kleingärtners begannen zu glühen.

»Das habe ich nicht behauptet. Aber so Laube neben Laube, da kriegt man unweigerlich einiges mit. Das können Sie nicht leugnen, oder?«

Herr Schröder legte den Kopf schräg und überlegte anscheinend, was er antworten sollte.

Wieso ist der so merkwürdig, wunderte Nielsen sich. Ist der nicht interessiert daran, dass man den Mörder seines Nachbarn findet? Und was ist mit dem angeblichen Übergriff auf Neumann? Hatte es den überhaupt gegeben? War Heinz Schröder womöglich selbst in den Mord an Harry Neumann verwickelt?

»Und habt ihr etwas rausgefunden?«, fragte Peer seine Mitarbeiter, als sie am späten Nachmittag noch einmal zusammenkamen, um den aktuellen Stand der Ermittlungen zu besprechen.

»Nee, nicht wirklich«, berichtete Boateng. »Die Flüchtlinge leugnen nicht, sich in der Gartenanlage aufgehalten zu haben. Laut Herrn Hummels gab es mit mehreren Kleingärtnern Ärger.«

»Ich weiß«, bestätigte Nielsen, »der direkte Laubennachbar von Neumann ist gar nicht gut auf die Flüchtlinge zu sprechen.«

»Meinst du den mit den vielen Gartenzwergen?«, fragte Michael.

Peer erzählte von der Aussage der Hinterbliebenen, aufgrund derer er noch einmal in die Gartenkolonie gefahren war, und seinem Gespräch mit Schröder.

»Ach, das ist aber interessant. Vielleicht ist da doch etwas eskaliert zwischen den Bewohnern der Einrichtung und dem Neumann?«, bemerkte Lutz und die anderen nickten zustimmend.

»Das ist ein valider Punkt, aber wir sollten uns nicht zu sehr auf die Flüchtlinge und diesen einen Ansatz versteifen. Es kommt auch jemand von der Baustelle als Täter in Betracht.«

»Oder der Täter kommt aus dem Umfeld des Opfers. Wer sagt denn, dass es nicht einer der Kleingärtner war? Vielleicht gab es in dem Verein Streit? Oder wieso hat Schröder nichts von dem vermeintlichen Übergriff auf Neumann erwähnt?«, führte Carsten Hinrichs an.

Lutz ergänzte, dass auch er diesen Umstand für äußerst seltsam hielt. »Die wettern schließlich alle gegen die Flüchtlinge.«

»Na ja«, gab Carsten zu bedenken, »ein bisschen kann ich die verstehen, oder möchtest du neben solch einem Lager wohnen?«

Die Frage blieb unbeantwortet im Raum hängen, da Nielsens Telefon klingelte. »Ach ja, okay, dann gebe ich die Baustelle frei. Was?«

Er krauste die Stirn und lauschte den Worten des Kollegen von der Spurensicherung.

»Gut, danke«, verabschiedete er sich kurz darauf, während die anderen ihn erwartungsvoll anschauten.

Nielsen erhob sich. »Ich fahre vorm Feierabend zu Stephan Braun, um ihm die frohe Botschaft persönlich zu überbringen«, grinste er. »Michael, kommst du mit? Die Kollegen haben übrigens die Partikel aus der Kopfwunde untersucht und sind ziemlich sicher, dass das Material zu einer Schaufel passen könnte. Wir schauen uns mal auf der Baustelle nach einer um, oder was meinst du?«

Boateng nickte.

Keine halbe Stunde später stiegen die beiden aus dem Wagen und gingen auf den Baucontainer am Eingang der

Baustelle zu. Die Arbeiten ruhten noch, doch die Leute waren geblieben, wahrscheinlich gezwungenermaßen.

Nielsen klopfte an die Tür und öffnete sie, ohne eine Aufforderung abzuwarten. Dementsprechend überrumpelt wirkte Stephan Braun, der an seinem Schreibtisch saß und telefonierte. Als er die beiden erkannte, beendete er rasch das Gespräch.

»Sie haben gute Nachrichten?«

»Die Baustelle ist wieder freigegeben«, bestätigte Peer, »aber ...«

»Gott sei Dank«, fiel Braun dazwischen, sprang auf und eilte zur Tür, in der Nielsen allerdings noch stand und mit einer knappen Armbewegung den Bauleiter aufhielt.

»Wir haben noch ein paar Fragen.«

»Kann das nicht warten?«

»Nein.«

»Gut, dann stellen Sie Ihre Fragen, aber schnell.« Stephan Braun stemmte die Hände in die Hüften und blieb demonstrativ vor ihnen stehen.

»Time is money«, sagte Boateng und nickte grinsend, während er sich auf einen Stuhl vor dem Schreibtisch niederließ und sein Merkbuch zückte.

Peer setzte sich zu ihm, schlug dabei die Beine übereinander und lehnte sich zurück. Er musterte den Bauleiter, der sich unter seinem Blick wie ein Fisch im Netz wand, aber schwieg.

»Also, die Ermittlungen haben bisher ergeben, dass Herr Neumann durch einen Schlag mit einer Schaufel ermordet wurde.«

»Und?«

»Na ja, wir sind hier auf einer Baustelle, Sie benutzen doch sicherlich Schaufeln?«

»Ja schon, aber der Tote war auch Mitglied in dem Gartenverein. Da ist der Gebrauch solcher Geräte mindestens genauso üblich. Außerdem gab es da doch Ärger mit den Flüchtlingen, oder?«

»Woher wissen Sie davon?«

»Das ist allgemein bekannt.«

»Ach so?« Peer zog die Augenbrauen hoch. »Wie dem auch sei, Herr Neumann hat gegen den Ausbau geklagt und im Gegensatz zu den anderen Kleingärtnern haben Sie sich mit ihm bisher nicht einigen können. Das war schon ein Problem, oder?«

»Um solche Dinge kümmere ich mich nicht. Ich bin für die Baustelle zuständig, nicht für Rechtsstreitigkeiten. Das macht die Firma. Die hat Anwälte.«

»Aber Herr Neumann hat die Arbeiten behindert, oder?«

»Sie meinen, weil er vor dem Zaun auf und ab gegangen ist. Ich bitte Sie.« Plötzlich schien der Bauleiter sich ihnen überlegen zu fühlen.

»Harry Neumann blieb stets vor dem Zaun? Hat die Baustelle nicht betreten?«

Stephan Braun nickte. »Der war im Grunde genommen ein Schisser. Hier etwas zu manipulieren hat er sich gar nicht getraut.«

»Und wie, glauben Sie, ist die Leiche auf das Gelände gekommen?«

Der Bauleiter grinste die beiden an. »Na, das ist doch ganz deutlich. Da will uns jemand etwas anhängen.«

Als sie kurz darauf die Baustelle verließen, liefen die Arbeiten auf Hochtouren. Die verlorene Zeit musste schließlich aufgeholt werden, daher hatte Braun ihnen auch untersagt, die Baustelle zu betreten. »Das ist gefährlich und ich habe nun wirklich keine Zeit, Sie zu begleiten. Außerdem haben Sie die Baustelle gerade erst freigegeben.«

Nielsen hatte sich geschlagen gegeben. Er würde morgen ein paar Mitarbeiter auf die Baustelle schicken, denn er hatte heute keine Lust mehr, sich mit dem Bauleiter weiter rumzuschlagen.

»Soll ich dich irgendwo absetzen?«, fragte Peer, als sie in Richtung ihres Wagens gingen, der unweit des S-Bahn-Eingangs Stellingen stand.

»Altona wäre toll, bin mit meiner Frau verabredet. Wir haben Hochzeitstag.«

»Gratulation«, entgegnete Nielsen. Er ließ Michael vor einem gemütlichen Weinrestaurant in der Nähe des Museums raus und beobachtete, wie das Paar sich begrüßte.

Dann gab er Gas, obwohl zu Hause niemand außer Fritzchen, seinem Leguan, auf ihn wartete.

9. KAPITEL

Am nächsten Morgen war er früh im Büro und erstattete Fritsche Bericht.

»Hm, das ist in der Tat nicht viel. Wie wollt ihr weiter vorgehen?«

Peer hatte selbst schon überlegt. »Lutz hat bereits die Akte von Harry Neumann angefordert.«

»Akte?«

»Es gab einige Anzeigen seitens der Baustelle gegen das Opfer. Von wegen, der hat die Baustelle nie betreten«, sagte Peer. Er ärgerte sich, auf die Lüge des Bauleiters reingefallen zu sein. »Außerdem hat Neumann gegen den Ausbau geklagt. Ich dachte, es könnte uns weiterbringen, wenn wir wissen, was für Argumente er gegen die Baumaßnahme angeführt hat.«

»Das ist ein guter Ansatz«, lobte Fritsche ihn. »Habt ihr eigentlich den Garten des Opfers untersucht? Immerhin kommt der als Tatort in Betracht, soweit ich verstanden habe?«

»Da sind die Kollegen von der Spusi dran. Auf die Ergebnisse warte ich noch.«

»Dann mach ein bisschen Druck. Wir brauchen etwas, das wir der Presse präsentieren können. Die Sache mit den Flüchtlingen fliegt uns sonst um die Ohren. Die schießen sich darauf ein, hast du heute Morgen die Zeitung gelesen?«

»Noch nicht, aber dann fahre ich mit Michael gleich noch mal in Neumanns Garten.«

»Gut«, entgegnete Gerhard Fritsche, »und was macht der Rest des Teams?«

»Ist auf der Suche nach der passenden Schaufel.«

Als Peer nach dem Gespräch mit seinem Chef einen Kaffee aus der Gemeinschaftsküche holte, traf er Michael. »Na, netten Abend gehabt?«

Boateng grinste. »Sehr nett, obwohl, wirklich abschalten konnte ich nicht. Der Fall lässt mir keine Ruhe. Mir sind mehrere Ansatzpunkte durch den Kopf gegangen, aber ich denke, die sind zu vage, als dass wir für einen der Schritte grünes Licht bekommen würden.«

»Woran hast du gedacht?«

»Zum einen habe ich mich gefragt, ob wir die Textilfasern, die am Opfer sichergestellt wurden, nicht mit der Kleidung der Einrichtungsbewohner abgleichen können. Zumindest mit den Kleidern derer, die uns Herr Hummels als auffällig genannt hat.«

»Ohne einen konkreten Verdacht? Da kennst du die Antwort doch schon.«

»Na klar, war auch nur so eine Gedankenspielerei, ebenso wie die Suche nach einem möglichen Motiv, die mich allerdings immer wieder zu dem Bauleiter geführt hat.«

»Wieso?«

»Du hast doch selbst gesehen, wie der auf die Verzögerung reagiert hat. Und du hast erzählt, dass die mit den Baumaßnahmen eh schon im Verzug sind?«

»Stimmt.« Peer erinnerte sich an Freimanns Aussage und dessen Bitte um Diskretion.

»Was, wenn Neumann seine Finger im Spiel hatte?«

»Möglich, aber hätte Braun die Leiche dann nicht woanders deponiert? So gelangt die Baustelle gleich ins Visier und Verzögerungen sind quasi vorprogrammiert. Und die will Braun nun definitiv vermeiden.«

Michael goss Milch in seinen Kaffee. »Möglich, dass der Mörder den Verdacht auf die Baustelle lenken wollte, zumal es da Verbindungen zu Neumann gab, von denen der Täter gewusst haben muss. Das wiederum würde bedeuten, die Flüchtlinge fallen als Verdächtige weg, oder glaubst du, denen war der Streit zwischen Neumann und Braun bekannt?« Boateng schaute auf Peer, der allerdings lediglich mit den Schultern zuckte.

»Was haben wir denn hier?«, sagte Carsten Hinrichs zu Jens Schnitter und hielt eine Schaufel hoch. Die Suche nach einer passenden Tatwaffe hatte sie letztendlich wieder zur Baustelle geführt. Die Spurensicherung hatte das Areal zwar bereits untersucht, aber die Kollegen hatten zum damaligen Zeitpunkt gar nicht gewusst, wonach sie konkret Ausschau halten sollten. »Die müssen wir beschlagnahmen.«

Der Bauarbeiter, der gerade nach der Schaufel greifen wollte, schaute Hinrichs bedröppelt an. »Ja, aber …«

»Kannten Sie den Toten?« Jens trat näher an den Mann heran, der den Kopf schüttelte.

»Ihnen ist also nie aufgefallen, wenn Herr Neumann vor dem Zaun Radau gemacht hat?«

»Ja, doch, schon, aber mit dem Mord habe ich nichts zu tun.«

»Sagt ja auch keiner«, entgegnete Jens und trat einen Schritt zurück. Der Mann erschien ihm nicht ganz koscher.

Arbeitete er vielleicht schwarz auf der Baustelle? »Sie wissen aber, dass es Probleme mit dem Toten gab?«

»Ja, ab und an, aber wir Arbeiter haben uns eigentlich nicht mehr drum geschert, und seitdem es wohl eine Verfügung gegen den Mann gab, habe ich den hier auch nicht mehr gesehen.«

»Eine Verfügung?«, hakte Carsten Hinrichs nach.

»Ja, der Boss hat sich darum gekümmert. Ich weiß nicht genau, aber da muss schon etwas vorgefallen sein. Seitdem ist hier jedenfalls Ruhe.«

Jens schaute Carsten an. Beiden fiel sofort der Vorfall im Garten des Opfers ein, von dem der Sohn berichtet hatte. War es möglich, dass der Bauleiter einen Flüchtling auf Neumann angesetzt hatte?

»Sagen Sie, treiben sich hier denn auch Flüchtlinge herum? Gibt es Ärger mit denen?«

»Nee, die gehen vorne immer ganz schnell vorbei, wenn die von oder zu der S-Bahn wollen. Wahrscheinlich erinnert die Baustelle sie zu sehr an ihre zerbombte Heimat.«

»Eigentlich ganz hübsch hier«, bemerkte Peer, als er den Wagen vor der Gartenkolonie stoppte.

»Ja, aber was will man mit solch einem Garten?« Michael beäugte skeptisch das scheinbare Idyll. »Vielleicht wenn man Kinder hat, aber sonst?«

»Meine Mutter arbeitet viel im Garten. Tut ihr gut. Besser so etwas, als dass die Leute auf dumme Gedanken kommen«, verteidigte Nielsen den Nutzen eines Kleingartens.

»Tja, aber in unserem Fall hat das anscheinend nicht geholfen. Irgendjemand ist ja auf dumme Gedanken gekommen. Und es besteht durchaus die Möglichkeit, dass es ein Gärtner war.«

»Stimmt, bisher haben wir, soweit ich weiß, nur die nächsten Nachbarn von Neumann befragt. Gut möglich, dass es im Verein Streit gab, mit dem Vorstand oder anderen Mitgliedern.« Peer öffnete die kleine Pforte zu Neumanns Garten. Die gab ein Quietschen von sich, das sofort einen Kopf hinter dem Nachbarzaun hervorlockte.

»Moin«, grüßte Peer Nielsen, woraufhin der Zaungast augenblicklich verschwand. Von wegen nicht bespitzeln, spottete er gedanklich.

»Also ungesehen bleibt hier nichts«, flüsterte er Boateng zu, während sie auf die Laube zugingen. Die Kollegen hatten Neumanns Gartenhaus versiegelt, doch das amtliche Siegel war beschädigt. »War schon einer von uns hier?«

Boateng zuckte mit den Schultern. »Nein, soweit ich weiß.«

Instinktiv holte Michael ein paar Handschuhe aus seiner Jackentasche und zog sie sich über, ehe er die Tür zur Laube öffnete.

Im Inneren sah es äußerst unordentlich aus. Zwei Stühle lagen umgeworfen auf dem Boden, aus einem alten Küchenbuffet waren sämtliche Laden herausgerissen und samt dem Inhalt auf den Boden geworfen. Besteck und zerschlagenes Geschirr lagen überall dazwischen.

»Das gibt's doch nicht, so arbeiten die Kollegen doch nicht. Es muss jemand hier gewesen sein«, kommentierte Peer die Unordnung, während er bereits zum Telefon griff.

»Ihr müsst noch mal in die Laube vom Neumann. Gleich. Hier ist anscheinend eingebrochen worden.«

Wenig später traf die Spurensicherung ein.

»Nee, so haben wir die Laube gestern definitiv nicht

verlassen«, kommentierte der Leiter des Teams das Chaos. »Und versiegelt war das Häuschen auch. Es muss jemand anderes hier gewesen sein. Und wie es aussieht, scheint der nach etwas gesucht zu haben.«

»Nur wonach?«, fragte Peer Nielsen. »Ihr hattet ja nichts gefunden, oder?«

»Nicht wirklich, aber es ist natürlich auch eine Frage, was der Einbrecher gesucht hat.«

»Und ob er fündig geworden ist«, ergänzte Boateng.

»Und wenn es doch jemand aus dem Camp war? Schließlich wissen die, dass Neumann tot ist. Vielleicht haben die geschaut, ob es was zu holen gibt?« Peer stapfte energisch zurück in den Garten. »Entschuldigung?«, rief er über den Zaun. »Hallo? Herr Schröder?«

Es dauerte einen Moment, bis der Kopf des Nachbarn zögerlich über der Abgrenzung auftauchte.

»Haben Sie zufällig mitbekommen, was hier gestern passiert ist?«

»Die Laube wurde untersucht und versiegelt.«

»Und anschließend, als meine Kollegen wieder weg waren?«

Der Mann zuckte mit den Schultern. »Ich habe Ihnen schon einmal gesagt, dass ich meine Nachbarn nicht den ganzen Tag bespitzele.«

Hat man vorhin ja gesehen, dachte Peer, schwieg aber zu der Bemerkung des Gärtners. »Wissen Sie, ob Harry Neumann in letzter Zeit etwas gegen die Baustelle unternommen hat?«

Der Gartenbesitzer schüttelte den Kopf.

»Wissen Sie nicht oder hat er nicht?« Peer wurde langsam ungehalten. Ihn nervte das Gehabe dieses Mannes.

»Weiß ich nicht. Wie gesagt, ich bespitzele nicht …«

»Ja, ja«, wehrte Nielsen ab, »ich weiß. Wo finde ich denn den Vorsitzenden Ihres Vereins?«

»Den Karl-Heinz? Der hat seinen Garten oben.«

»Gegenüber der Trabrennbahn?«

Schröder nickte.

Nielsen kannte sich durch seine Laufaktivitäten relativ gut aus in der Gegend. Zwar hatte er das Gelände des Kleingartenvereins noch nie betreten, aber er parkte meist in unmittelbarer Nähe.

Ohne ein weiteres Wort drehte er sich um und ging in die Laube.

»Also, ihr gebt uns Bescheid, falls ihr Fingerabdrücke oder so findet?«, wandte er sich an den Kollegen von der Spurensicherung, der gerade einen schweren Metallkoffer auf dem Boden abgestellt und geöffnet hatte.

»Klaro.«

»Und den Bericht von gestern?«, hakte er nach.

»Wir haben zwar bisher nichts gefunden und ein paar Auswertungen laufen noch, aber ich schick dir später, was ich schon hab.«

»Okay«, nickte Peer. »Wir sind dann oben an der Trabrennbahn und unterhalten uns mal mit dem Vorstand«, erklärte er, richtete sich dabei allerdings mehr an Boateng, der daraufhin seine Handschuhe auszog und Peer aus der Laube folgte.

»Was mag der Einbrecher gesucht haben?«, grübelte Michael immer noch, während sie in den Wagen stiegen, um zur Rennbahn zu fahren.

»Beweise, Unterlagen, irgendetwas, das Neumann gegen die Baustelle vorbringen konnte? Dann wäre klar, wer das Siegel beschädigt und die Laube durchsucht hat«, antwortete Peer.

»Stephan Braun?«

»Wieso nicht, schließlich hat der zumindest eine Art von Motiv.«

»Stimmt schon. Und dann ist der eh so seltsam, als ob der was zu verstecken hat«, grübelte Boateng.

»Meinst du?« Nielsen stoppte den Wagen.

»Ja, weiß nicht. Der ist so aggressiv und gar nicht kooperativ.«

»Na, der hat Druck. Außerdem ist eine Leiche auf der Baustelle nicht gerade schön.«

»Eben, ich meine, da ist ein Verbrechen vor deiner Haustür geschehen, und du willst nicht helfen, noch nicht mal wissen, wer der Mörder ist?«

»Hast recht, den sollten wir uns noch mal zur Brust nehmen. Jetzt müssen wir aber erst einmal den Karl-Heinz finden«, grinste Peer und stieg aus.

Die Parzellen in diesem Bereich der Gartenanlage wirkten heller und freundlicher, was auch auf die Gärtner abzufärben schien.

»Kommen Sie, ich zeige Ihnen, wo Sie den Kalli finden«, winkte ihnen ein faltiger Mann zu, als sie sich nach dem Vorstand erkundigten.

Mit flinken Schritten huschte der Gärtner zwischen den Hecken hindurch und blieb schließlich vor einem Grundstück stehen, auf dem ein hölzernes Gartenhäuschen stand, das gerade von einem dicklichen Mann gestrichen wurde.

»Kalli, hier ist die Polizei!«

Der Angesprochene drehte sich abrupt auf der Leiter um, strauchelte, konnte sich aber knapp noch fangen. Leicht schwankend stieg er die Sprossen herab und kam auf sie zu.

»Sie sind bestimmt wegen Harry hier, stimmt's?« Er öffnete die Gartenpforte und ließ sie eintreten. Als der andere Gärtner ihnen folgen wollte, drehte Peer sich um. »Vielen Dank für Ihre Hilfe.«

Etwas verdutzt schaute der Mann zwischen ihnen hin und her, nickte und trollte sich schließlich den Gartenweg zurück.

»Das mit Harry ist schlimm, schlimm, schlimm«, kommentierte der Vereinsvorsitzende, als sie auf der Veranda des Holzhauses Platz nahmen.

Es roch nach Farbe, und Peer bemerkte einen leichten Kopfschmerz, der sicherlich stärker werden würde, wenn er dem Farbgeruch länger ausgesetzt war. »Herr Neumann hat ja gegen die Baustelle geklagt. Wissen Sie …«

»Ach, das bringt eh nichts mehr«, fiel der Mann ihm ins Wort. »Ist doch alles längst beschlossene Sache. Wird alles plattgemacht hier.« Er machte eine ausholende Armbewegung.

»Aber gerade weil Harry Neumann mittlerweile der Einzige war, der gegen den Ausbau klagte, fragen wir uns, ob er nicht etwas Valides gegen das Bauvorhaben in der Hand hatte«, erkundigte sich Michael.

»Weil er verzweifelt versuchte, sein Leben zu schützen?«

»Wie meinen Sie das?« Peer kniff die Augen leicht zusammen.

»Wissen Sie, diese Gärten bedeuten für uns Pächter viel, für manche sogar alles. Hier ist unser Zuhause. Wir sind hier groß geworden, unsere Erinnerungen liegen in diesen Gärten. Was sag ich? Unser Herz.«

»Sie glauben also nicht, dass Harry Neumann etwas herausgefunden hatte, das den Bau hätte stoppen können?«

»Wieso, ist da jemand auf der Baustelle verdächtig? Hat einer von denen den Harry umgebracht?«

»Das wissen wir noch nicht. Wir ermitteln lediglich und müssen jede Möglichkeit in Betracht ziehen.«

Der Vorsitzende des Kleingartenvereins fuhr sich mit der Hand über das Gesicht. Nielsen spürte, wie das Pochen in seinem Kopf den Rhythmus änderte und dadurch präsenter wurde.

»Ich weiß nicht, ob der Harry etwas gegen die Baumaßnahme in der Hand hatte. Glaube ich aber nicht. Was soll das denn gewesen sein? Der hat bestimmt nur geblufft.«

Aber womit? Und hatte es den Bauleiter trotzdem aus der Reserve gelockt? Noch passte für Peer alles nicht ganz zusammen. »Haben Sie denn mitbekommen, ob es Ärger mit den Flüchtlingen gab?«

»Ist das die nächste Möglichkeit, die Sie in Betracht ziehen?« Die Miene des Mannes verfinsterte sich. »Das sind alles arme Leute, die Schlimmes durchgemacht haben. Die brauchen unsere Unterstützung und keine falschen Vorurteile oder gar so etwas Grässliches wie Fremdenhass.« Bei seinen Worten stierte er Boateng an, während Nielsen mehr als überrascht über diese Reaktion war. Bisher hatten die Kleingärtner nicht gerade freundlich auf das Thema reagiert.

»Sie wissen schon, dass das nicht alle Pächter hier so sehen?«

Der Vorstandsvorsitzende nickte. »Deswegen gab es hier auch regelmäßig Streit.«

10. KAPITEL

»Viel haben wir immer noch nicht.« Peer starrte auf das Whiteboard, auf dem sie die bisherigen Ermittlungsergebnisse festgehalten hatten.

»Wir haben nachgeforscht, aber da war nichts zu finden«, bemerkte Carsten und mutmaßte, dass der Bauarbeiter die angebliche Verfügung gegen Neumann entweder erfunden oder lediglich vermutet hatte.

»Ja, aber Fakt ist, es ist in der letzten Zeit ruhiger geworden, jedenfalls was die Proteste seitens Harry Neumanns angeht«, bemerkte Nielsen. »Nur warum?«

»Vielleicht hat Braun ihm Geld gegeben? Oder dieser Freimann?«, warf Jens in den Raum.

Boateng schüttelte sofort den Kopf. »Soweit ich diesen Vorsitzenden des Gartenvereins verstanden habe, ging es Neumann nicht um Geld, der wollte seinen Garten behalten. Oder habt ihr in seinen Bankumsätzen etwas gefunden?«

»Nee, aber normal lässt du solche Aktionen ja nicht über ein Konto laufen«, bemerkte Lutz, der die Finanzdaten des Opfers gecheckt hatte.

»Stimmt«, kommentierte Nielsen und blickte wieder auf die Tafel. »Also müssen wir alle Ansätze noch mal durchkauen. Flüchtlingscamp, Baustelle, Familie, Kleingarten. Wir müssen etwas übersehen haben.« Die anderen in der Runde atmeten geräuschvoll aus.

Er fuhr sich mit der Hand über den Kopf und spürte den Kopfschmerz zurückkehren. »Für heute machen wir aber erst einmal Feierabend, dafür morgen in alter Frische«, entließ er das Team.

Ehe er selbst den Raum verließ, wandte er sich noch einmal zum Whiteboard um und betrachtete die bisherigen Ergebnisse.

»Und wenn es einen ganz anderen Grund für Neumanns Ableben gab?«, murmelte er vor sich hin. Aber welchen? Er ging zurück, nahm einen Stift und schrieb die gängigsten Motive für einen Mord an die Tafel. Hass, Eifersucht, Gier. Es bestand auch die Möglichkeit einer völlig unmotivierten Tat, wenngleich es derlei Fälle sehr selten gab. Sollte er diesen Ansatz notieren? Er steckte die Kappe auf den Marker und legte ihn zurück. Was auch immer der Grund für den Mord gewesen war, unmotiviert war der Täter seiner Ansicht nach ganz gewiss nicht gewesen.

Am nächsten Morgen sah die Welt nicht bedeutend anders aus als tags zuvor. Die Ergebnisse der Spurensicherung aus der Untersuchung der Laube von Harry Neumann lagen vor, über die der Kollege von der Spusi ihn vorab telefonisch informierte.

»Da wir nichts Auffälliges entdeckt haben, gehen wir davon aus, dass der Täter entweder fündig geworden ist oder aber dass das, wonach er auch immer gesucht haben mag, nicht im Gartenhaus versteckt war.«

»Ach?«, entgegnete Peer Nielsen mit einem leicht ironischen Unterton in der Stimme, den der Kollege jedoch nicht wahrnahm oder, was wesentlich wahrscheinlicher war, nicht wahrnehmen wollte.

»Auf jeden Fall war es der Täter, der dieses Chaos angerichtet hat.«

»Wie kommt ihr darauf?«

»Na, wir haben wieder diese Textilspuren gefunden, dieselben wie am Opfer. Der Einbrecher muss auf dem alten Plüschsessel gesessen haben. Bei unserer ersten Untersuchung der Laube waren sie nicht da. Tja, man sollte lieber Ballonseide tragen«, lachte der Kollege von der Spurensicherung.

Oder sich an einem Tatort nicht hinsetzen, dachte Peer, während er über den Scherz schmunzelte.

»Und was ist mit den Schaufeln von der Baustelle? Meine Mitarbeiter hatten doch ein paar Exemplare an euch gegeben.«

»Nichts. Keine Übereinstimmung.«

»Hätte mich auch sehr gewundert, wenn der Mörder die Tatwaffe zurücklässt.«

»Na ja, wenn ich an die Fasern denke, scheint der nicht besonders helle zu sein«, kommentierte der Kollege, ehe er sich verabschiedete und auflegte.

Boateng war an diesem Morgen nicht ins Präsidium gefahren, sondern noch mal ins Flüchtlingscamp. Er wollte sich einfach nur ein wenig umschauen, wobei seine Hauptmotivation darin bestand, die Flüchtlinge zu entlasten. Letztendlich waren die Bewohner nur durch die üble Nachrede der Gartenbesitzer sowie der Familie des Opfers ins Visier der Polizei geraten und die Presse hatte diesen Umstand, wie er heute Morgen in der Zeitung gesehen hatte, ziemlich aufgebauscht. Als er die Schlagzeilen gelesen hatte, war ihm wortwörtlich der Hals zugeschwollen – er hatte mehrmals schlucken müssen. Hatte sich wirklich nichts geändert? Eigentlich hatte er in den letzten Jahren das Gefühl gehabt, der Fremdenhass hätte ein wenig abgenommen, die Leute seien toleranter geworden, aber dieser Fall bewies das komplette Gegenteil. Gern zeigte man mit dem Finger auf die Flüchtlinge, die plötzlich, so schien es, für alle Missstände im Land verantwortlich gemacht wurden.

Sie kosteten Geld, nahmen Arbeitsplätze weg, machten Dreck und brachten – so wie in ihrem Fall – Mord und Totschlag. So jedenfalls lauteten einige Zeilen in den Medien, über die Boateng mehr als erschrocken war. Wo war die Hilfsbereitschaft der Leute? Solidarität? Humanität? Hatte man überhaupt nur die leiseste Ahnung, was die Menschen durchgemacht hatten?

Und in Saus und Braus, wie einige Stimmen behaupteten, lebten die Flüchtlinge nun wirklich nicht. Die Zustände in dem Camp waren eher beschämend. Michael jedenfalls empfand Mitleid mit den Menschen, die hier auf engstem Raum, teilweise in Zelten, auf eine ungewisse Zukunft warteten.

Doch es fiel ihm schwer, sich in die Lage der Menschen in der Einrichtung hineinzuversetzen, die oftmals alles verloren hatten – bis auf ihr Leben.

Vor dem Container des Einrichtungsleiters, bei dem Michael sich gemeldet hatte, kam er mit einem jungen Mann aus Aleppo ins Gespräch, der recht gut Englisch sprach.

Zunächst traute der Syrer sich nicht, mit ihm zu reden, weil er dachte, er gehöre einer Gang von Eritreern an, die hier im Lager oft für Stress sorgte. Als Boateng ihm aber erzählte, er käme aus Deutschland und wolle den Flüchtlingen helfen, reagierte der Mann aufgeschlossener. Wahrscheinlich auch, da Michael wohlweislich verschwieg, dass er Polizist war.

Seit etwa zwölf Monaten war der junge Syrer, der Said hieß, auf der Flucht.

Boateng fragte, wie die Menschen hier in Hamburg ihm begegneten.

»Friendly«, behauptete Said. Er sei bisher gut aufgenommen worden.

»All?«, hakte Michael nach und signalisierte damit, die Probleme zu kennen, die man als Ausländer in diesem Land hatte.

»Not all«, räumte Said ein. »Besonders die Leute, die hier in der Nähe wohnen, beschimpfen uns oft.«

»Welche Leute?«, fragte Boateng auf Englisch.

Said wies mit dem Arm hinüber Richtung Kleingartenanlage.

»Dich auch?«

»Nein, ich gehe da nicht mehr hin, aber einige der anderen aus dem Camp«, antwortete Said in gebrochenem Englisch.

»Gibt es denn Gründe, dass die Leute sauer auf euch sind?«

Said zuckte mit den Schultern. »Es sind nicht alle gute Menschen. Auch hier nicht. Und selbst wenn man ein guter Mensch ist«, erklärte er, »hat man Hunger und andere Nöte.«

Boateng nickte. »Weißt du sonst etwas über die Probleme mit den Gärtnern?«

»Nicht viel, nur was hier so erzählt wird. Wieso fragst du das alles?«

»Hast du gehört, dass einer der Bewohner dort ermordet worden ist?«

Said wurde blass, schüttelte den Kopf.

»Die Gartenbesitzer sagen, es war einer von euch.«

Nun kniff der Syrer die Augen zusammen und musterte Michael. Langsam schien der Groschen zu fallen. »Und du willst das herausfinden?«

»Wenn da was dran ist.«

Said wog den Kopf hin und her. »Wie gesagt, nicht alle Leute sind gut.«

11. KAPITEL

»Die Presse macht Druck«, begrüßte Fritsche Nielsen, als er dessen Büro betrat. »Was habt ihr?«

»Nichts, was man denen präsentieren könnte.«

Peer hatte am Morgen bereits einige der Schlagzeilen gelesen. Die Medien hatten sich mit Begeisterung auf den Mord gestürzt und berichteten vor allem über den Verdacht gegen die Flüchtlinge. Sein Erzfeind Pisto, den Nielsen als einen gescheiterten Schmierfink betrachtete, war bestimmt mit von der Partie, Stimmung gegen das Camp und vor allem gegen die Polizei zu machen.

»Aber wir müssen denen etwas liefern, daher habe ich für 10:00 Uhr eine Konferenz angesetzt. Besser, wir reden als ein anderer.«

»Haben sie doch schon.« Lutz betrat mit einer Zeitung wedelnd das Büro.

»Was?« Fritsche und Nielsen fuhren auf.

»Ja, der Sohn hat ein Interview gegeben. Habt ihr das noch nicht gelesen?«

»Nee«, antworteten die beiden synchron. Die Klatschblätter hatten sie noch nicht gesichtet.

»Und?«, fragte Nielsen daher.

»Im Prinzip gibt auch er den Flüchtlingen die Schuld.«

»Na ja, angeblich war da ja dieser Übergriff. Seltsam ist nur, dass der Nachbar nichts mitbekommen haben will, obwohl Olaf Neumann behauptet, jemand sei seinem Vater in der Situation zu Hilfe gekommen.«

»Hat er etwas zu den Problemen mit der Baustelle gesagt?«, wollte Fritsche wissen.

Lutz schüttelte den Kopf.

»Umso wichtiger ist daher jetzt die Pressekonferenz«, entgegnete der Leiter der Mordkommission. »Kommst du, Peer?«

Als sie wenig später den Vertretern der Presse gegenübersaßen und Fritsche Auskunft über den Stand der Ermittlungen gab, sah Peer es in den Augen der meisten Journalisten funkeln. Anscheinend konnten sie kaum erwarten, endlich ihre Fragen stellen zu dürfen, vermutete Nielsen und ließ seinen Blick über die Meute schweifen. Pisto saß wie beinahe immer bei solchen Veranstaltungen in der ersten Reihe und lauerte wie ein Fuchs auf seine Chance. Und die kam schnell, da es aufgrund der dürftigen Ermittlungsergebnisse wenig zu berichten gab.

Die ersten Arme schnellten in die Höhe, kaum dass die Fragerunde eingeläutet wurde. Peer hoffte inständig, sein Chef würde den Schmierfinken direkt vor ihm ignorieren, allerdings schaffte es Pisto wie immer, sich gekonnt in Szene zu setzen.

Er sprang einfach auf und bellte ihnen seine Frage geradezu entgegen: »Haben Sie in der Erstaufnahmeeinrichtung in der Schnackenburgallee schon jemanden festgenommen?«

Fritsche blickte auf Peer, der sich leicht nach vorne über das Mikro beugte. »Wir haben einige Bewohner befragt, aber bisher deutet nichts darauf hin, dass der Täter dort zu finden ist.« Er fixierte Pisto und wünschte sich wieder einmal, dass Blicke, wenn nicht töten, so wenigstens lähmen könnten. Wie schön wäre es, wenn der Journalist plötzlich verstummen würde und keine provokanten Fragen mehr stellen könnte.

Anders als noch vor einigen Jahren hatte Nielsen sich heutzutage aber im Griff. Den Fehler, einen Pressevertreter verbal und sogar körperlich zu bedrohen, machte er kein zweites Mal.

»Aber es gab ja diesen Übergriff«, hörte er jetzt eine andere Stimme weiter hinten.

»Schon, aber das muss nichts bedeuten.«

»Nichts bedeuten?«, hakte Pisto gleich ein. »Wenn die Flüchtlinge unbescholtene Bürger bedrohen, wäre es nicht besser, das Camp abzuschließen?«

Peers Magen krampfte sich zusammen. Er empfand den Zaun, der das Gelände sicherte, eigentlich schon als Zumutung. Wenngleich der eher zum Schutz der Flüchtlinge war. »Hallo? Wir können die Leute doch nicht einsperren.«

»Aber umbringen dürfen die uns?«

Peer merkte, wie der Knoten in seinem Bauch immer größer wurde und zu platzen drohte. Fritsche gelang es, zusammen mit dem Pressesprecher die Meute ein wenig zu beruhigen, dennoch war Nielsen auf 180, als er in sein Büro zurückkehrte. Wutentbrannt wählte er die Nummer der Neumanns.

»Was haben Sie sich dabei gedacht?«

»Wieso? Ich habe bloß die Wahrheit gesagt«, verteidigte sich Olaf Neumann, der direkt am Telefon gewesen war.

Wahrscheinlich wartet der auf die nächsten Interviewanfragen, schoss es Peer durch den Kopf. »Woher wollen Sie wissen, dass ein Flüchtling Ihren Vater umgebracht hat?«

»Wer soll es denn sonst gewesen sein?«

»Wissen Sie eigentlich, was Sie mit Ihrer Aussage angerichtet haben?«, schrie Peer beinahe in den Hörer. »Sie haben die Bevölkerung aufgescheucht und die Stimmung gegen die Flüchtlinge angeheizt, die ohnehin nicht gut war. Wie sollen wir da unsere Arbeit machen?«

»Das weiß ich doch nicht. Ich bin nicht schuld, dass die Leute schlecht über die Asylanten denken. Das haben die sich doch selbst eingebrockt.«

»So, glauben Sie? Mit der Schuld ist das nämlich so eine Sache. Man könnte Sie durchaus wegen übler Nachrede belangen.«

Es entstand eine kurze Pause.

»Ist die Leiche schon freigegeben? Wir würden meinen Vater dann gerne beerdigen.«

Sie können ihn ja nicht schnell genug unter die Erde bringen, lag es Peer auf der Zunge, aber er sagte lediglich, dass man sich melden würde, und knallte den Hörer auf.

»Der weiß gar nicht, was er angerichtet hat«, murmelte er vor sich hin, als Michael den Raum betrat.

»Was ist denn hier los?«

Nielsen hielt seinem Mitarbeiter schnaubend die Artikel unter die Nase.

»Oh«, entfuhr es Boateng, nachdem er die Zeilen überflogen hatte.

»Ja, oh. Als wenn uns die Presseheinis nicht schon genug Ärger bescheren, nee, muss der blöde Kerl auch noch Öl ins Feuer gießen.«

»Und was sagt Olaf Neumann dazu?«

»Was soll der sagen? Der hat gar keine Ahnung, was der damit angerichtet hat. Ich war gerade mit Fritsche auf der Pressekonferenz …« Peer winkte ab. Es hatte keinen

Sinn, sich weiter aufzuregen. Bringt eh nichts, dachte er. »Wo warst du?«

»Noch einmal in dem Camp. Habe mich ein wenig unters Volk gemischt.«

»Aber hatten das nicht Jens und Lutz schon gemacht?«

Michael lächelte leicht. »Und was glaubst du, wem die Flüchtlinge eher etwas erzählen?«

Nielsen nickte lediglich.

»Mit einem Bewohner habe ich mich länger unterhalten, und der hat mir erzählt, in der Einrichtung gibt es Banden.«

»Banden?«

»Ja, oder Gangs, was dir lieber ist. Es haben sich Cliquen gebildet, und Said meinte, die sind teilweise kriminell.«

»Said?« Irgendwie stand Peer noch ein wenig auf dem Schlauch. Er konnte sich nach der Konferenz und dem Telefonat nicht so recht konzentrieren.

»Das ist ein Flüchtling aus Syrien.«

»Und der meint, die Banden könnten etwas mit dem Mord zu tun haben?«

»Das hat er so nicht gesagt«, entgegnete Michael. »Aber möglich wäre es vielleicht.«

»Und was für ein Motiv sollten die gehabt haben? Gab es bei Neumann was zu holen in der Gartenlaube? Laut seinen Finanzdaten war er nicht reich, warum also sollten die ihn umgebracht haben?«

Das hatte Michael sich auf der Fahrt ins Präsidium auch gefragt. Generell glaubte er nicht daran, dass die Flüchtlinge etwas mit dem Mord zu tun hatten, wenngleich Saids Bemerkung Zweifel in ihm wachgerufen hatte. Und offensichtlich hatte sich in der Laube etwas befunden, wofür sich ein Einbruch gelohnt haben musste. Ob das Geld oder sonstige Wertgegenstände waren, sei mal dahingestellt, dachte Boateng und seufzte laut.

»Ich weiß es doch auch nicht«, sagte er schließlich. »Aber irgendjemand hat Harry Neumann nun einmal umgebracht. Und der Einbruch in der Laube steht sicherlich mit dem Mord in Verbindung.«

Die nächsten Tage gestalteten sich, was die Ermittlungen betraf, äußerst schleppend. Neumanns Leichnam war mittlerweile freigegeben, aber die gesicherten Spuren hatten noch zu keinem Ergebnis geführt. Die Chancen, den Fall aufzulösen, sanken, und das machte das Team mürbe.

»Wollen wir heute zusammen eine Runde laufen?«, hatte Michael Peer am späten Nachmittag gefragt.

»Gerne.« Vielleicht half ihnen körperliche Aktivität über den Tiefpunkt hinweg, überlegte Peer. Zumindest sorgte Bewegung bei ihm meist für bessere Laune.

Nach Feierabend hatten sie sich deshalb zum Volkspark, Peers Laufrevier, aufgemacht. Das Wetter war gut, die Luft klar, schnell hatten sie einen gemeinsamen Rhythmus gefunden und unterhielten sich über den Stand der Ermittlungen.

»Morgen ist die Beerdigung, soll da einer von uns hin?«, fragte Boateng.

»Das können vielleicht Jens und Carsten machen.« Peer hatte wenig Lust auf eine Trauerfeier und versprach sich nicht viel von dem Besuch. Es war zwar nicht auszuschließen, dass der Mörder an der Beerdigung teilnahm, aber selten hatten sie auf diesem Wege einen Täter überführt.

Sie trabten am Bauernhaus vorbei, als sie plötzlich jemanden »Hallo!« rufen hörten. Boateng drehte sich um und erkannte Said, der auf einer Bank am Wegesrand saß.

»Warte mal«, rief Michael Nielsen zu und stoppte.

Der Syrer freute sich. Er kannte nicht viele Leute in der Stadt und die meisten Menschen begegneten ihm mit Argwohn, vor allem nach dem Mord an dem Gartenbesitzer.

»Wie geht es dir?«, fragte Michael auf Englisch.

»Och, ich bekomme vielleicht einen Platz in einer kleineren Wohngruppe.«

»Das ist toll«, antwortete Boateng. Er freute sich für den Flüchtling.

Said nickte, während er Peer interessiert musterte, der sich mit seinem Shirt den Schweiß vom Gesicht wischte.

»Das ist mein Chef«, stellte Michael ihn vor.

Nielsen reichte dem schmalen Mann die schweißige Hand, die dieser nach einem kurzen Zögern schüttelte.

»Chef?«, fragte Said verwundert.

»Ja«, nickte Boateng. »Ich bin bei der Polizei.«

Interessanterweise erschrak der Syrer weitaus weniger, als Michael gedacht hatte. Er grinste sogar leicht.

»Habe ich mir gedacht«, entgegnete er. »Ehrlich, du bist kein guter Schauspieler.«

Nielsen schmunzelte.

»Aber ich habe gehofft, dich noch einmal zu treffen«, erzählte Said.

»Warum?«

»Komm, ich zeige es dir.«

12. KAPITEL

Peer und Michael trauten ihren Augen kaum, als sie wenig später einen der Container in der Erstaufnahmeeinrichtung betraten. In einer Ecke gleich neben der Tür stand eine Schaufel.

»Was ist das?« Peer trat dichter an das Objekt heran.

»Eine Schaufel mit Blut dran«, gab Said Auskunft.

»Wo kommt die her?«

»Keine Ahnung, steht hier seit gestern.«

Boateng fummelte sein Handy aus der kleinen Gesäßtasche seiner Laufhose und rief die Spurensicherung an. »Ja, wir haben vermutlich die Tatwaffe. Könnt ihr bitte sofort kommen?«

Wenig später trafen die Kollegen ein. Der Leiter des Teams musterte die beiden mit einem fragenden Blick, da sie ihn im Sportdress begrüßten, sicherte aber gleich darauf nicht nur die Schaufel, sondern auch den ganzen Container.

Boateng und Nielsen begannen, die Bewohner des Containers zu befragen, die aufgrund der Untersuchung ihre Unterkunft verlassen mussten und als Gruppe vor der Wohneinheit standen.

Said machte sich als Dolmetscher nützlich, erklärte, was passiert war, und fragte, ob jemand etwas beobachtet hatte.

Aber egal, wen sie fragten, keiner konnte sagen, woher

die Schaufel kam, geschweige denn, wem sie gehörte. Alle bestätigten lediglich, dass das Gerät seit gestern plötzlich in der Ecke gestanden hatte.

»Das ist doch seltsam«, überlegte Boateng, als sie schließlich durch den Park zurück zum Wagen liefen. Es war mittlerweile beinahe dunkel und sie froren in ihren klammen Laufklamotten. »Wenn der Täter tatsächlich aus dem Flüchtlingscamp kommt, dann versteckt er die Tatwaffe ja wohl nicht erst, um sie dann ein paar Tage später derart öffentlich zu präsentieren. Das riecht mir verdächtig nach einer absichtlich falsch gelegten Spur, oder wie siehst du das?«

»Ähnlich, nur wo war die Schaufel vorher? Wer hat sie da hingestellt? Haben wir den Täter längst befragt? Oder haben ihn die Anschuldigungen gegen die Flüchtlinge erst auf die Idee gebracht?« Peer öffnete die Klappe seines Kofferraums und griff nach einem Handtuch.

»Jetzt muss ich aber erst mal duschen, sonst bin ich morgen krank.« Michael nickte. »Wir sehen uns morgen, dann wissen wir bestimmt schon mehr.«

Die Ergebnisse am nächsten Morgen waren im Prinzip so, wie sie es erwartet hatten. Das Blut an der Schaufel stimmte mit Harry Neumanns überein und die Splitter an der Leiche passten im Gegenzug zum Metall des Arbeitsgeräts. Es gab also keine Zweifel – bei dem Fundstück handelte es sich eindeutig um die Tatwaffe, an der sich interessanterweise etliche Blätter und Pflanzenreste befanden.

»Gut«, urteilte Peer und räusperte sich. »Ich werde mich auf der Baustelle umhören, ob die Schaufel dahin gehört, und anschließend in der Gartenanlage. Ihr, Carsten und Lutz, versucht mal herauszufinden, was das für ein Fabrikat ist und wo die verkauft werden. Vielleicht lässt sich über die Spur etwas herausfinden.«

»Geht klar, Chef.«

Wieder musste Nielsen schlucken, er verspürte ein leichtes Kratzen im Hals. Ob er sich gestern doch erkältet hatte? Und was war mit Michael? Der war heute noch nicht aufgeschlagen. Ist so gar nicht seine Art, überlegte Peer, der Boateng gerne mitgenommen hätte zu der Befragung auf der Baustelle. Er wird hoffentlich nicht krank sein, überlegte Nielsen.

Jens Schnitter war an diesem Morgen ebenfalls nicht ins Büro gefahren, sondern zur Beisetzung des Mordopfers. Nach der Freigabe zur Beerdigung des Leichnams hatte man relativ schnell einen Termin gefunden, befand Jens, und ähnlich wie bei Nielsen machte sich bei ihm das Gefühl breit, man wolle den Mann möglichst rasch unter die Erde bringen.

Während er am Eingang der kleinen Kapelle auf dem Ohlsdorfer Friedhof die ankommenden Trauergäste beobachtete, fragte er sich, warum man Harry Neumann wohl nicht eingeäschert hatte. Obwohl die Familie laut seinen Recherchen kaum Geld besaß, hatten sich die Hinterbliebenen für eine kostenintensivere Erdbestattung entschieden und der massive Eichensarg war sicherlich teuer gewesen.

Seltsam, dabei waren Urnenbestattungen doch sehr im Kommen. Erst recht, nachdem es im letzten Jahr in Hamburg einen Fall der besonderen Leichenschändung gegeben hatte, bei dem Leichen auf dem Friedhof wieder ausgegraben worden waren. Jens hatte einige Zeit danach einen Bericht im »Hamburger Abendblatt« darüber gelesen, dass seitdem immer mehr Leute verbrannt wurden. Solch eine Störung der Totenruhe wollte niemand.

Außerdem, überlegte er, während er sich in die hinterste Bankreihe setzte, war ein Urnengrab weniger pflegeintensiv, denn wenn er sich die Witwe so anschaute, die sich mühsam mithilfe ihres Rollators bis in die erste Reihe geschleppt hatte, würde die wohl kaum die Grabpflege übernehmen können.

Er ließ seinen Blick über die kleine Schar Trauernder schweifen und überlegte, wie er sich seine Bestattung wünschte. Letztendlich war es ihm egal. Tot war tot – sollten die Angehörigen entscheiden, wie sie ihn bestatten wollten, wie viel Abschiednahme sie brauchten.

Zu Harry Neumanns Beisetzung waren nicht viele Trauergäste gekommen. Der Sohn saß neben der Mutter ganz vorne, dahinter ein paar ältere Damen – vermutlich Nachbarinnen – sowie einige Männer, die er von seinen Befragungen aus der Gartenkolonie kannte.

Die Feier war schnell vorbei, da außer dem Pastor niemand etwas über den Verstorbenen oder zu den Hinterbliebenen sagen wollte.

Es herrschte eine seltsame Stimmung. Die Musik lief vom Band und der Sarg wurde aus der Kapelle geschoben anstatt getragen. Anscheinend hatten sich nicht genügend Träger gefunden. Ob Harry Neumann bei seinen Gartenfreunden nicht beliebt gewesen war? Jens zückte sein Merkbuch und notierte sich diese Frage, während die wenigen Gäste sich endlich erhoben. Man hatte der Witwe selbstverständlich den Vortritt lassen wollen, diese hatte eine Ewigkeit gebraucht, um sich von der Bank hochzustemmen, sich auf den Rollator zu stützen und dem Sarg durch den Mittelgang zu folgen.

Jens wartete, bis alle die Kapelle verlassen hatten, und stand erst dann auf. Er hatte es nicht eilig. Denn bisher war ihm niemand verdächtig erschienen, und er nahm an, dass dies auch so bleiben würde.

»Woher haben Sie die Schaufel?« Stephan Braun blickte Peer fragend an, als dieser ihm das Gerät präsentierte.

»Aus dem Flüchtlingsheim.«

»Ha, also doch. Die haben etwas mit der Leiche zu tun!«

»Wie kommen Sie darauf?«

»Na, das steht ja überall fett in der Zeitung. Lesen Sie nicht?« Der Bauleiter hatte einen leicht provokanten Ton angeschlagen, der Peer so gar nicht gefiel.

»Schon, aber ich glaube nicht alles, was irgendwelche dahergelaufenen Journalisten schreiben. Es ist nicht klar, ob einer der Flüchtlinge etwas mit dem Mord zu tun hat. Bewiesen ist nichts.«

»Ja aber …« Stephan Brauns Gesicht verlor leicht an Farbe.

»Nur weil wir die Schaufel in der Einrichtung gefunden haben, heißt das nicht, dass der Täter dort zu finden ist. Das Opfer wurde ja auch nicht bei Ihnen auf der Baustelle umgebracht.«

»Sondern wo?«

»Das konnten wir bisher noch nicht ermitteln.« Diese Feststellung klang besser, als die Realität aussah. Sie hatten bis jetzt keinen blassen Schimmer, wo Harry Neumann ermordet worden war. Die Spurensicherung hatte in der Laube keine Anhaltspunkte gefunden, wollte aber mit einem Spürhund heute noch einmal das gesamte Gartenareal untersuchen.

»Ja, aber es ist doch sehr wahrscheinlich, dass die Ausländer etwas mit dem Mord zu tun haben, wenn es mit den Gärtnern immer wieder Ärger gab.«

»Mit Ihnen gab es doch auch Ärger, oder?«

Stephan Braun räusperte sich. »Das ist doch etwas ganz anderes.«

»Ich weiß nicht. Immerhin wollte Neumann den Ausbau stoppen.«

»Ha«, grunzte der Bauleiter auf. »Wie hätte er das wohl machen wollen?«

»Das kann ich Ihnen momentan noch nicht sagen, aber aktuell sieht es durchaus so aus, als hätte Herr Neumann etwas in der Hand gehabt.« Peer dachte an den Einbruch in der Laube.

»So?«

»Ja, und daher kann es gut sein, dass der Täter hier von der Baustelle kommt.« Nielsen nahm Braun ins Visier.

Der schluckte und sein Blick wanderte zur Schaufel. »Von uns ist die jedenfalls nicht.«

»Wirklich nicht?«

»Nein, aber Sie können gerne meine Männer befragen, sofern Sie sie nicht von der Arbeit abhalten. Sie wissen ja …«

»Ja, ja«, antwortete Peer, »time is money.«

Ohne ein weiteres Wort drehte sich Stephan Braun um, ging zu seinem Wagen, stieg ein und fuhr los. Nielsen blickte sich ein wenig orientierungslos um. Das Gelände erschien ihm riesig. Konnte er einfach so über die Baustelle rennen und die Leute befragen? Warum nicht, beschloss er letztendlich und stiefelte los.

Den ersten Bauarbeiter nahm er sich direkt vor einem Dixi-Häuschen vor, das in der Nähe des Baucontainers stand.

»Entschuldigung, aber haben Sie diese Schaufel schon einmal gesehen? Ich meine, ist die vielleicht hier von der Baustelle?«

Der Mann betrachtete das Gerät, schüttelte jedoch sehr schnell den Kopf. »Nee, wir arbeiten hier nur mit Holsteiner Schaufeln, das ist ja ein Frankfurter Model.«

»Bitte?« Peer hatte nicht gewusst, dass es große Unterschiede bei Schaufeln gab.

»Sehen Sie sich die Schippe an«, klärte ihn der Arbeiter auf. »Die läuft am Ende spitz zu. Bei unseren Schaufeln ist die Kante gerade.«

»Sie meinen also, solch eine Art Schaufel verwenden Sie gar nicht auf der Baustelle?«

»Nee, eignet sich nicht für unsere Arbeit. Ist eher etwas für den Gartenbereich.«

Peer musterte den Mann. Wollte der ihn absichtlich auf eine andere Spur lotsen? Der Arbeiter wirkte ziemlich unbedarft. Aber das konnte natürlich täuschen.

»Ja gut, danke.« Er entließ den Mann und holte sein Handy aus der Jackentasche. »Ja, Michael, kannst du mal in den Berichten der Spusi über die Baustellenschaufeln nachschauen, um was für Modelle es sich dabei gehandelt hat?«

»Moment, Chef«, tönte es aus dem Telefon. Nielsen hörte das Klacken der Tastatur und kurz darauf erneut Boatengs Stimme: »Wusste gar nicht, dass es da Unterschiede gibt. Bei den untersuchten Schaufeln der Baustelle handelt es sich um das Holsteiner Model.«

»Bei allen?«

»Ja, bei allen.«

Die Grabstelle lag ziemlich weit entfernt von der Kapelle. Die Witwe musste die Strecke mit dem Wagen gefahren werden und ihr Gang zum Grab würde sicherlich länger dauern, als Jens für den Fußmarsch benötigte.

Er kannte sich gut aus auf dem Friedhof. Seine Tante bot hier Führungen an, denn der Ohlsdorfer Friedhof war über die Grenzen Hamburgs hinaus sehr bekannt, galt als größter Parkfriedhof der Welt. Viele Berühmtheiten wie Hans Albers, Inge Meysel und natürlich auch Loki und Helmut Schmidt lagen hier begraben, aber man musste den Weg kennen, einfach so fand man die Grabstellen meistens nicht.

Er fragte sich allerdings, warum die Hinterbliebenen Neumanns sich für diesen Friedhof entschieden hatten, denn der Weg aus Osdorf hierher war nicht gerade kurz und ein Auto besaß die Familie, soweit er wusste, nicht. Gab es in Osdorf keinen Friedhof oder was war der Grund für die Wahl von Neumanns letzter Ruhestätte? Auch diese Frage notierte er in sein Merkbuch.

Als Jens zu Neumanns Grab kam, war die Zahl der Trauernden noch kleiner geworden. Anscheinend hatten sich einige Leute verabschiedet. Jens wunderte sich, denn die Hanseaten wussten sich zu benehmen, und dass man eine Trauerfeier verließ, ehe der Leichnam unter der Erde war, gehörte sich nicht.

Ohnehin hatte Jens mehr Gäste erwartet. Der Fall war durch die Medien bekannt und durchaus brisant. Ein paar Schaulustige zog so etwas meist an. Oder die Presse. Hatten die Neumanns den Termin geheim gehalten? Konnte er sich eigentlich nicht vorstellen; nicht nach dem Interview des Sohnes. Seltsam.

Die Grabstelle war recht groß, offensichtlich ein Doppelgrab, damit die Witwe später bei ihrem Ehemann beerdigt werden konnte. Krass, fuhr es Jens durch den

Kopf, wenn man sein eigenes Grab sieht. Zumindest das, in dem man später liegen wird. Gruselig.

Schnell schob er den Gedanken zur Seite und versuchte, sich auf die Beisetzung zu konzentrieren. Er starrte in das schwarze Loch, nahm aber plötzlich im Augenwinkel eine Gestalt wahr. Jens Schnitter hob den Kopf, sah allerdings niemanden. Da war doch jemand gewesen. Jens drehte sich um und ging ein paar Schritte in die Richtung, in der er die Person zu sehen geglaubt hatte. Aber da war niemand.

»Hallo?«, rief Peer über den Zaun in Schröders Garten.

Auf sein Rufen hin öffnete sich die Tür zur Gartenlaube und der Kopf von Herrn Schröder erschien. »Bitte?«

»Ich habe da eine Frage.« Nielsen stieg einfach über die niedrige Pforte, was die Miene des Angesprochenen noch einmal finsterer werden ließ. »Kennen Sie diese Schaufel?«

Neumanns Nachbar trat aus dem Häuschen, kam ihm entgegen und beäugte dabei das Gerät. »Könnte die von Harry sein.«

»Könnte?«

Herr Schröder bedeutete Peer, die Schaufel umzudrehen. »Ja, ganz sicher, da ist eine Brandstelle. Sehen Sie.« Er wies auf einen dunklen Fleck auf dem Holz des Stiels. »Da hat der Harry mal mit dem Grillanzünder geast und die Schaufel hat was abbekommen.«

Nielsen betrachtete den Fleck.

Hieß das, Neumann war hier umgebracht worden? War die Schaufel vielleicht das, wonach der Einbrecher gesucht hatte?

Aber der Mörder hätte doch wissen müssen, wo er die Tatwaffe gelassen hatte. Warum sollte er die überhaupt zurückgelassen haben? Peer fuhr sich mit der Hand über den Kopf, während er nach Antworten suchte.

Weil er total durch den Wind war und sich erst einmal um die Beseitigung der Leiche gekümmert hatte? War dem Täter erst später eingefallen, dass er die Schaufel vergessen hatte? Das würde zumindest erklären, warum sie erst gestern im Flüchtlingscamp entdeckt worden war. Hatte der Mörder sie absichtlich dort deponiert, um den Verdacht auf die Bewohner zu lenken? Ebenso wie die Deponierung der Leiche auf der Baustelle vom eigentlichen Tatort ablenken sollte? Aber wieso hatte er die Laube verwüstet? Irgendwie passte das nicht ganz zusammen.

»Hat Harry Neumann die Schaufel mal verliehen?«

»Keine Ahnung, glaube ich nicht. Wer hier einen Garten hat, der hat meist auch eine Schaufel.«

Das klang plausibel.

»Mein Beileid«, verabschiedete sich Jens von Neumanns Witwe und Sohn. Die nickten synchron. Eine Einladung zum Kaffee hatten sie nicht ausgesprochen, aber auf so etwas war Jens sowieso nicht scharf. Er mochte diese skurrile Tradition nicht besonders. Vom Grundgedanken her schon. Es war eine nette Idee, sich zum Abschied eines lieben Menschen zusammenzusetzen, über Erinnerungen an den Verstorbenen zu sprechen, vielleicht seine Musik zu hören, Bilder anzuschauen, kurz: eben gemeinsam zu trauern. Oft allerdings geriet dieser Grundgedanke in Vergessenheit und Klatsch und Tratsch hielten auf solchen Veranstaltungen Einzug. Es wurde Alkohol getrunken und mit gelöster Zunge über die Trauernden oder selbst den Verstorbenen gelästert. Auf so etwas konnte Jens gut verzichten und war erfreut, dass Neumanns das anscheinend ähnlich sahen. »Kann ich Sie vielleicht nach Hause fahren?«

»Oh, das wäre nett, wir müssten ansonsten ein Taxi nehmen«, entgegnete der Sohn sofort.

Jens holte den Wagen und in der Zwischenzeit hatte die Witwe es bis zur Straße geschafft.

Während er den Rollator im Kofferraum verstaute, half Olaf Neumann seiner Mutter auf den Beifahrersitz. Er selbst drückte sich anschließend auf die Rückbank.

»Geht's?«, fragte Jens, da der Sohn ein ähnliches Kaliber wie die Mutter war.

»Wenn Sie noch ein Stück vorrücken könnten?«

Jens fuhr den Sitz, soweit es ihm möglich war, nach vorne. »Das war eine schöne Beerdigung«, versuchte er anschließend ein Gespräch in Gang zu bringen, während er zur Ausfahrt des Friedhofs fuhr.

»Ja, Vadder hätte es sich bestimmt so gewünscht«, kommentierte Olaf Neumann.

»Aber nicht billig«, fügte die Witwe hinzu, die anscheinend sehr stolz darauf war, ihrem Mann einen solchen Abschied bereitet zu haben. »Alleine der Sarg. Knapp 2.500 Euro.«

»Der war aber auch schön, und Ihr Mann hatte bestimmt vorgesorgt, oder?«

»Leider nicht«, fuhr der Sohn dazwischen.

»Nicht?« Jens warf einen Blick in den Rückspiegel. »Wie haben Sie dann die Beerdigung bezahlt?«

»Ach, na ja, ich hatte ein bisschen was auf der hohen Kante«, antwortete Olaf Neumann. »Und den Rest stottern wir ab.«

Jens ließ die Sache auf sich beruhen, nahm sich aber vor, die Finanzen des Sohnes noch einmal unter die Lupe zu nehmen, denn soweit er wusste, bezog der lediglich Hartz IV.

»Auf jeden Fall haben Sie einen schönen Platz für das Grab ausgesucht. Gab es in Osdorf nichts Entsprechendes? Es ist ja doch ein Stück zu fahren«, ließ Jens Schnitter stattdessen die notierte Frage ins Gespräch einfließen.

»Na, hören Sie mal. Wenn man Hamburger ist, dann will man ja wohl in Ohlsdorf beerdigt werden«, entfuhr es Olaf Neumann, woraufhin Jens schwieg.

Was sollte er diesem Argument entgegensetzen, grübelte er, denn im Grunde genommen hatte der Sohn recht. Jedenfalls sah er es ähnlich; allerdings war das seiner Ansicht nach auch eine Frage des Geldes, denn er konnte sich vorstellen, dass die Grabstellen in Osdorf eventuell günstiger gewesen wären.

Der Rest der Fahrt verlief recht still. Jens bekam kaum Luft, da das Lenkrad ihn einengte. So konnte er nicht weiter nachdenken und die Chance, die beiden weiter zu befragen, rann ihm wie Sand durch die Hände.

Und als er vor dem weißen Mehrfamilienhaus in Osdorf stoppte, in dem die Neumanns wohnten, hatte er plötzlich mit ganz anderen Problemen zu kämpfen, denn die Witwe kam nicht mehr aus dem Auto.

»Ich hole ein Glas Wasser. Bestimmt eine Art Schwächeanfall«, erklärte der Sohn. Leider brachte das Getränk keine Besserung. Die Witwe schien wie festgeklebt an dem Sitz, und als der Sohn an ihrem Arm zog, jammerte sie laut. Etwas ratlos blickte Jens auf die Szene, die sich vor ihm abspielte. So etwas war ihm noch nie passiert. Was sollte er tun?

»Und wenn Sie sich schon mal zur Seite …?« Er blickte fragend auf Frau Neumann, dann auf ihre voluminösen

Oberschenkel. Unter Ächzen versuchte sie, ihre Beine aus dem Auto zu hieven. Der Sohn half mit und bekam durch die Anstrengung einen roten Kopf.

Oder ist ihm die Situation so peinlich, dass er anläuft wie eine reife Tomate, fragte Jens sich, während er mittlerweile leicht amüsiert das Geschehen verfolgte.

»So«, schnaufte Olaf Neumann nach einer Weile, »wenn Sie ihr vielleicht mal einen kleinen Schubs geben können?«

Ein kleiner Schubs wird kaum reichen, fuhr es Jens durch den Kopf und er holte so weit es ihm möglich war Schwung, um die Alte aus dem Wagen zu stoßen.

»Huch«, entfuhr es der Witwe, die durch die Wucht tatsächlich nach vorne fiel und damit direkt auf ihren Sohn, der noch vor der Beifahrertür kniete.

»Mensch Mutti«, schimpfte der sogleich und versuchte unter dem Körper hervorzukrabbeln.

Jens atmete auf. Endlich war die Frau aus dem Wagen. Er stieg aus und half den beiden auf, wobei er sich ein Grinsen kaum verkneifen konnte. Das war einfach ein zu köstliches Bild.

»Alles Gute«, wünschte er den Neumanns zum Abschied.

Als er Gas gab, blickte er noch einmal in den Rückspiegel und sah, wie die beiden schleppend langsam zum Eingang schlurften. Für Jens stand fest: So unbeholfen, wie die beiden waren, konnten sie mit dem Mord nichts zu tun haben.

13. KAPITEL

»Hatte mir schon gedacht, dass der Besuch der Beerdigung nichts ergibt, was uns weiterbringt«, kommentierte Peer am späten Nachmittag die Ergebnisse von Jens' Einsatz.

»Echt?«, hakte Boateng verwundert nach. »Ich hätte erwartet, dass da jede Menge Schaulustige auftauchen und natürlich die Presse.«

Jens schüttelte den Kopf. »Nee, da waren nur ein paar Nachbarn und Kleingärtner, und die haben sich auch ziemlich schnell verdrückt. Einige gleich nach dem Trauergottesdienst.«

»Ach, deswegen war es so still im Gartenverein«, sagte Nielsen. So erklärten sich seine relativ erfolglosen Versuche, sich bei den Gartenbesitzern nach der Schaufel zu erkundigen.

»Aber wieso wolltest du weitere Leute befragen, wenn doch der Schröder die Schaufel zweifellos identifiziert hat?«, fragte Boateng verwundert.

»Ich wollte wissen, ob Harry Neumann die vielleicht ausgeliehen hatte.«

»In einem Gartenverein?«, blinzelte ihn nun Carsten relativ verständnislos an.

»Ja, ja, ich weiß, eine Schaufel hat da jeder. Haben wir denn sonst etwas?«

»Was ist mit dem Spürhund?«, wollte Michael wissen.

»Die Kollegen waren noch nicht da, als ich gefahren bin.«

»Was, immer noch nicht? Wie lange brauchen die denn?«, entrüstete sich Boateng.

»Die sind auch unterbesetzt. Und der Fall mit dem misshandelten Kind hat momentan oberste Priorität.«

»Hm«, grunzten die anderen Teammitglieder beinahe synchron. Die Tatsache, dass die Stadt in den letzten Jahren an allen Ecken und Enden gespart und deswegen Mittel gekürzt hatte, machte sich überall bemerkbar. Zwar hatten Mahnwachen und Demonstrationen der Kollegen und auch der Gewerkschaft stattgefunden, gebracht hatten sie aber so gut wie nichts. Es fehlte an Ausrüstung und vor allem an Personal.

»Dann machen wir für heute Feierabend«, sagte Peer und schloss die Besprechung, fragte sich aber insgeheim, wo sie morgen ansetzen sollten. Wie sollten sie vorgehen? Was konnte helfen, den Täter zu finden? Er seufzte leise, als er sich erhob.

»Alles klar, Chef?«, fragte Michael, dem Nielsens Missmut aufgefallen war.

»Ja, ja, alles in Ordnung. Bin nur ein bisschen müde.« Boateng runzelte die Stirn, nickte aber.

»Dann ruh dich aus. Bis morgen!«

»Ja, bis morgen!«

Auf dem Nachhauseweg fuhr Peer bei Sören vorbei. Er brauchte jemanden zum Reden.

Der Freund war beim Einrichten der Wohnung nicht viel weiter gekommen, da das Kind krank war und den ganzen Tag schrie. Jetzt schlief es aber zum Glück und war Gott sei Dank durch Peers Klingeln nicht aufgewacht.

»Und wie läuft's bei dir?«, fragte Sören und bahnte sich durch Kisten hindurch einen Weg in die Küche.

Nielsen folgte ihm. »Eher schleppend. Zwar haben wir eine Menge Hinweise, aber irgendwie verläuft alles im Nirwana.«

»Meinst du den Fall mit der Leiche auf der Baustelle?«

»Ja, da passt nichts zusammen. Wir haben noch nicht mal eine Ahnung, welches Motiv der Täter gehabt haben könnte.«

»Das kriegt ihr schon hin. Wirst sehen. Willst du ein Bier?«

Sören kannte Peer seit Schulzeiten und wusste, dass der gerne mal die Dinge schwärzer malte, als sie waren. In seinen Augen war der Schulfreund der beste Kommissar, den Hamburg sich wünschen konnte. Eine engagierte Spürnase, die bisher beinahe jedes Rätsel gelöst hatte.

Er öffnete den Kühlschrank und reichte Nielsen ein Bier. »Leider nur so ein indisches ›Kingfisher‹. Hat ein Kollege neulich mal mitgebracht.«

»Uh, nicht nach deutschem Reinheitsgebot gebraut … huh«, frotzelte Peer.

»Geht's noch, du bist doch immer so weltoffen. Hamburg ist schließlich das Tor zur Welt«, hielt Sören dagegen.

»Ha, was du nicht sagst, das sieht in der Realität aber ganz anders aus.«

»Wie?«

»In dem Fall ermitteln wir auch im Flüchtlingscamp.«

»Aha, wieso?«

»Na, weil alle Welt gleich wieder mit dem Finger auf die bösen Ausländer gezeigt hat.«

»Und ist da was dran?«

Nielsen zuckte mit den Schultern. Eigentlich durfte er mit Außenstehenden nicht über die laufenden Ermittlungen sprechen, aber er vertraute Sören und ließ sich durch derlei Verbote nicht davon abhalten, mit ihm über seine Arbeit zu sprechen. Der Input des Freundes hatte sich oftmals als hilfreich erwiesen. »Zumindest die Tatwaffe haben wir dort gefunden.«

»Echt, und?«

»Ja nichts ›und‹. Angeblich stand die da von einem Tag auf den anderen in diesem Wohncontainer. Wir haben die Bewohner befragt, aber die wissen nicht, wie die Schaufel da hingekommen ist.«

»Schaufel, das hört sich für mich auch eher nach Garten an.« Sörens Blick schweifte in die Krone des Kastanienbaumes, der direkt vor dem Küchenfenster stand.

»Die Schaufel gehörte laut Aussage des Nachbarn auch dem Kleingärtner.«

»Hä, ich denke, wir reden von der Baustellenleiche.«

»Tun wir auch. Der Mann wohnte aber zumindest den Sommer über in seiner Gartenlaube in einem Kleingartenverein.«

»Und seine Familie? Oder hatte der keine Angehörigen?«

»Doch, aber die Frau ist so fett, die kann sich kaum bewegen. Die kriegst du so gut wie nicht aus dem Haus. Mein Mitarbeiter war auf der Beerdigung und hat sich unvorsichtigerweise angeboten, die Witwe nach Hause zu fahren, dabei ist die in seinem Wagen stecken geblieben.«

»Echt?«, fragte der Freund grinsend und Peer musste ebenfalls schmunzeln.

»Und wenn die Schaufel im Heim deponiert wurde? Absichtlich, um den Verdacht auf die Flüchtlinge zu lenken?«

»Daran haben wir auch schon gedacht.«

»Aber wer könnte das gewesen sein?«, spekulierte Sören weiter. »Ein anderer Gärtner? Oder doch jemand von der Baustelle?«

»Wenn ich das wüsste«, seufzte Nielsen und nahm einen großen Schluck Bier.

Am nächsten Morgen kam Nielsen etwas später als sonst ins Büro. Der Abend war länger als geplant geworden, aber Peer hatte es genossen, mit dem Freund zu quatschen. Das taten sie leider viel zu selten, fand er.

»Da ist eine Frau Friedrichs«, begrüßte Carsten ihn. Peer drehte sich suchend in alle Richtungen. »Wo?«

»Unten in der Warteecke.«

»Wieso …«, setzte Nielsen energisch an, doch Carsten fuhr dazwischen: »Ich war schon unten, aber sie will nur mit dem Chef sprechen, hat sie gesagt.«

Nielsen warf einen sehnsüchtigen Blick auf Carstens Kaffeetasse, beschloss dann aber zunächst die Besucherin abzuholen.

Er fuhr mit dem Lift ins Erdgeschoss und meldete sich am Empfangsschalter. »Hier wartet jemand auf mich?«

Die Kollegin nickte wortlos in Richtung einer hageren älteren Dame.

»Frau Friedrichs?« Er streckte ihr die Hand entgegen, als er auf sie zuging.

Sofort sprang sie dynamisch von dem Stuhl auf und musterte ihn. »Sind Sie Hauptkommissar Nielsen?«

»Ja, der bin ich.«

»Gut, ich möchte eine Aussage machen.«

»Dann kommen Sie bitte mit.«

Die Frau folgte ihm mit federnden Schritten.

Im Aufzug schwiegen sie. Peer lächelte der Dame zu,

doch ihr Gesichtsausdruck blieb unverändert. Er fragte sich, ob sie nervös oder einfach abgeklärt war.

»Möchten Sie vielleicht einen Kaffee?«, fragte er, als sie an der Gemeinschaftsküche vorbeikamen.

»Lieber einen grünen Tee bitte«, entgegnete Frau Friedrichs.

»Oh, da muss ich schauen …« Peer hatte keine Ahnung, ob es überhaupt Tee in der Küche gab. Er war ein absoluter Kaffeefanatiker und Tee seiner Ansicht nach etwas, was man allerhöchstens trank, wenn man krank war.

Da er nicht unhöflich sein wollte, verzichtete er für den Moment auf seinen Kaffee und führte die Dame in den Besprechungsraum. »Bin gleich wieder da.«

Er holte sich einen Becher Kaffee und machte sich anschließend auf die Suche nach Michael. Wenn einer Tee trank, dann er.

»Klar, ich bringe gleich einen«, griente der seinen Chef an und brachte wenig später eine dampfende Tasse in den Besprechungsraum. »Nicht zu lange ziehen lassen«, ermahnte er die erstaunte Frau Friedrichs, die erst nach einem Räuspern ein kratziges »Danke, ich weiß« hervorbrachte.

»Also, Frau Friedrichs«, begann Peer das Gespräch, nachdem er einen großen Schluck Kaffee getrunken hatte, »Sie wollten eine Aussage machen?«

»Ja, wegen Harry.«

»Sie meinen Herrn Neumann?«

»Wen denn sonst?«

»Ja gut«, antwortete Nielsen und überging den ruppigen Ton der Nachfrage, »in welchem Verhältnis standen Sie denn zu Herrn Neumann?«

»Verhältnis? Ich habe einen Garten gegenüber.«

»Dann haben meine Kollegen Sie also schon befragt?« Peer jedenfalls konnte sich nicht daran erinnern, mit Frau Friedrichs bereits das Vergnügen gehabt zu haben.

»Ja, aber mir ist noch etwas eingefallen.«

»So? Und was?«

»Ich habe gestern Regionalnachrichten geschaut und da habe ich ihn erkannt.«

»Wen?« Peer beugte sich ein Stück vor.

»Den Mann, der neulich bei Harry im Garten rumgeschlichen ist.«

»Rumgeschlichen? Wann?«

»Na, vor zwei Tagen.«

»Und wieso haben Sie das dann nicht gleich gemeldet?«

»Na, da war der Harry ja schon tot. Außerdem bin ich nicht so gut im Beschreiben.«

»Bitte?« Peers Stimme wurde lauter.

»Na, was hätte ich denn sagen sollen, wer das war?«

»Wie hat er denn ausgesehen?«

Peer befürchtete, die Anschuldigungen könnten wieder in die Richtung der Flüchtlinge gehen. Wahrscheinlich hatte sich rumgesprochen, dass die Schaufel in dem Camp gefunden worden war. Seine Gedanken schweiften immer mehr ab, er hörte gar nicht, was Frau Friedrichs gerade plapperte, bis plötzlich das Wort »Baustelle« in sein Bewusstsein drang.

»Bitte?«, fuhr er auf.

»Na, der Typ sah so aus wie der Mann von der Baustelle von der A 7.«

»Welcher? Wie heißt der?«

»Den Namen kenne ich nicht.« Frau Friedrichs zog die Mundwinkel leicht nach unten.

»Wann war der Bericht im Fernsehen?« Soweit Peer wusste, konnte man sich alte Meldungen im Internet ansehen.

»Gestern Abend, 18:00 Uhr, da laufen immer die Regionalnachrichten.«

Nielsen tippte den Namen des Senders in die Suchmaschine im Internet ein und klickte anschließend auf die entsprechende Homepage. Kurze Zeit später hatte er gefunden, wonach er suchte.

»Sehen Sie mal hier.« Er winkte Frau Friedrichs zu sich. Die Zeugin sprang behände auf, stellte sich neben ihn und beugte sich leicht über seine Schulter, um einen besseren Blick auf den Bildschirm zu bekommen.

Peer startete den Videobeitrag, in dem es um die Bauverzögerungen des Ausbaus der A 7 ging.

Neben Herrn Freimann saß Stephan Braun und beantwortete die Fragen einer ungnädigen Reportermeute.

»So, und welcher der beiden ist um die Laube von Harry Neumann geschlichen?«

»Der da.« Frau Friedrichs pikte mit dem Finger auf den Bildschirm und hinterließ dabei einen Fettfleck.

»Ganz sicher?«

»Absolut.«

Keine zehn Minuten später saß Peer zusammen mit Michael im Wagen und fuhr Richtung Stellingen.

»Hab ich mir gleich gedacht, dass der nicht ganz koscher ist«, murmelte Peer vor sich hin. »Alleine wie der sich immer aufgespielt hat. Ich meine, da lag ein Toter auf seiner Baustelle, und seine einzige Sorge war, wann es weitergehen kann. Hat der bestimmt gemacht, um von sich abzulenken.«

»Na ja, der wird schon ordentlich Druck haben, wenn die eh schon in Verzug sind. Mein Schwager kommt ja aus dem Bereich und hat mal erzählt, um was für Summen es da geht. Und wenn die Deadline nicht gehalten wird, muss die Baufirma teilweise saftige Strafen zahlen«, antwortete Boateng. Er versuchte, das Bauchgefühl seines Chefs zu relativieren.

»Mag sein, aber der hat sich den Job doch ausgesucht. Das wusste der doch vorher.« Peer hatte wenig Verständnis dafür, wenn Leute Normalitäten aus dem Berufsalltag aufbauschten. Er machte schließlich auch nicht jedes Mal einen riesigen Aufriss, wenn es einen Leichenfund gab. Das war schließlich sein Job. »Der hatte unter Garantie Ärger mit Neumann.«

»Und was soll da gewesen sein?« Michael schaute Peer von der Seite an. Selten hatte er seinen Vorgesetzten derart angespannt gesehen. Ob er Druck von Fritsche bekommen hatte? Oder war Nielsen einfach nur müde und brauchte Urlaub? Wie lange hatte er eigentlich nicht freigehabt?

»Na, laut Aussagen einiger Bauarbeiter und Brauns trieb Neumann sich ab und an vor der Baustelle herum.«

»Stimmt«, antwortete Michael, »aber was soll der da, außer Parolen zu schreien, gemacht haben?«

»Reicht ja, wenn Braun nervös geworden ist. Vielleicht sind dem einfach die Sicherungen durchgebrannt.«

»Aber haben die Kollegen nun nicht bestätigt, dass Neumann in seinem Garten erschlagen worden ist? Mit seiner eigenen Schaufel?« Am Vormittag hatte es einen Anruf der Hundestaffel gegeben. Der Spürhund hatte an einer Stelle im Garten angeschlagen und sie hatten Blut entdeckt, das die Kollegen mittlerweile als das von Neumann identifiziert hatten. Außerdem hatte der Hund sie zu einer herrenlosen Schubkarre am Hang oberhalb des Flüchtlingscamps geführt. Ob die Spuren von der Baustelle zu dem Gefährt passten, wurde aktuell untersucht. Dennoch wollte Boateng nicht ganz in den Kopf, wie das alles mit dem Bauleiter zusammenhängen sollte. »Warum sollte Braun die Leiche auf die Baustelle gelegt haben?«

»Um von sich selbst abzulenken?« Peer zuckte mit den Schultern. Auch für ihn passten die Puzzleteile noch nicht ganz zusammen, aber sein Gefühl sagte ihm, dass der Bauleiter irgendwie nicht sauber war. Wahrscheinlich hatte Braun Neumann im Garten erschlagen und dann mit der Schubkarre auf die Baustelle befördert. »Später hat er die Schubkarre zurückgebracht und die Tatwaffe geholt, dabei hat ihn Frau Friedrichs gesehen.«

»Möglich.« Michael kratzte sich am Kopf. »Aber beides hat er dann beim Flüchtlingscamp deponiert. Die Schaufel sogar im Wohncontainer. Warum?«

»Wahrscheinlich hatte er das Ablenkungsmanöver mit der Baustelle nicht durchdacht. Braun hat nicht damit gerechnet, dass es durch den Leichenfund eine Bauverzögerung gibt.«

»Hältst du den wirklich für so dumm?«

»Eigentlich nicht, aber wer weiß, wie der in einer solchen Ausnahmesituation reagiert? Anscheinend hat er ja auch erst später die Laube durchsucht.« Auch wenn die Vorgehensweise des Täters mehr als ungewöhnlich erschien, stand für Peer so gut wie fest, dass der Bauleiter etwas mit dem Mord zu tun hatte.

Sie hatten die Baustelle erreicht und parkten direkt vor der Zufahrt. Stephan Braun stand vor dem Bürocontainer und rauchte. Als er sie sah, schnippte er eilig die Zigarette weg und ging hinein.

»Auf jeden Fall will der nicht mit uns sprechen. Hat also etwas zu verbergen – so oder so«, kommentierte Nielsen das Verhalten des Bauleiters.

Mit raschen Schritten stand er vor dem Container, klopfte an, riss aber gleich darauf die Tür auf. »Moin, Herr Braun!«

Der Bauleiter funkelte ihn böse an. »Was wollen Sie denn schon wieder?«

»Wir suchen den Mörder des Mannes, den man tot auf Ihrer Baustelle gefunden hat. Schon vergessen?«

»Und Sie glauben, den finden Sie hier?« Braun kniff die Augen zusammen.

»Haben Sie eine bessere Idee?« Peer beobachtete, wie der Mann vor ihm plötzlich mehrmals hintereinander blinzelte.

»Ich habe gehört, die Asylanten haben etwas mit dem Mord zu tun.«

»So, haben Sie?« Nielsen fixierte den Bauleiter. »Ich habe gehört, dass Sie um Harry Neumanns Laube herumschleichen.«

»Ich?« Brauns Stimme war belegt.

Nielsen nickte. »Eine Zeugin hat Sie eindeutig identifiziert.«

»Wie das?«

»Erinnern Sie sich an das Interview, das Sie zusammen mit Herrn Freimann gegeben haben?«

Plötzlich wich Stephan Braun sämtliche Farbe aus dem Gesicht. »Ja, aber … ich wollte … weil …«

»Was?« Nielsen spürte, wie sein Puls sich erhöhte. Er hielt die Luft an.

»Na, ich wollte … ähm …« Der Mann blickte ihn mit weit aufgerissenen Augen an.

»Herr Braun, Sie sind vorläufig festgenommen«, entgegnete Peer. Der Mann war in seinen Augen höchst tatverdächtig und eine Zeugin hatten sie auch. Außerdem wirkte Braun ertappt.

Widerstandslos ließ er sich von Boateng, der ihn über seine Rechte aufklärte, abführen.

14. KAPITEL

»Olaf, kannst du mir mal helfen?«, jammerte Frau Neumann, während sie sich umständlich auf dem Sofa hin und her rollte. »Ich muss auf die Toilette.«

Die Witwe wurde immer ungelenker und der Stress der letzten Tage war ihr mehr auf die Knochen als aufs Gemüt geschlagen. Harry und Ruth Neumann hatten schon lange keine enge Beziehung mehr zueinander gehabt. Es war wohl mehr Gewohnheit oder Harry Neumanns ausgeprägtes Pflichtgefühl gewesen, was ihn dazu veranlasst hatte, sich um die beiden zu kümmern und sie zu versorgen. Auf jeden Fall war es allen mehr als recht gewesen, dass er, solange es die Temperaturen zuließen, in der Gartenlaube wohnte.

Die Wohnung in Osdorf war ohnehin für drei Leute viel zu klein. Natürlich war Olaf alt genug und hätte sich eine eigene Bleibe suchen können, wenn seine Mutter ihn nicht zur Unselbstständigkeit erzogen hätte – mehr noch, Olaf war quasi emotional abhängig von ihr, denn durch jahrelange subtile Androhungen eines Liebesentzugs hatte sie ihn an sich gekettet. Dabei war sie es, die Angst hatte, Olaf könne sie verlassen.

Da ihr Sohn nicht antwortete und ihr Bedürfnis immer dringender wurde, versuchte sie erneut sich aufzustemmen. Erfolglos. Sie bekam ihren schweren, unförmigen Körper einfach nicht hoch.

»Olaaaaaf!«

»Was ist?«, antwortete er mit einer genervt klingenden Stimme.

»Ich muss mal.«

»Ja, gleich.«

»Es ist dringend.«

»Oh Mann«, fluchte Olaf Neumann, der kurz darauf im Wohnzimmer erschien. Unsanft packte er seine Mutter am Arm und riss sie hoch.

»Was hast du denn gemacht? Wieder am Computer gedaddelt?«

»Nee, telefoniert.«

»Mit wem?«

»Geht dich nichts an«, antwortete Olaf, schob ihr den Rollator vors Sofa und verschwand wieder.

Und ob sie das etwas anging. Schließlich war sie seine Mutter. Sie würde später, wenn es sich ergab, sein Handy kontrollieren. Jetzt musste sie erst einmal dringend auf die Toilette.

»Also, Herr Braun, was wollten Sie vorgestern in der Gartenkolonie?«

»Ich war neugierig. Immerhin wohnte dort der Mann, den man tot auf meiner Baustelle gefunden hat.« Inzwischen hatte Stephan Braun sich gefangen. Während der Fahrt hatte er geschwiegen, aber nun schien es, als habe er seine Sprache und auch seine arrogante Art wiedergefunden.

»So, also nur gucken?«

»Ja, das machen doch viele. Schaulustige nennt man die, soweit ich mich erinnern kann.« Der Verdächtige griente.

»Wo waren Sie in der Nacht davor? So zwischen 22:00 und 01:00 Uhr?«, fragte Nielsen unbeirrt weiter.

»Also, ja nun …«

»Was, ja nun?«

»Da habe ich ein Alibi.«

»So?« Peer zog beide Augenbrauen hoch.

»Es ist mir etwas unangenehm.«

»Inwiefern?«

»Ich war bei Milva«, schoss es nun aus Braun heraus.

»Milva?« Nielsen ahnte, was jetzt kommen würde, und behielt recht.

»Eine Prostituierte. Ihren richtigen Namen kenne ich nicht.«

»Aber wo wir sie finden können, wissen Sie.«

Braun nannte ihnen, ohne zu zögern, eine Adresse.

»Gut, wir werden das überprüfen, aber so lange bleiben Sie in Gewahrsam.«

»Was? Aber das geht nicht. Die Baustelle …«

»Die muss mal ohne Sie auskommen. Wir werden …«

»Chef?« Lutz hatte nach einem kurzen Klopfen die Tür geöffnet. »Wir haben da einen Vorfall in der Gartenkolonie.«

»Was?« Peer stand auf und folgte seinem Mitarbeiter auf den Gang.

»Einige Gärtner sind wohl auf ein paar Asylbewerber losgegangen.«

Nielsen stöhnte. Solche Aktionen hatte er befürchtet. Sie mussten den Fall schnell klären, sonst würde es vermutlich noch zu ganz anderen Ausschreitungen kommen.

»Gut, ihr fahrt da hin und versucht zu schlichten. Wir haben etwas anderes zu klären.«

Die Gegend wirkte ein wenig heruntergekommen, doch das hatte im Stadtviertel St. Pauli nichts zu bedeuten. Viele Gebäude waren alt und mit Graffiti übersät, trotzdem waren die Mieten nicht unbedingt billig, da sich das Viertel langsam zu einem der angesagteren Stadtteile entwickelte. Er suchte auf dem Klingelschild den Namen Johanna Unken, wie Milva laut offiziellem Melderegister mit bürgerlichem Namen hieß. Solch ein Schild war jedoch nicht vorhanden; dafür tatsächlich eines, auf dem in pinkfarbener Schrift der Name Milva prangte.

Peer drückte den Knopf, woraufhin die Türanlage zügig surrte.

Im Flur war es düster. Nicht nur Peer, auch Boateng benötigte einen Moment, um sich an die Lichtverhältnisse zu gewöhnen. Der Klingel nach wohnte die Unken im zweiten Stock.

Nielsen stieg die ausgetretene Holztreppe mit federndem Schritt hinauf. Boateng folgte ihm nicht weniger dynamisch. Je höher sie kamen, umso intensiver wurde der Geruch von Sandelholz, der sie bereits an der Eingangstür empfangen hatte.

Im Türrahmen gleich rechts neben dem Treppenabsatz lehnte eine dunkelhaarige Mittzwanzigerin, gepflegt, aber nicht besonders attraktiv, wie Peer fand, doch das mochte Geschmackssache sein. Schnell schaute er zu Michael, der die Frau mit kritischem Blick musterte.

»Von einem Dreier war am Telefon aber nicht die Rede.« Es war offensichtlich, dass Johanna Unken sie für Freier hielt.

»Deswegen sind wir nicht hier«, machte Peer klar.

»Nicht?« Sie kniff die Augen zusammen, die viel zu stark geschminkt waren und wie zwei dunkle Löcher wirkten. »Sondern?«

»Es geht um Stephan Braun.«

»Wen?«

»Ein Freier von Ihnen.«

»Ich spreche nicht über meine Kunden.« Sie zog den fuchsiafarbenen Bademantel enger.

»Mag sein, aber dieser steckt in Schwierigkeiten«, erklärte Boateng, während er die Dienstmarke aus seiner Jackentasche nestelte und sie der Frau entgegenhielt.

»Nicht mein Problem.« Sie drehte sich um.

»Na ja, wir können Sie gerne vorladen lassen und eventuell mal ein paar Leute von der Sitte vorbeischicken.«

Johanna Unken fuhr herum. »Wieso? Was glaubt ihr, was die hier sollten? Ich bin sauber – in allen Bereichen. Habe sogar einen Steuerberater. Ihr könnt mir nichts«, zischte sie wie eine Schlange.

»Glauben Sie mir, es findet sich immer etwas«, antwortete Peer unbeeindruckt. Rechtlich gesehen durften sie der Frau nicht drohen, schließlich hatten sie nichts gegen die Prostituierte in der Hand, aber er verabscheute diese Art der Reaktion auf die Polizei.

Warum konnten die Leute nicht einmal kooperativ sein? Immer gleich auf Gegenwehr und Krawall gebürstet.

Es war deutlich zu erkennen, wie sehr es Milva widerstrebte. »Na gut, was ist?«, fragte sie, während sie auf ihre Uhr schaute. Anscheinend musste der nächste Freier jeden Augenblick kommen, da wollte sie verständlicherweise die beiden nicht unbedingt vor der Tür stehen haben.

»Stephan Braun gibt an, er sei am Freitagabend bei Ihnen gewesen.«

»Da muss ich nachschauen.«

Schnell wandte sie sich um, trat an eine kleine Kommode im Flur und öffnete die obere Schublade. Peer konnte durch die offene Tür sehen, wie sie in einem Kalender blätterte. Das Geschäft schien gut zu laufen, denn es dauerte eine Weile, bis Johanna Unken gefunden hatte, wonach sie suchte.

»Ja, das stimmt«, rief sie von der Kommode aus, »er war hier von 20:00 Uhr bis morgens um fünf.«

»So lange?«, fragte Nielsen verwundert.

»Ja, wieso?« Die Unken verschränkte ihre Arme, während sie wieder zur Tür kam. »Er hat dafür bezahlt. Hatte anscheinend Nachholbedarf.« Sie grinste und musterte Peer von oben bis unten.

Der hatte in der Tat schon länger keinen Sex gehabt, schaffte es aber, ihrem Blick standzuhalten. Sie war einfach nicht sein Typ. »Und Sie sind sich ganz sicher?«

»Ja doch.« Sie stemmte nun die Hände in die Hüften. »Sonst noch was? Ich erwarte nämlich Kundschaft.«

»Nein, das ist erst einmal alles. Frohes Schaffen«, verabschiedete Nielsen sich und konnte ein Glucksen nicht unterdrücken, als er, mehrere Stufen auf einmal nehmend, die Treppe hinuntereilte.

Lutz Bielenberg war zusammen mit Jens Schnitter zur Gartenkolonie gefahren. Als sie von der Schnackenburgallee abbogen, sahen sie bereits zwei Streifenwagen von den Kollegen aus der Notkestraße, deren Blaulicht unaufhörlich blinkte. Nicht weit entfernt hatte sich eine Menschentraube gebildet, die, wie sich beim Näherkommen herausstellte, in zwei Parteien gespalten war. Die Beamten aus dem nahe gelegenen Kommissariat fungierten als menschliche Trennwand zwischen den offensichtlich verfeindeten Lagern.

»Das sind doch alles Verbrecher!«, hörten sie eine schrille Frauenstimme, als sie zu der Gruppe traten.

»Was genau ist denn hier vorgefallen?«, mischte sich

Lutz sofort ein und hielt dabei seine Dienstmarke in die Höhe, von der sich aber niemand beeindruckt zeigte.

Ein Stimmenmeer erhob sich, schwoll an. Einzelne Worte wie »Verbrecher«, »Mord«, »Unglück«, »nach Hause« lösten sich aus dem Redeschwall, aber ein klarer Zusammenhang war nicht zu entnehmen.

»Ruhe, bitte, Ruuuuhe!«, forderte Jens die Leute auf. »Bleiben Sie bitte ruhig.«

Er wandte sich an die Kollegen, die erklärten, eine Hundebesitzerin habe sie gerufen, weil sie gesehen hatte, wie einige Kleingärtner mit Gartengeräten auf die Flüchtlinge losgegangen seien.

»Als wir hier ankamen, hatten die Flüchtlinge sich in einem der Gärten verschanzt, vor dessen Pforte die Frau mit dem Schäferhund stand.«

»Wo ist sie jetzt?«, erkundigte Jens sich.

Der Beamte wies hinter einen der Streifenwagen, wo in sicherer Entfernung eine junge Frau stand.

Lutz ging hinüber, während Jens versuchte, noch einmal mit der aufgebrachten Meute zu sprechen.

»Sie haben die Kollegen verständigt?«

Die Hundebesitzerin nickte. »Ich kann immer noch nicht fassen, was hier abgeht. Die sind mit Schaufeln auf die vier Männer los.« Langsam fuhr ihre Hand durch das Fell des Schäferhundes, der neben ihr saß und den Lutz erst jetzt wirklich wahrnahm.

»Ein schönes Tier.«

»Danke«, sagte sie und lächelte schwach.

»Haben Sie eine Ahnung, warum die Gartenbesitzer auf die Asylanten losgegangen sind?«

»Nee, die haben nur geschrien: ›Ihr Mörder, verpisst euch hier!‹«

»Mörder?«

»Ja, ich nehme an, die glauben, dass die Flüchtlinge diesen anderen Gärtner umgebracht haben. Aber das sind ja alles nur Vorurteile, oder?« Etwas unsicher blickte sie Lutz Bielenberg an.

»Wir ermitteln noch und müssen alle Möglichkeiten in Erwägung ziehen.«

»Heißt das, Sie haben die Panik hier noch verschärft?« Ihre blauen Augen verengten sich zu Schlitzen.

»Nun ja«, antwortete Lutz. »Immerhin haben wir die Tatwaffe im Camp gefunden.«

»Aha, und deshalb glauben Sie, dass es einer von den armen Flüchtlingen war, oder was?« Ihre Stimme gewann an Schärfe; vorbei schien ihre Kooperationsbereitschaft.

»Mit Glauben hat das nichts zu tun. Das ist eine Spur, der wir nachgehen müssen«, verteidigte Lutz ihre Ansätze.

»Ach, das ist doch eine Finte«, winkte die Hundebesitzerin ab. »Da will jemand den Asylbewerbern etwas in die Schuhe schieben. Und das scheint ja auch zu klappen.«

15. KAPITEL

»Mist«, fluchte Peer laut, als die Tür des Hauses in St. Pauli hinter ihnen ins Schloss fiel. »Wenn wir nichts finden, dann müssen wir Braun wieder laufen lassen.«

»Sieht leider so aus. Wir müssten dem irgendetwas nachweisen.«

»Hast du etwa eine Idee?« Nielsen schaute resigniert zu Boateng. »Ich jedenfalls nicht.«

»Vielleicht über die Textilfasern?«

»Und wo sollen wir etwas für den Abgleich herbekommen? Glaube kaum, dass wir einen Durchsuchungsbefehl kriegen.«

»Wer nicht wagt, der nicht gewinnt«, sagte Michael und lächelte ihn an.

Irgendwie wirkte er zuversichtlicher als Peer selbst.

Nielsen zückte sein Handy und rief den Staatsanwalt an.

»Nun ja, das klingt schon plausibel«, bemerkte Hartmut Karstens, nachdem Peer ihr Anliegen erklärt hatte.

»Genau, und was kann man einer Prostituierten schon glauben?«, sagte Nielsen. Er versuchte die Glaubwürdigkeit von Brauns Alibi zu untergraben. »Wahrscheinlich hat er die dafür bezahlt, dass sie aussagt, er sei bei ihr gewesen. Ich bin mir ziemlich sicher, es ist nur eine Frage der Zeit, bis sie ihre Aussage zurückzieht und Brauns Alibi sich in Luft auflöst.«

»Hm, das ist dürftig, aber wenn du dir so sicher bist«, sagte Karstens.

»Ansonsten würde ich den Antrag nicht vorbringen.« Nielsen versuchte möglichst überzeugend zu klingen. Mit Erfolg.

»Also gut, ihr kriegt den Beschluss, aber ich hoffe wirklich, ihr findet was, denn mittlerweile kocht der Fall ziemlich hoch, und eine Verzögerung des Bauvorhabens kann sich die Stadt nicht leisten. Das hat mir gerade heute Morgen der Verkehrssenat noch einmal eindringlich mitgeteilt.«

»Tja, wenn wir den Bauleiter überführen, wird es aber wohl dazu kommen.«

»Das ist dann etwas anderes. Aber wenn wir nichts finden, wird's heikel. Also, ich verlass mich auf euch.« Der Staatsanwalt machte deutlich, wie viel von Nielsen und seinem Team abhing.

Boateng hatte während des Telefonates in seinem Merkbuch geblättert, in dem er akribisch wie immer alle notwendigen Infos notiert hatte. »Stephan Braun wohnt in Uhlenhorst.«

»Nicht schlecht«, kommentierte Peer die Adresse, während sie zum Wagen gingen. »Nicht das billigste Pflaster, der scheint nicht übel zu verdienen.«

Während Peer die Adresse ins Navi eingab, informierte Boateng den Schlüsseldienst. Von St. Pauli aus war es nicht weit bis zur Wohnung des Verdächtigen, die in einer ruhigen Seitenstraße lag. Der Mann vom Schlüsseldienst brauchte um einiges länger, bis er eintraf, und so mussten Nielsen und Boateng warten.

»Hoffentlich finden wir was«, versuchte Peer, sich ein wenig Mut zuzusprechen, denn er hatte die Worte des

Staatsanwaltes noch im Ohr: »Die Stadt kann sich keinen weiteren Verzug des Bauvorhabens leisten.« Wenn sich keine Hinweise in der Wohnung des Bauleiters fanden, würde Karstens ihn schnell wieder laufen lassen. Dessen war Nielsen sich ziemlich sicher.

Sein Handy vibrierte und zeigte eine neue Nachricht an. Es war der Durchsuchungsbeschluss, den Peer beim Schlüsseldienst, der kurz darauf eintraf, vorweisen konnte.

Der ältere Herr schien nicht sonderlich interessiert daran, er nickte lediglich, und in Nullkommanix hatte er die Tür geöffnet.

Die Aktion war natürlich nicht unbemerkt geblieben. Eine Nachbarin hatte neugierig den Kopf aus der Tür gegenüber gesteckt, als Nielsen sich jedoch als Polizist vorgestellt hatte, schnell das Weite gesucht.

Seltsam, fuhr es ihm durch den Kopf, dass die Leute ihm das immer so schnell abkauften. Er hätte ein Einbrecher sein können. Die Frau hatte nicht einmal seinen Ausweis sehen wollen. Ob sie ebenso gehandelt hätte, wenn Boateng alleine vor Ort gewesen wäre, überlegte er, verwarf den Gedanken jedoch, als der Mann vom Schlüsseldienst ihm einen Kugelschreiber unter die Nase hielt und bat, den Auftrag zu unterschreiben.

»Rechnung an Sie?« Nielsen nickte und übergab seine Visitenkarte, ehe er sich verabschiedete und die Wohnung betrat. Obwohl er wusste, dass Braun nicht zu Hause war, verspürte er ein seltsames Gefühl in der Magengegend, das er jedoch verdrängte, als ihm wieder bewusst wurde, dass sie auf jeden Fall etwas finden mussten.

»Hier.« Michael reichte ihm ein paar Handschuhe; im Gegensatz zu Peer hatte er wie immer alles parat.

In der Wohnung roch es muffig, wahrscheinlich war länger nicht gelüftet worden, und es herrschte ein Chaos, das jenes in Nielsens Singlewohnung bei Weitem übertraf. Etwas ratlos sahen sie sich um, begannen dann mit ihrer Arbeit im Schlafzimmer.

»Mann, wie findet man hier denn was zum Anziehen?«, stöhnte Boateng. »Ich würde wahnsinnig werden.«

Peer grinste. Er kannte Boateng als äußerst peniblen Mitarbeiter, dem dieses Chaos wirklich ein Gräuel sein musste. Allerdings stimmte es, dass in diesem Durcheinander kaum etwas zu finden war, vor allem, wenn man nicht genau wusste, wonach man eigentlich suchte.

Nielsen nahm sein Handy und wählte die Nummer der Kollegen von der Spurensicherung.

»Uwe, kannst du mir eben noch mal sagen, was für eine Art von Fasern ihr in der Gartenlaube vom Neumann gefunden habt?«

Boateng wartete die Antwort ab, obwohl er in seinem Merkbuch notiert hatte, dass es eine blaue Textilfaser gewesen war, die man nicht nur in der Laube, sondern auch an der Leiche hatte sicherstellen können. Die Angabe des Kollegen, es könne sich dabei um einen Fleecepulli gehandelt haben, half aber auch ihm in diesem Chaos nicht weiter.

Mit spitzen Fingern durchwühlte er den Kleiderhaufen auf dem Boden, während Peer den Schrankinhalt inspizierte.

»Nichts«, stellten beide jedoch nach einer Weile fest und kämpften sich weiter durch die restliche Wohnung samt Wäschepuff.

In dem Fall schien jedoch der Wurm drin zu stecken, denn es fanden sich partout keine Hinweise. Nicht einmal eine blaue Socke hatte Boateng ausfindig machen können. Da war an Schriftstücke, Fotos oder andere Beweise erst recht nicht zu denken. Wahrscheinlich hatte Braun sämtliche Spuren beseitigt.

Wortkarg und mit hängenden Schultern verließen sie drei Stunden später Brauns Wohnung.

Der Aufstand in der Gartenkolonie war zwar geschlichtet und Lutz und Jens hatten die Flüchtlinge ins Camp zurückbegleitet, der Leiter war von den Vorfällen jedoch wenig begeistert, als sie ihm davon berichteten.

»Mensch, solche Schlagzeilen können wir hier überhaupt nicht gebrauchen. Zumal die Presse ohnehin Wind davon bekommen hat, dass die Tatwaffe hier gefunden wurde. Haben Sie das etwa an die Medien weitergegeben?« Böse blickte er die beiden an.

»Nee, meinen Sie, wir haben ein Interesse an solch einer Hetze?«

Hetze, das Wort traf die Zustände, die momentan mancherorts in Hamburg herrschten, am besten. Nicht nur hier in der Gartenkolonie machten einige Bewohner schlecht Wetter gegen die Flüchtlinge. Wenngleich es nicht zu Handgreiflichkeiten gekommen war, aber die verbale Hetze reichte.

»Haben Sie denn noch nichts weiter herausfinden können?«

»Nur, dass die Schaufel dem Toten gehörte und sich sein Blut daran befindet.«

Herr Hummels ärgerte sich. »Mensch. Wenn wir doch nur mehr Wachpersonal hätten, dann hätte man bestimmt mitbekommen, wer die Schaufel da abgestellt hat. Doch finden Sie mal ordentlich ausgebildete Sicherheitsleute.

Zumindest für diesen Job gibt es einfach zu wenig qualifiziertes Personal.«

»Sicherlich nicht leicht«, bestätigte Jens, der den Leiter ein wenig besänftigen wollte.

»Ich jedenfalls glaube nicht, dass es jemand aus dem Camp war. Da will uns jemand etwas anhängen.«

Lutz war erstaunt, wie sehr der Mann sich mit dem Camp identifizierte. »Und warum?«

»Na, warum wohl?« Hummels glotzte sie mit großen Augen an. »Viele Leute wollen eben keine Asylbewerber. Schauen sie nur, wie den Leuten in den Medien suggeriert wird, dass uns die Flüchtlinge Arbeit wegnehmen und nur Geld kosten. Wohnraum auch. Und das kommt nicht alles allein aus der rechten Ecke.«

»Ja, aber es gibt ja auch genauso viele, die die Flüchtlinge willkommen heißen.« Lutz dachte an seine Frau, die sich bereits seit mehreren Wochen in der Kleiderkammer in den Messehallen engagierte. Er hatte sie bereits einige Male begleitet und war jedes Mal überwältigt von der Hilfsbereitschaft der Menschen in Hamburg gewesen.

»Schon«, räumte nun der Leiter ein, »aber momentan droht die Situation zu kippen. Es kommen immer mehr und mehr Flüchtlinge, und die Regierung hat doch ganz offensichtlich keinen Plan. Hinzu kommt, dass die Ehrenamtlichen an ihrem Limit angekommen sind. Wie lange können die das noch machen? Und ohne freiwillige Helfer bricht beinahe alles zusammen.«

»Na ja, nun malen Sie mal nicht den Teufel an die Wand«, versuchte Jens, die Argumente herunterzuspielen.

»Teufel an die Wand?« Herr Hummels schaute ihn mit hochgezogenen Augenbrauen an. »Sie haben ja wohl selbst erlebt, was die Anwohner für einen Aufstand machen.

Also normal ist das nicht. Und natürlich fühlen die Flüchtlinge sich durch die Anfeindungen bedroht, werden nervös. Verständlich, oder?«

»Ja, aber oft beruhen solche Probleme zumindest zum Teil auch auf Gegenseitigkeit.«

»Wie meinen Sie das denn?« Die Stimmlage von Herrn Hummels verschärfte sich.

»Unter den Flüchtlingen befinden sich auch Kriminelle. Was wissen Sie denn, was das für Leute sind und ob die nicht etwas auf dem Kerbholz haben.«

»Die meisten sind ganz normale Leute wie Sie und ich. Klar gibt es ein paar schwarze Schafe, aber wieso sollten die den Laubenbesitzer umgebracht haben? Welchen Grund sollen sie gehabt haben? Gab es da etwas zu holen?«

16. KAPITEL

Reichlich frustriert kehrten Peer und Michael zurück ins Präsidium. Bei einer Tasse Kaffee überlegten sie, womit man den Bauleiter noch konfrontieren, mit welcher Taktik aus der Reserve locken konnte, als Fritsche den Raum betrat. Ebenso wie sie wirkte er schlecht gelaunt.

»Das Ganze scheint ein wenig aus dem Ruder zu laufen.«

»Wieso?«

»Na der Einsatz in der Gartenkolonie sagt ja wohl alles.«

»Ach so«, winkte Peer ab. Jens und Lutz hatten sich zwar noch nicht gemeldet, aber er hatte sich ja selbst schon ein Bild von den Gartenbesitzern machen können und hielt deren Reaktion für übertrieben und eher eine Ausnahme. Die waren durch den Mord an Neumann direkt betroffen. Verständlich, wenn die nervös wurden; schließlich war einer von ihnen ermordet worden und der Mörder lief noch frei herum.

Fritsche sah das jedoch weniger gelassen. »Wir müssen den Täter schnell fassen, sonst fliegt uns das Camp da um die Ohren.«

Peer war sich sicher, das waren nicht die Worte seines Chefs. Sicherlich hatte Fritsche erneut Druck von oben bekommen. Momentan wurde über den Fall nur in den Lokalnachrichten berichtet, aber nicht lange und die überregionalen Medien würden Wind von der Sache bekommen und Hamburg, das sich bisher als Vorreiter in der Flüchtlingsproblematik präsentiert hatte, ganz schnell an den Pranger stellen. »Das sieht momentan nicht gut aus. Stephan Braun können wir nichts nachweisen. Er hat sogar ein Alibi, auch wenn ich darauf nicht viel gebe. Aber etwas gegen ihn in der Hand haben wir nicht, außer die Zeugin, die ihn an der Laube gesehen hat.«

»Hm.« Fritsche fuhr sich mit der Hand übers Kinn. »Und was sagt er dazu?«

»Nicht wirklich etwas. Angeblich sei er neugierig gewesen; er behauptet, nichts weiter als ein Schaulustiger gewesen zu sein.«

»Nur dass im Gegensatz zu den anderen Gaffern bei ihm durchaus eine Verbindung zu Neumann durch dessen Klage bestand. Habt ihr euch die mal näher angeschaut? Findet heraus, warum die anderen Gartenbesitzer die Klage haben fallen lassen; Neumann aber nicht. Vielleicht bringt euch das weiter.«

»Ich gehe noch etwas zum Abendessen besorgen.« Olaf Neumann stand mit einem Beutel in der Hand in der Tür zum Wohnzimmer, wo Ruth Neumann irgendeine Dokusoap schaute.

»Gut, bring mir bitte noch eine Flasche Cola mit. Ich habe es irgendwie mit dem Magen.«

Olaf runzelte die Stirn, nickte aber und verließ die Wohnung. Kaum war die Tür ins Schloss gefallen, versuchte Ruth Neumann sich aufzusetzen. Unter voller Kraftanstrengung laut ächzend gelang es ihr, sich aus der Waagerechten hochzuhieven. Sie griff nach dem Rollator und stützte sich mit ihrem vollen Gewicht darauf. Das Hilfsgerät quietschte unter der Last, während sie sich in Olafs Zimmer quälte.

Zunächst kontrollierte sie seinen Schreibtisch: Das Handy hatte er vermutlich mitgenommen, denn Ruth Neumann konnte es im Chaos auf der Tischplatte nirgends entdecken. »Mist, war ja klar«, fluchte sie leise. Sie schaffte es meist nur dann in sein Handy zu gucken, wenn er es vergaß – was selten vorkam – oder unter der Dusche stand – was beinahe ebenso selten geschah. Leise stöhnend wendete sie den Rollator und ließ den Blick durch den Raum wandern. Der Wäschepuff quoll über. Waschen muss Olaf mal wieder, dachte sie, als ihr das Telefon auf dem Bett auffiel. Normalerweise telefonierte nur sie mit dem Festnetzanschluss. Olaf hatte eine Flatrate und nutzte immer sein Handy. Sie griff nach dem Telefon und ließ sich die Anrufliste anzeigen. Was ist denn das für eine Nummer, überlegte sie, als eine Mobilfunknummer auf dem Display angezeigt wurde. Die habe ich ganz bestimmt nicht angerufen.

Energisch drückte sie den Knopf für die Wahlwiederholung, doch das angewählte Handy schien ausgeschaltet. Jedenfalls teilte eine freundliche Frauenstimme ihr mit, dass der Teilnehmer vorübergehend nicht erreichbar sei.

Mit dem Beamtendeutsch der Rechtsverdreher hatte Nielsen so seine Probleme, doch soweit er Neumanns Akte entnehmen konnte, war es in dem Fall Neumann gegen »Hamburg Bau« zunächst um die Zerstörung des Lebensraums einer seltenen Tierart gegangen. Dann, nach Abweisung der Klage, hatte Neumann sein Gewohnheitsrecht geltend gemacht – er hatte die Laube seit 50 Jahren und beklagte, sich durch den Ausbau der A 7 in seiner Lebensweise bedeutend eingeschränkt zu fühlen.

Ob Neumann damit durchgekommen wäre, überlegte Peer. Wahrscheinlich nicht, und deswegen haben die anderen Gartenbesitzer sich wohl mit Geld besänftigen lassen. Aber ein Motiv liefert der Rechtsstreit dann nicht, stellte Nielsen enttäuscht fest.

Warum aber hatte Neumann nicht wie alle anderen aufgegeben? Hatte er doch etwas gegen die Firma in der Hand gehabt? Oder gegen Braun? Vielleicht beschäftigte der Schwarzarbeiter? Oder er trieb andere illegale Geschäfte auf der Baustelle, für die Neumann einen Beweis hatte? Das zumindest könnte erklären, warum in Neumanns Laube eingebrochen worden war.

»Aber was soll das sein?«, fragte Michael, als Nielsen ihm von seinem Verdacht erzählte.

»Das gilt es herauszufinden.«

Nur wenig später fuhren Nielsen und Boateng auf die Baustelle in Stellingen und parkten vor dem Baucontainer, in dem inzwischen der Vorarbeiter, Herr Pohl, Stellung bezogen hatte.

»Wann kommt denn Herr Braun wieder?«, erkundigte der sich, als sie das Büro betraten.

»Das hängt ganz davon ab.«

»Wovon?«

»Ob wir hier Beweise finden.«

»Was denn für Beweise?«

»Na, kommen Sie«, versuchte Nielsen es auf die kumpelhafte Art, »Sie kennen sich auf der Baustelle bestens aus. Hier geht doch nicht alles rechtens zu, oder?«

»Was erlauben Sie sich?«, zischte Pohl sie an.

»Unsere Ermittlungen haben ergeben, dass Herr Neumann etwas gegen den Ausbau in der Hand gehabt hat. Und so wie Herr Braun das Projekt verteidigt, kann es nur darum gegangen sein.«

»Wissen Sie, Herr Braun ist jung und dieser Ausbau ist sein erstes großes Projekt. Da ist ja wohl klar, dass er aufgeregt ist. Wenn er das hier vergeigt, kann er einpacken in der Branche. So ist das halt.«

»Sehen Sie, und genau deshalb ist er tatverdächtig. Immerhin hängt seine Zukunft davon ab, dass er diesen Job hinkriegt. Und Herr Neumann wollte ihm einen Strich durch die Rechnung machen, was?«

»Der Neumann war doch harmlos«, winkte der Vorarbeiter ab. »Hat so ein bisschen protestiert. Mit den Argumenten wäre der nie durchgekommen. Aber er war ein Sturkopf. Total uneinsichtig – aufgehalten hätte der uns aber nicht.«

»Sicher?« Peer kniff die Augen zusammen.

»Ganz sicher.«

Da Lutz und Jens nichts weiter zu tun hatten, gingen sie noch einmal die Liste der straffällig gewordenen Bewohner des Camps durch, die man zwar verhört hatte, aber denen man nichts hatte nachweisen können. Doch oftmals lag die Lösung im Verborgenen und wurde erst auf den zweiten oder dritten Blick sichtbar.

»Mensch, eigentlich sind das ganz arme Schweine«, bemerkte Jens nach einer Weile. »Kommen hierher und denken, sie hätten das große Los gezogen. Ist doch klar, dass die schnell desillusioniert sind und dann sogar aggressiv werden. Wir gaukeln denen schließlich immer vor, hier sei das Paradies.«

»Na ja«, antwortete Lutz, »trotzdem rechtfertigt das nicht, sich zu nehmen, was man will. Oder durch illegale Sachen an Geld zu kommen.«

»Schon, aber überleg mal, was die Menschen durchgemacht haben. Also, ich könnte mir nicht vorstellen, all mein Hab und Gut und sogar meine Familie zu verlassen und mich in eine ungewisse, fremde Welt aufzumachen.«

»Wenn du nichts mehr zu verlieren hast?« Lutz zuckte mit den Schultern.

»Stimmt schon, das muss da wirklich Horror sein; kann man sich in unseren Regionen gar nicht vorstellen, wenn alles zerstört ist und Krieg und Terror wüten.«

»Terror ist auch bei uns angekommen, und wenn ich mir die Liste so anschaue, die teilweise sehr lückenhafte Daten aufweist, sind eventuell auch unter diesen Männern welche, die …«

»Mensch, nun mal nicht gleich den Teufel an die Wand. Der Mord jedenfalls war sicherlich kein terroristischer Akt, und außerdem ist lange noch nicht gesagt, dass die Flüchtlinge damit etwas zu tun haben.«

»Na, viel mehr Verdächtige haben wir nicht. Außer diesem Bauleiter.«

»Und die anderen Gartenbesitzer«, warf Jens nun ein. »Du weißt selbst, was für ein Geklüngel es in solchen Vereinen geben kann. Möglich also, einer von den Laubenpiepern hat den Neumann um die Ecke gebracht.«

Die anderen Bauarbeiter, die Peer und Michael befragt hatten, waren nicht wesentlich kooperativer als der Vorarbeiter gewesen. Alle bezeugten, dass der Neumann harmlos gewesen und der Bauleiter sauber sei.

»Lass uns noch in die Kolonie fahren, und dann ist für heute Feierabend«, schlug Nielsen vor, als sie wieder in den Wagen stiegen.

»Und was ist mit Stephan Braun?« Michael blickte ihn mit seinen großen, dunklen Augen fragend an.

Peer zuckte mit den Schultern. Es quälte ihn, keinen Einfluss auf die Ermittlungen nehmen zu können. Er spürte tief in sich einen Stich, der ihm bewusst machte, dass ein Bauchgefühl alleine in seinem Job nun einmal nicht ausreichte und er keine Beweise herzaubern konnte. Die Zeugenaussage von Frau Friedrichs allein aber reichte nicht aus. Er wusste, sie würden Braun laufen lassen müssen. In solchen Momenten überkam ihn manchmal eine Art Ohnmacht und er dachte darüber nach, einfach alles hinzuwerfen. Was hinderte ihn daran? Egal wen und wie viele Verbrecher er fasste, es kamen immer neue. Er fühlte sich wie ein Hamster im Laufrad. Die Welt wurde durch seinen Marathon keinen Deut besser. Er seufzte, schaute Michael an, der ihn wie so oft ohne Worte verstand und nickte.

Nielsen parkte auf demselben Parkplatz, auf dem nur wenige Stunden zuvor seine Mitarbeiter die Hundebesitzerin zu den Vorfällen zwischen den Gartenbesitzern und den Flüchtlingen befragt hatten. Von den Ereignissen am Vormittag war jedoch nichts mehr zu spüren. Schnell war Normalität eingekehrt – zumindest oberflächlich.

Der Abend war warm, das Wetter hatte sich gebessert, was Nielsen irgendwie total entgangen war. Die Arbeit hatte seine volle Konzentration verlangt, da war für die allgemeine Wetterlage in seiner bewussten Wahrnehmung kein Platz gewesen. Ebenso wenig wie für seine körperlichen Bedürfnisse, die ihn nun angesichts köstlicher Grillgerüche mit voller Wucht übermannten. Nielsen hatte einen Wahnsinnshunger.

»Entschuldigung«, rief er über eine Gartenpforte einem jungen Mann zu, der mit einem Bier in der Hand Bratwürste grillte.

»Ja?« Der Grillmeister schaute kurz zu den beiden, ehe er die Würste wendete. Peer konnte kaum seinen Blick von dem Grillgut wenden. Bei dem Gedanken, in ein saftiges Würstchen zu beißen, lief ihm das Wasser im Mund zusammen. Er schluckte.

»Polizei, wir haben da eine Frage.«

»Aha.«

Peer öffnete die Pforte und betrat gefolgt von Michael die Gartenparzelle. Der Essensgeruch zog ihn magisch an. Daher nahm er nicht wahr, wie ein paar Köpfe über die angrenzende Hecke gereckt wurden.

»Wir ermitteln in dem Mordfall Harry Neumann.«

Der Mann nahm einen Schluck Bier. »Das Flüchtlingsopfer.«

»Wie meinen Sie das?«

»Ach.« Der Grillende versuchte zurückzurudern. »Normalerweise halte ich mich aus solchen Dingen ja raus. Aber die ganze Sache scheint zu eskalieren. Der Verein will nun sogar eine Bürgerwehr gründen.«

»Wer?«

»Die anderen Laubenbesitzer. Die behaupten, die Flüchtlinge hätten Harry umgebracht. ›Klauen wie die Raben und schrecken auch vor einem Mord nicht zurück‹«, äffte der junge Mann mit der Bierflasche anscheinend eine Gartenbesitzerin nach.

»So, uns liegt eine ganz andere Aussage vor. Der Bauleiter aus Stellingen soll bei Neumanns Laube rumgeschlichen sein. Ist also genauso gut möglich, dass der etwas mit dem Mord zu tun hat.«

»Möglich.« Der Mann griff nach einem Teller und legte eine der Bratwürste darauf. Doch anstatt sie, wie Nielsen es hoffte, ihm anzubieten, biss er gleich darauf selbst hinein.

Kauend schaute er auf Peer. »Der Braun ist eine arme Sau. Hat die ganze Wut der Leute aus dem Gartenverein abbekommen. Gut, die meisten haben sich inzwischen mit Geld abspeisen lassen, aber Harry hat ja dem Mann immer wieder die Hölle heißgemacht.«

»Und womit?«

»Angefangen hat es mit der Behauptung, hier gäbe es eine Vogelart, die durch den Bau bedroht wäre.«

Peer nickte, denn diesen Klagepunkt hatte er selbst in der Akte gefunden. Der Gartenbesitzer zählte weitere Punkte auf, die Nielsen bekannt waren.

»Zuletzt hat er nur noch behauptet, dass er nun etwas ganz Großes gegen die Baustelle in der Hand hätte.«

»Und was soll das gewesen sein?«, mischte sich Boateng ein. Er hatte während des bisherigen Gesprächs fleißig in sein Merkbuch geschrieben.

»Keine Ahnung. Gut möglich, dass das nur ein Hirngespinst vom Neumann war. Der war ja mittlerweile meiner Meinung nach nicht mehr ganz sauber in der Birne.«

17. KAPITEL

Peer wachte sehr früh am Morgen auf, weil auf dem Ring 2 eine Kolonne Rettungswagen mit Sirenen und Blaulicht vorbeirauschte. Der gestrige Abend war lau gewesen, daher hatte er bei offenem Fenster geschlafen, was zwar Frischluft, aber auch Lärm bedeutete. Stöhnend rappelte er sich auf und schleppte sich in die Küche, wo er sich einen Kaffee kochte. Während das Gerät aufheizte, holte er etwas Salat aus der Gemüseschale und fütterte Fritzchen. Der Leguan war wie immer ausgehungert und Nielsen fühlte sich durch das Tier an seine gestrige Fressattacke erinnert. Nachdem sie die Befragungen in der Gartenkolonie beendet hatten, in der es aus jeder Ecke nach gegrilltem Fleisch und Würstchen gerochen hatte, war er auf dem Heimweg direkt zum nächsten Fastfoodrestaurant gefahren und hatte die Speisekarte hoch und runter bestellt. Danach hatte er sich zwar satt, aber gleichzeitig von dem fettigen Kram so elend gefühlt, dass er über die vielen Kalorien gar nicht hatte nachdenken wollen. Fest stand nach diesem Fraß für ihn nur, dass ab heute Salat und Sport auf dem Programm standen.

Sein Handy vibrierte und erinnerte ihn daran, dass seine Mutter Geburtstag hatte. Er stöhnte innerlich auf und verschob den Gratulationsanruf auf später. Es war ohnehin noch zu früh, versuchte er sich rauszureden. Seit seine Eltern sich getrennt hatten – da war Peer 13 Jahre alt –, war weder sein Verhältnis zu seiner Mutter noch das zu dem Vater besonders innig.

Auf eine Art stimmte ihn dieser Umstand traurig, aber er konnte einfach nicht aus seiner Haut, machte unbewusst seine Eltern für den Bruch und seine leicht verkorkste Kindheit verantwortlich. Seine Beziehungsunfähigkeit jedenfalls sah Nielsen in der Trennung der Eltern begründet.

Er würde auf dem Weg ins Präsidium schnell an einem Blumenladen anhalten und einfach einen Strauß zu seiner Mutter nach Glückstadt, wo er aufgewachsen war, schicken lassen, beschloss Peer, während er sich einen Kaffee nahm und mit der Tasse in der Hand ins Bad ging.

Die Dusche weckte ihn vollends und beim Rasieren summte er aus unerklärlichen Gründen ein Lied, was er schon lange nicht mehr getan hatte. Es ging ihm gut, wenngleich der Stand der Ermittlungen nicht dafür verantwortlich sein konnte. Trotzdem fühlte er sich heute zufrieden in seiner Haut und lächelte sich selbst im Spiegel zu, als er die Wohnung schließlich verließ.

Der Blumenladen hatte gerade geöffnet und die Floristin erschien im Gegensatz zu Nielsen reichlich verschlafen.

»Nelken? Sind Sie sich sicher? Das sind doch eher Beerdigungsblumen, oder?«, fragte Peer, als sie begann, wahllos einige Blumen für einen Strauß zusammenzusuchen.

Auf seinen Kommentar hin warf sie ihm einen bösen Blick zu, und Nielsen verkniff sich weitere Anmerkungen. Seiner Mutter würde die Sorte egal sein, sie freute sich alleine über die Geste.

Und er wollte sich seine gute Laune nicht verderben lassen, was sich allerdings nicht vermeiden ließ.

»Stephan Braun wird gleich entlassen, der Staatsanwalt hat sich bei mir gemeldet«, begrüßte ihn Fritsche, dem er auf dem Gang des Präsidiums begegnete.

»Damit habe ich gerechnet. Wir haben nichts gegen ihn.«

»Meinst du denn, er war es?«

»Das stärkste Motiv hat auf jeden Fall momentan er. Laut Aussage eines Gartenbesitzers hat Neumann in der letzten Zeit lautstark verkündet, er hätte etwas gegen die Baumaßnahmen in der Hand und könne den Bau zum Stillstand bringen.«

»Und wann wollte er diese vermeintliche Bombe platzen lassen?« Fritsche sah Peer an, als wüsste der die Antwort. Doch Nielsen konnte nur spekulieren.

»Vielleicht an dem Tag, an dem er ermordet wurde? Würde jedenfalls zu dem Einbruch in seinem Gartenhäuschen passen. Wahrscheinlich hat der Täter nach den Beweisen gesucht. Und wenn das wirklich etwas mit der Baustelle zu tun hatte, dann ist Stephan Braun natürlich hochverdächtig.«

»Stimmt, aber er hat ja ein Alibi.«

»Pfff«, zischte Nielsen statt einer Antwort.

Auf die Aussage des Bauleiters und seiner Milva gab er nichts. Er würde den Typen überführen.

Nielsen eilte an seinen Schreibtisch und wählte die Nummer der JVA; ließ sich den genauen Termin von Brauns Entlassung geben.

»Michael, kommst du?«

Boateng blickte fragend auf, als Peer ihm von der Tür zu sich winkte, erhob sich aber. »Was ist los?«

»Ich will Stephan Braun im Auge behalten«, flüsterte Peer Michael zu, während sie hinunter in die Parkgarage gingen.

»Aber ist denn eine Observation anberaumt?«

»Nein, deswegen machen wir eine Recherchefahrt«, erklärte Peer grinsend.

Den ganzen Morgen hatte die Witwe an ihrem Sohn herumgenörgelt. »Duschen musst du auch mal wieder, du riechst langsam schon.«

Olaf Neumann, der nicht viel auf Körperpflege gab, hatte sich gewunden. Er hatte keinen Job, keine Freundin, wen also störte es, wenn er nicht nach Maiglöckchen roch?

Doch Ruth Neumann hatte immer wieder von dem Thema angefangen, sodass er sich schließlich entnervt geschlagen gegeben hatte.

»Und deine Dreckwäsche kannst du gleich mal in die Maschine werfen«, hatte sie ihm hinterhergerufen, während sie nur darauf gelauert hatte, dass die Badezimmertür ins Schloss fiel und die Dusche endlich rauschte.

Ungewöhnlich schnell stemmte sie sich vom Sofa hoch und schlurfte in Olafs Zimmer, in dem es unwesentlich besser roch und aussah als gestern. Schnell hatte sie jedoch entdeckt, wonach sie suchte. Das Handy lag auf dem Tisch neben einem …

»Was ist das denn?«, murmelte Ruth Neumann und betrachtete das nagelneue iPad. »Woher hat er das denn?« Aus den Medien wusste sie, wie teuer solch ein Gerät war. Olaf konnte es sich unmöglich selbst gekauft haben, dafür reichte sein Geld nicht. Er wird doch nicht … Sie schluckte, besann sich dann aber auf ihr Vorhaben und griff nach dem Handy. Vielleicht ließ sich hiermit auch eine Antwort auf diese Frage finden.

Schnell hatte sie die Anrufliste gecheckt, doch nichts Auffälliges gefunden. Vielleicht bei den WhatsApp-Nachrichten? Schließlich daddelte Olaf so gut wie den ganzen Tag an dem Gerät herum. Sie scrollte durch die WhatsApp-Liste und stieß dabei auf eine Nummer ohne Namen. Das war ungewöhnlich, denn ansonsten hatten alle Kontakte einen persönlichen Eintrag.

Mit zittrigem Finger öffnete sie den Chat und augenblicklich erschienen Fotos auf dem Display. Bilder von irgendeiner Baustelle, wie es schien. Ruth Neumann kniff die Augen zusammen und schluckte. War das etwa die Baustelle, auf der man Harry gefunden hatte?

Sie wischte mit dem Finger weiter. Doch auf den Bildern war nichts Außergewöhnliches zu erkennen. Jedenfalls für sie nicht, denn irgendetwas musste es mit den Fotos auf sich haben. Oder hatte Olaf sie nur aus reiner Neugierde geschossen? Hatte er sehen wollen, wo sein Vater gelegen hatte? So musste es sein, beruhigte sie sich und atmete erleichtert auf. Wie hatte sie nur annehmen können, Olaf habe etwas mit dem Tod seines Vaters zu tun. Oh, nein, oh nein, schimpfte sie sich selbst. Die Dusche wurde abgestellt und schnell legte Ruth Neumann das Handy zurück. Dabei fiel ihr Blick erneut auf das iPad.

»Der nimmt sich ein Taxi«, erfasste Michael die erste Beobachtung ihrer illegalen Observation. Sie hatten erst vor wenigen Minuten Posten vor der JVA bezogen, standen in einiger Entfernung zum Eingang zwischen mehreren am Straßenrand parkenden Autos.

»Ja, glaubst du, den holt jemand ab?«

»Na, er ist der Chef dort auf der Baustelle. Hätte doch jemanden bitten können, ihn abzuholen.«

»Meinst du?«

»Also ich würde das für dich machen.« Boateng grinste Peer an.

»Ich glaube, im Baugewerbe geht's anders zu. Außerdem, wer sagt denn, dass er auf die Baustelle will?«, entgegnete Nielsen, als er den Blinker setzte, um dem Taxi zu folgen. »Die Richtung jedenfalls stimmt nicht ganz.«

»Hm, und zu ihm nach Hause geht es hier auch nicht lang.«

Gespannt folgten sie dem Wagen durch den Hamburger Stadtverkehr. Bald schon war allerdings klar, wohin die Fahrt ging.

»Kaum eine Nacht im Knast und schon sexhungrig.« Michael schmunzelte.

»Ach«, winkte Peer ab, »der will bestimmt wissen, was die mit uns bequatscht hat.«

Das Taxi drosselte sein Tempo und Peer ließ sich zurückfallen, hielt schließlich am Straßenrand. Durch die Windschutzscheibe beobachteten sie, wie Stephan Braun ausstieg, die Straßenseite wechselte und zum Haus, in dem Johanna Unken wohnte, ging.

Peer blickte auf die Uhr, als Braun die Eingangstür nach einem Klingeln aufstieß und verschwand.

Keine zehn Minuten später erschien der Verdächtige wieder im Ausgang, blickte sich um und schlug dann zu Fuß den Weg Richtung Reeperbahn ein.

»Sollen wir uns aufteilen?«, schlug Boateng vor. Nielsen nickte.

Während Boateng Stephan Braun zu Fuß folgte, läutete Peer bei Johanna Unken. Nur eine Sekunde später summte der Türöffner, und er stieß die Tür auf.

»Hast du noch was vergessen?«, tönte im Treppenhaus

von oben eine reichlich genervt klingende Stimme. Nielsen beeilte sich, in den zweiten Stock zu gelangen, und freute sich insgeheim wie Bolle über das erschrockene Gesicht von Johanna Unken, als er um die letzte Treppenecke bog.

»Sie?«, stieß sie hervor.

»Ja, ich. Wieso, wen haben Sie denn erwartet?«

»Ach, hier war gerade ein Kunde, ich dachte, er hätte …« Schnell hatte die Frau im Satinmorgenmantel sich gefangen. Sie ahnte nicht, dass Peer wusste, wer kurz zuvor bei ihr gewesen war.

»Ja, Stephan Braun war bei Ihnen, oder?«

»Was? Woher wissen Sie das?«

»Ich habe ihn vorhin gerade das Haus verlassen sehen. Was wollte er?«

Sie lächelte schief. »Was soll er gewollt haben?«

»Ach.« Nielsen konnte sich ein Grinsen nicht verkneifen. »Und im Gegensatz zu der Nacht, in der er ja so lange bei Ihnen war, war das jetzt ein Super-Quickie oder was?«

»Wieso, wie kommen Sie denn darauf?«

»Weil er keine zehn Minuten bei Ihnen war.«

Peer konnte plötzlich unter dem Make-up eine Blässe durchschimmern sehen.

»Hat er Sie für das Alibi bezahlt?«

»Was? Nein, wie kommen Sie darauf?«

»Ist das wirklich so weit hergeholt? Sie wissen, mit einer Falschaussage machen Sie sich strafbar.«

»Dann sage ich wohl besser nichts mehr«, entgegnete Johanna Unken und verschränkte dabei demonstrativ die Arme vor der Brust.

Keine fünf Minuten später telefonierte Nielsen mit dem Staatsanwalt. »Es ist sicherlich nur eine Frage der Zeit, bis

Frau Unken ihre Aussage zurückzieht und Braun kein Alibi mehr hat. Ich habe sie für den Nachmittag vorgeladen, da kommt sie dann aufs Präsidium.«

Er verschwieg, dass er die Prostituierte eigentlich gleich hatte mitnehmen wollen, die aber mit ihrem Anwalt gedroht hatte.

»Ich habe jetzt noch Kundschaft, aber heute Nachmittag kann ich zu Ihnen kommen«, hatte Johanna Unken vorgeschlagen, da sie sich das Geschäft nicht durch die Lappen hatte gehen lassen wollen.

Er rief Boateng an, nachdem der Staatsanwalt zugestimmt hatte. »Wo bist du jetzt?«

»Noch auf der Reeperbahn. Braun hat sich gerade etwas zu essen bestellt.«

»Dann komm zurück. Wir fahren ins Präsidium.«

»Wieso, hast du schon Verstärkung angefordert?«

»Nee, aber Braun wird über kurz oder lang sowieso auf der Baustelle aufschlagen. Da postieren wir die erste Schicht.«

Wenig später stieg Michael zu Peer in den Dienstwagen und sie fuhren gemeinsam ins Präsidium.

Während Michael sich sofort aufmachte, einen Plan für die Observation von Braun mit den Kollegen auszuarbeiten, ging Peer zu Fritsche.

Die Tür zum Büro des Vorgesetzten stand offen, und er konnte hören, dass Fritsche telefonierte. »Selbstverständlich, Herr Scholz.«

Der Fall schien immer höhere Wellen zu schlagen, wenn sich jetzt sogar der Bürgermeister persönlich einschaltete, dachte Peer und wartete, bis sein Chef aufgelegt hatte.

»Oh, Peer, gut, dass du kommst«, seufzte Fritsche ihm förmlich entgegen. »Hast du die Zeitung heute schon gelesen?«

»Nein«, antwortete Peer, der tatsächlich zwischen Blumenkauf und Brauns Entlassung keine Zeit mehr gefunden hatte, einen Blick in die Nachrichten zu werfen. »Wie es aussieht, hat Stephan Braun kein Alibi. Eine Observation ist schon genehmigt und Michael erstellt gerade mit den anderen einen Zeitplan.«

»Echt?« Fritsches Miene erhellte sich. »Das sind ja mal gute Neuigkeiten, denn die Sache mit dem Flüchtlingscamp eskaliert immer mehr. Nicht nur, dass die Medien die Sache aufbauschen und Gerüchte in die Welt setzen, sondern rechte Gruppierungen haben auch den Fall zum Anlass genommen, um im Internet Stimmung gegen die Ausländer zu machen.«

Peer rollte mit den Augen. Sie konnten zwar nicht ganz ausschließen, dass einer der Asylbewerber etwas mit dem Mord zu tun hatte, aber wirklich daran glauben tat er nicht. Das Ganze wirkte für ihn zu inszeniert. Seiner Ansicht nach wollte der Täter eine Spur zu den Flüchtlingen legen, was in gewisser Weise sogar gelang. Nur die Deponierung der Leiche auf der Baustelle passte nicht ganz ins Bild. Oder wollte der Mörder mehrere unterschiedliche Hinweise streuen?

Hatte Stephan Braun Harry Neumann erschlagen? Immerhin hätte er Peers Meinung nach ein Motiv, sollte Neumann tatsächlich etwas gegen den Bauleiter in der Hand gehabt haben. Nur was könnte das gewesen sein?

18. KAPITEL

Boateng hatte die erste Schicht übernommen und war direkt aus dem Polizeipräsidium zur Baustelle in Stellingen gefahren. Es war nicht einfach gewesen, einen Platz zu finden, der für die Observation geeignet war, aber letztendlich hatte er einen Ort gefunden. Nun galt es zu warten, denn außer einigen Bauarbeitern hatte er noch niemanden gesehen.

Wahrscheinlich war Stephan Braun erst einmal heimgefahren und hatte sich frisch gemacht. So eine Nacht im Gefängnis war sicherlich nicht angenehm. Ihm jedenfalls reichten bereits die Einsätze in der Haftanstalt.

Michael musste nicht lange warten. Einige Augenblicke, nachdem er seinen Posten bezogen hatte, sah er einen VW-Kombi auf die Baustelle fahren.

Der Bauleiter hatte vermutlich immensen Druck. Stundenlanges Duschen war da nicht drin. Boateng beobachtete, wie der Wagen stoppte und Braun ausstieg. Mit schnellen Schritten ging er auf eine Gruppe Bauarbeiter zu, die rauchend zusammenstanden, fuchtelte mit den Armen und redete auf die Männer ein, die gleich darauf ihre Kippen austraten und davonschlenderten. Braun sah ihnen kopfschüttelnd nach, blickte sich dann um. Boateng rutschte in seinem Sitz etwas nach unten, nicht dass der Verdächtige ihn entdeckte. Schließlich kannten sie sich vom Sehen. Außerdem wusste Michael, dass er wegen seiner Hautfarbe schneller als andere Leute auffiel.

Doch Braun schien ihn zum Glück nicht zu bemerken. Er drehte sich um und eilte auf den Baucontainer zu, riss die Tür auf und verschwand im Inneren.

Boateng schob sich wieder in eine aufrechtere Position und machte sich auf eine längere Wartezeit gefasst. Doch wider Erwarten wurde die Tür des Baucontainers bereits kurze Zeit später aufgestoßen. Michael rieb sich die Augen, denn das Schauspiel, das sich ihm bot, war nicht zu verachten. Braun warf einen Mann geradezu aus dem Container und sprang hinterher. Es entwickelte sich ein Handgemenge.

Boateng versuchte zu erkennen, wer Brauns Gegner war. Kannte er ihn vielleicht von den Befragungen? Er rutschte etwas näher an die Windschutzscheibe heran. Die beiden Männer waren in den Streit vertieft, da brauchte er keine Befürchtungen haben, dass er ihnen auffiel.

Tatsächlich konnte Michael den anderen identifizieren. Es war der Vorarbeiter – Herr Pohl. Gab es Spannungen zwischen den beiden? Dämliche Frage, schalt Boateng sich selbst, das sieht man ja wohl. Was man nicht sah, war, ob es schon länger Probleme zwischen den beiden gab. Oder waren die erst im Zuge der Bauverzögerung wegen des Mordfalls entstanden? Hatte Herr Pohl es sich auf Brauns Posten bequem gemacht, seitdem dieser verhaftet worden war? Spekulierte der Vorarbeiter auf den Job? Hatte Pohl gar etwas mit dem Mord zu tun? Die Leiche absichtlich hier deponiert, um den Mord Braun in die Schuhe zu schieben? Tausend Gedanken sausten beim Anblick der raufenden Männer durch seine Gehirnwindungen.

Einige Bauarbeiter waren mittlerweile auf die Prügelei aufmerksam geworden und näherten sich nun den beiden Streithähnen. Anscheinend traute sich jedoch keiner der

Arbeiter einzugreifen. Und Michael selbst konnte nicht dazwischengehen, obwohl mittlerweile ordentlich die Fetzen flogen auf der Baustelle. Kurzerhand rief er im Büro an. Doch unter der Nummer von Nielsen meldete sich lediglich Carsten, der erklärte, Peer wäre zu einem Außentermin gefahren.

Peer hatte sich nach dem Gespräch mit Fritsche noch einmal zu der Familie Neumann aufgemacht. Vielleicht hatten die beiden zumindest eine Ahnung, was das Mordopfer angeblich Sensationelles gegen die Baufirma in der Hand gehabt haben könnte. Mit etwas Glück hatte Harry Neumann Unterlagen in der Wohnung deponiert, weil er selbst die Laube für ein ungünstiges Versteck gehalten hatte.

Peer huschte mit einer Bewohnerin, die mit Einkäufen bepackt ins Haus wankte, in den Flur und nahm anschließend die Treppen, da er keine Lust hatte, von den Plastiktüten der Frau in dem winzigen Aufzug erdrückt zu werden.

Als Nielsen an der Wohnungstür läuten wollte, hörte er plötzlich Stimmen und instinktiv legte er sein Ohr an das Holz der Tür.

»100-mal habe ich dir schon gesagt, du sollst die Finger von meinen Sachen lassen.« Olaf Neumanns Stimme klang mehr als zornig.

»Du wohnst schließlich unter meinem Dach, da geht es mich etwas an, was du hier treibst«, hielt Ruth Neumann dagegen. Sie schien nicht minder aufgeregt zu sein.

»Ich bin erwachsen.«

»Seit wann?«

Die Nachbarin mit den Einkäufen stieg aus dem Lift

und beäugte Nielsen, der lächelnd zurückschaute. Die mischt sich eh nicht ein, dachte er und behielt recht. Stöhnend schloss die Frau eine der Türen im Gang auf und verschwand gleich darauf mit den raschelnden Tüten.

Der Streit der Neumanns tobte weiter, kam aber nicht recht vom Fleck. Es drehte sich immer nur um die Frage, ob Ruth Neumann in den Sachen ihres Sohnes herumschnüffeln durfte oder nicht. Ob sie dabei etwas gefunden hatte oder warum Olaf Neumann sich dermaßen darüber aufregte, kam nicht zur Sprache.

Peer beendete schließlich den Streit, indem er klingelte. Die Stille darauf schmerzte beinahe in seinen Ohren, dann jedoch hörte er schlurfende Schritte und anschließend den Summer, der an der Eingangstür erklang.

Olaf Neumann öffnete, trat einen Schritt hinaus und prallte direkt in Nielsen, der unerwartet bereits direkt vor der Wohnung stand.

»Unten war auf«, erklärte Peer sein geisterhaftes Erscheinen. »Ihre Nachbarin.« Er nickte den Gang lang.

Neumann, der ihn wie ein Auto anschaute, räusperte sich.

»Was wollen Sie denn noch?«, fragte er, ganz so, als sei mit der gestrigen Beerdigung seines Vaters für ihn der Fall abgeschlossen.

»Ich habe ein paar Fragen, darf ich reinkommen?«

Wortlos trat Olaf Neumann zur Seite. »Sie kennen den Weg ja.«

Peer lief durch den schmalen Flur ins Wohnzimmer, wo die Witwe im Sessel saß. Ihr Gesicht glühte und sie war in eine Art Schnappatmung verfallen. Irgendwie erinnerte sie ihn an einen Fisch auf dem Trockenen. Vielleicht sogar einen Kugelfisch? Er musste grinsen.

»Geht es Ihnen nicht gut?«

»Der Tod meines Vaters nimmt meine Mutter sehr mit«, antwortete Olaf Neumann, der mittlerweile hinter Peer getreten war. »Sie ist ja eh schon gesundheitlich angeschlagen.«

Kein Wunder, dachte Peer, bei dem Übergewicht. Das macht jeder Körper nur bedingt mit.

»Ja, wegen des Mordes bin ich hier.«

»Haben Sie etwas herausgefunden? Haben Sie den Mörder endlich?«, schnaufte Frau Neumann aus dem Sessel wie eine Dampflok.

»Das wäre eine große Erleichterung für uns. Sie können sich gar nicht vorstellen, was das für eine Belastung ist, wenn der Mörder frei herumläuft«, setzte Olaf Neumann hinzu.

»Nun, das kann ich verstehen, aber eine wirkliche Spur haben wir noch nicht, außer ...«

»Was?«, fuhr ihn der Sohn an. »In den Nachrichten habe ich gesehen, wie Sie den Bauleiter festgenommen haben. Hat der denn nichts damit zu tun?«

Nielsen zuckte absichtlich betont gleichgültig mit den Schultern. »Bisher haben unsere Ermittlungen kein konkretes Verdachtsmoment bestätigt.«

»Und die Flüchtlinge? Die Schaufel wurde doch da gefunden«, pustete Frau Neumann wie aus dem letzten Loch.

Die beiden waren wirklich gut informiert, befand Peer. Hatte er die Familienbeziehungen unterschätzt?

»Schon, aber es fehlen einfach Beweise und bei den Bewohnern vom Camp zusätzlich das Motiv.«

»Ach, die Ausländer, das sind doch alles Terroristen«, schimpfte die Witwe. »Was brauchen die für ein Motiv?«

Peers Hals verengte sich, er musste schlucken. »Das sind ganz normale Leute.«

»Normal?« Olaf Neumann runzelte die Stirn. »Das sehe ich aber anders. Lungern da rum, arbeiten nicht, leben auf unsere Kosten.«

Jetzt wurde es Peer zu bunt. Er hielt zwar selbst nicht alles für gut, was in der Flüchtlingspolitik entschieden und umgesetzt wurde, aber das ging ihm eindeutig zu weit.

»Und Sie?«, entfuhr es ihm. »Arbeiten Sie? Wovon leben Sie?«

»Na, hören Sie mal. Das ist doch wohl etwas ganz anderes. Erstens nehmen die uns alle Jobs weg und zweitens stehen Sozialgelder aus den Steuern der Bürger dieses Landes ja wohl zuallererst einmal den Bürgern dieses Landes zu!« Olafs Gesicht lief puterrot an. Er stützte die Hände in die Hüften, und man spürte, dass sich seine Wut – vor allem die, die sich während des vorangegangenen Streits angestaut hatte – gleich in einer gewaltigen Explosion entladen würde. Eine Eskalation half Peer jedoch nicht weiter.

Er nickte, machte gute Miene zum bösen Spiel. Wie so oft musste er seine eigene Meinung, seine eigenen Gefühle in diesem Job zurückstellen. »Ich bin nicht gekommen, um mit Ihnen darüber zu diskutieren. Vielmehr haben einige Laubenbesitzer ausgesagt, Ihr Vater hätte in den letzten Tagen verkündet, er hätte nun etwas ganz Großes gegen die Baustelle in Stellingen in der Hand und würde den Ausbau stoppen. Wissen Sie davon?«

Die Witwe schaute fragend auf ihren Sohn, der angestrengt die Augen aufriss. »Nee, was sollte das denn gewesen sein?«

»Genau das wüsste ich gerne. Deswegen bin ich hier. Ihr Vater hat anscheinend ein großes Geheimnis daraus gemacht. In der Gartenkolonie hat er jedenfalls mit niemandem darüber gesprochen, da dachte ich, vielleicht eher mit seiner Familie. Also mit Ihnen?«

Er blickte zwischen Ruth Neumann und ihrem Sohn hin und her.

»Nee, davon weiß ich nichts, du, Muddern?« Olaf starrte auf die Witwe.

Die schüttelte den Kopf. »Also nein, darüber hat Harry nicht mit mir gesprochen.«

Wahrscheinlich haben die überhaupt nicht mehr viel miteinander gesprochen, kam es Peer in den Sinn, und er fühlte sich an sein Verhältnis zu seiner Mutter erinnert.

Er musste sie unbedingt noch anrufen heute und persönlich zum Geburtstag gratulieren.

»Gar nichts? Vielleicht hat er etwas hiergelassen. Unterlagen, Hinweise, irgendetwas, womit er einen Baustopp hätte herbeiführen können?«

Die Witwe kniff plötzlich die Augen zusammen und blickte zu Olaf, schwieg dabei aber.

»Also davon wissen wir nichts«, entgegnete der Sohn.

Boateng hatte, weil er Peer nicht erreichen konnte, die Kollegen angerufen.

»Ja, und was sollen wir da machen?«, hatte Carsten Hinrichs gefragt. »Wenn von uns plötzlich einer auftaucht, dann ist das ja wohl total auffällig.«

»Dann lasst zumindest den Vorarbeiter mal durchs Register laufen.« Er nannte ihnen den Namen, den er bei seiner letzten Befragung im Merkbuch notiert hatte.

Anschließend versuchte er nochmals, Nielsen zu erreichen.

»Ja?«

Boateng zuckte leicht zusammen. Er hatte nicht damit gerechnet, dass sein Chef den Anruf entgegennahm. »Wo steckst du denn?«, fragte er daher gleich.

»Ich war noch mal bei den Neumanns. Komische Familie, aber die scheinen keine Ahnung zu haben, was Harry Neumann in der Hand gehabt haben will gegen den Bauleiter.«

»Der ist bei seiner Rückkehr ziemlich ausgerastet«, berichtete nun Michael. »Ist auf den Vorarbeiter los. Gerade erst hat sich die Rauferei aufgelöst.«

Ein beherzter Bauarbeiter hatte schließlich in das Handgemenge eingegriffen und zusammen mit ein paar anderen die beiden Streithähne getrennt.

»Braun scheint ziemlich nervös.«

»Na, geht ja schließlich um seinen Job. Aber nervös ist gut, dann macht er eher Fehler.«

»Die uns hoffentlich endlich mal weiterbringen«, sagte Boateng mit einem Stöhnen und Peer konnte die Frustration förmlich greifen, die sich breitzumachen schien.

»Mach für heute Feierabend. Die Ablösung kommt doch gleich, oder?«

»Hoffentlich, wegen der Verstärkung hat sich bisher noch niemand aus den anderen Teams gemeldet.«

»Ich kümmere mich drum«, versprach Nielsen, ehe er auflegte und anschließend sofort Fritsches Nummer wählte.

»Du, da ist momentan schlecht was zu machen.«

»Was?«

»Du hast doch sicherlich von dem Leichenfund in diesem italienischen Restaurant in St. Georg gehört, oder? Die Kollegen haben da alle Hände voll zu tun.«

»Es muss ja niemand von der Mordkommission sein. Was ist mit der Bereitschaft? Wir brauchen nur jemanden, der Braun beschattet und uns verständigt, falls es etwas gibt.«

»Peer, du weißt doch selbst, momentan ist die Hölle los. Demos, Großveranstaltungen und die Flüchtlingssituation verlangen den Kollegen mehr ab, als die leisten können.«

»Schon gut, schon gut.« Nielsen gab sich geschlagen, würde er eben die Nachtschicht auch noch übernehmen. Personalmangel war ja nichts Neues bei der Hamburger Polizei. Überall schrien die Leute nach der Polizei, aber neue Mitarbeiter wurden nicht eingestellt. Und wenn etwas aus dem Ruder lief, so wie jetzt, dann war ohnehin die Polizei schuld.

Er beendete das Telefonat und schlug anstatt des Wegs nach Hause den zur Ablösung Boatengs ein. Nur gut, dass daheim niemand auf ihn wartete, außer Fritzchen, und der musste heute wie so oft einen Fastentag einlegen.

Er brauchte einige Augenblicke, ehe er den Wagen von Boateng entdeckte. Gelernt war gelernt, dachte Nielsen zufrieden über die Fähigkeiten seines Mitarbeiters.

Michael zuckte zusammen, als Peer an die Seitenscheibe klopfte.

»Du?«

Nielsen seufzte. »Personalengpass.«

»Ich kann sonst auch noch …«

»Lass mal, deine Frau wartet doch bestimmt.«

»Schon, aber …«

»Nichts aber, oder willst du demnächst alleine dastehen?«

Dieses Argument schien Michael zu überzeugen, dennoch machte er sich nur widerwillig auf den Heimweg. Vorher gab er Peer eine kurze Zusammenfassung: »Nachdem die Bauarbeiter den Streit geschlichtet haben, ist der

Vorarbeiter abgedüst. Wohin, weiß ich natürlich nicht, aber bisher ist er nicht wieder aufgekreuzt. Carsten und Jens haben den überprüft, aber der Mann ist in keiner Datei erfasst. Scheint ein normales Leben zu führen.«

»Was ist schon normal?«, fragte Peer mehr sich selbst als seinen Mitarbeiter.

»Vorstrafen oder so hat er jedenfalls nicht. Ist laut unseren Informationen verheiratet und hat zwei Kinder, wohnt in Barmbek.«

»Okay, und sonst?«

»Sonst nichts. Stephan Braun ist im Container verschwunden und bisher nicht wieder aufgetaucht.«

Peer nickte. »Gut, dann mach dich jetzt mal vom Acker – ich übernehme.«

Er stieg aus, klopfte leicht aufs Autodach und ging zurück zum Wagen, von wo aus er beobachtete, wie Michael sein Auto wendete, an ihm vorbeifuhr und gleich darauf aus seinem Blickfeld verschwunden war.

Nielsen kuschelte sich in seinen Sitz. Das würde eine lange Nacht werden. Gut, dass er vorher schnell an einem Kiosk gestoppt und sich einen Döner sowie Getränke besorgt hatte. Normalerweise würden sie Braun zu zweit observieren, aber das war bei dem Personalnotstand einfach nicht drin.

Nachdem er den Döner, der mittlerweile kalt geworden war, verspeist hatte, fiel ihm der Geburtstag seiner Mutter wieder ein. Er holte tief Luft. Komm schon, Peer, ermunterte er sich selbst, bring es hinter dich.

Obwohl das Verhältnis zwischen ihm und seiner Mutter nicht das Beste war, war sie nicht anzurufen keine Option für ihn. Gewisse Sachen gehörten sich nun einmal – da sprach seine Erziehung aus ihm. Und seiner Mutter persönlich zum Geburtstag zu gratulieren war demnach ein Muss.

Er suchte in seinen Kontakten ihre Nummer und wählte.

Schon nach dem ersten Klingeln wurde abgehoben. Ganz so, als habe sie neben dem Telefon nur auf seinen Anruf gewartet, und wahrscheinlich war dem sogar so.

»Herzlichen Glückwunsch zum Geburtstag und alles Gute!«

»Oh, Peer, danke. Wie schön, dass du anrufst, und vielen Dank für die wundervollen Blumen.«

»Gefallen sie dir?«

Im Hintergrund hörte er den Lebensgefährten brummeln, Peer hätte den Strauß ja auch persönlich vorbeibringen können, doch seine Mutter ignorierte das beflissentlich.

Begeistert erzählte sie von dem Blumenarrangement, sodass er sich fragte, ob der Laden tatsächlich den ausgewählten Strauß mit den Nelken geschickt hatte.

»Du, Peer, am Wochenende, da wollte ich ein wenig nachfeiern. Kaffee, Kuchen. Die ersten Erdbeeren sind reif, da könnte ich eine Erdbeertorte machen, die magst du doch so gern.«

Ja, die mochte er sehr gern, aber alles in ihm sträubte sich gegen einen Besuch bei seiner Mutter, was zu einem großen Teil an ihrem Lebensgefährten lag.

Zwar hatte Nielsen sich nach dem Tod von Margot Fritsche, der Frau seines Chefs, die er sehr gut gekannt und gemocht hatte, vorgenommen, seine Mutter öfter zu besuchen, aber bei dem Vorsatz war es geblieben. Das letzte Mal war er zu Weihnachten in Glückstadt gewesen. Und da auch nur kurz.

»Du, also … wir haben gerade einen neuen Fall, also ich weiß nicht …«

»Oh, ein Mord?«

Kurz ärgerte er sich darüber, wie wenig Anteil sie anscheinend an seinem Leben nahm. Sie wusste doch, dass er bei der Mordkommission arbeitete. Was glaubte sie, was er da tat? Schnell verrauchte sein Ärger allerdings, als ihm bewusst wurde, wie wenig er selbst über seine Mutter wusste. »Ja, es gab da einen Leichenfund in …«

»Verstehe, melde dich einfach.«

Er hörte die Enttäuschung in ihrer Stimme, aber er sah nicht ein, ihr Hoffnung auf einen Besuch zu machen, wenn es keine Hoffnung gab. »Ja gut, ich muss jetzt auch arbeiten, wollte nicht lange stören, feier noch schön«, verabschiedete er sich schnell und legte auf.

Wieso fiel es ihm so schwer, nett zu seiner Mutter zu sein? Eigentlich sollte er über die Trennung seiner Eltern lange hinweg sein. Die beiden waren damals erwachsen gewesen und hatten das Recht gehabt, ihre Entscheidungen zu treffen. Rein vom Kopf her war ihm das klar, aber sein Gefühl war ein anderes.

Er versuchte, sich auf die Baustelle und den Container zu konzentrieren, doch so recht gelingen wollte ihm das nicht.

19. KAPITEL

»Hast du wirklich keine Ahnung, was Papa angeblich rausgefunden hatte gegen den Ausbau der Autobahn?«

Olaf hielt abrupt in der Bewegung inne, er war gerade dabei, in die Chips-Tüte zu greifen, die er sich zum Fernsehen geholt hatte.

»Wie kommst du darauf?« Er musterte seine Mutter genauestens.

»Na, ich weiß nicht. Ihr habt euch neulich länger in der Küche unterhalten.«

»Ach das.« Olaf winkte ab. »Da ging es um andere Sachen.«

»Um was?«

»Ach, ich überlege, so eine Umschulung zu machen. Das Arbeitsamt hat mir etwas angeboten.«

»Echt? Hast du ja gar nicht erzählt.«

»Nee, wollte erst wissen, was Papa davon hält.«

»Und?«

»Fand er nicht so gut. Werde ich wohl absagen.«

Ruth Neumann seufzte laut auf. Es war nicht das erste Angebot, das ihr Sohn ablehnte. Wahrscheinlich würde die Arge ihm das Geld streichen. Warum nur war aus ihm nichts geworden? Er war doch so schlau und lieb – das Liebste, was sie auf der Welt hatte. Das mussten doch auch andere Leute sehen.

»Na, und über den Garten und was da so los ist, habt ihr nicht geredet?«

»Doch.« Olaf schob sich eine Handvoll Chips in den Mund und kaute laut.

»Ach, und was?«

»Na, weißt du doch.« Er griff zur Fernbedienung und stellte den Ton lauter. »Wegen dem Angriff von den Flüchtlingen.«

Die Witwe schwieg eine Zeit lang und schob sich ein paar Pralinen in den Mund. »Meinst du, die waren das?«

Olaf zuckte die Schultern und starrte auf die Mattscheibe. »Is' doch egal.«

»Egal?«

»Na, Papa ist tot, und egal ob wir wissen, wer es war oder nicht, ändern tut das nichts.«

Als die Tür des Baucontainers aufgestoßen worden war, hatte Peer sich kerzengerade aufgesetzt, rutschte nun aber in seinem Sitz wieder etwas runter, als Stephan Braun mit Vollgas an seinem Wagen vorbeirauschte.

»Na, mal sehen, wo du wohl hinwillst«, flüsterte er und startete den Motor.

Um diese Uhrzeit war es ein Leichtes, dem Wagen zu folgen. Der Feierabendverkehr war längst durch und relativ wenige Leute unterwegs. Kein Fußballspiel oder Konzert – das erleichterte die Verfolgung von Stephan Braun ungemein. Denn an Tagen, an denen im Volksparkstadion oder der Arena daneben, die schon so oft den Namen gewechselt hatte, dass Peer nie genau wusste, wie die aktuelle Bezeichnung gerade lautete, Veranstaltungen waren, kam es nicht selten zu einem Verkehrschaos rund um Stellingen und den Volkspark.

Er folgte Braun, der nicht den Heimweg eingeschlagen zu haben schien. Vielmehr vermutete Peer, dass der Bauleiter in Richtung Hafencity unterwegs war. Ob sein Chef ihn zu sich beordert hatte? Um diese Zeit? Nielsen runzelte die Stirn.

Peers Vermutung bestätigte sich kurze Zeit später. Stephan Braun parkte in der Hafencity, schlug dann allerdings nicht den Weg zum Büro seines Arbeitgebers ein, sondern steuerte zielstrebig auf eine Bar zu.

Nielsen fuhr vorbei und stoppte ein Stück weiter die Straße hinunter. Er beobachtete, wie Braun die Bar betrat, und stieg anschließend aus seinem Wagen. Auf der gegenüberliegenden Straßenseite näherte er sich dem Lokal, bis er durch die großzügige Fensterfront ins Innere der Bar schauen konnte. Schnell hatte er Braun an einem der wenigen Tische entdeckt. Die andere Person konnte er nicht direkt erkennen, da der Mann mit dem Rücken zur Glasfront saß. Mist, fluchte Nielsen gedanklich, hatte aber Glück, als der Gast sich in alle Richtungen umschaute. Offensichtlich war es ihm unangenehm, mit Braun gesehen zu werden. Wobei Nielsen sich fragte, warum, denn Braun arbeitete für den Mann. Es war tatsächlich Gustav Freimann, der da in der Bar seinen Feierabend genießen wollte und anscheinend von Stephan Braun dabei gestört wurde. Jedenfalls wirkte die Szene hinter dem Fenster nicht so, als seien die beiden verabredet.

Stephan Braun stand vor Freimann und redete ohne Punkt und Komma auf seinen Arbeitgeber ein. Der versuchte mit Kopfschütteln und abwehrenden Handgesten Braun zum Schweigen zu bringen, scheiterte aber kläglich, sodass ihm schließlich nur die Flucht zu bleiben schien. Abrupt stand Freimann auf, legte einige Geldscheine auf den Tisch und verließ das Lokal. Braun folgte ihm. Einen kurzen Moment lang gerieten die beiden aus Peers Blickfeld, traten aber gleich darauf gemeinsam auf die Straße. Nielsen schob sich in einen Hauseingang, um nicht entdeckt zu werden. Mit etwas Glück konnte er vielleicht hören, worüber Stephan Braun mit seinem Chef dringend sprechen wollte.

Doch er hörte nur, wie Freimann Braun anbrüllte: »Pohl übernimmt ab nächste Woche. Finden Sie sich damit ab und lassen Sie mich in Ruhe oder ich rufe die Polizei!« Dann flüchtete er auch schon die Straße Richtung Elbphilharmonie entlang. Braun blieb wie angewurzelt vor dem Eingang des Lokals stehen und blickte seinem Chef nach, ehe er sich umdrehte und in die Bar zurückging.

Peer trat aus seiner Nische. Von Freimann war nichts mehr zu sehen. Er ging hinüber zur Bar und blickte durch die Scheibe. Stephan Braun saß am Tresen und hatte sich ein Getränk bestellt. Nielsen beobachtete, wie der Bauleiter gierig trank.

Ob Freimann ihn gefeuert hatte? Auf jeden Fall würde der Vorarbeiter anscheinend Brauns Job ab nächster Woche übernehmen, wenn er Freimann richtig verstanden hatte. Nielsen überlegte, ob er einfach in die Bar gehen und seinen Besuch wie einen Zufall erscheinen lassen sollte. Oder war es besser, abzuwarten und zu schauen, was weiter geschah? Welche Option war taktisch schlauer?

Die Entscheidung wurde ihm jäh abgenommen, da Braun plötzlich den Arm hob und, statt einen weiteren Drink zu bestellen, zahlte. Anschließend hüpfte er vom Barhocker und verließ das Lokal. Peer konnte gerade noch in den nächsten Hauseingang hechten, doch Stephan Braun war ohnehin derart in Gedanken, dass er nichts um sich herum wahrzunehmen schien. Er steuerte zielstrebig auf seinen Wagen zu, stieg ein und gab Gas.

Nielsen musste sich beeilen, um Braun nicht aus den Augen zu verlieren. Eine rote Ampel half ihm jedoch, den Anschluss zu behalten, denn Stephan Braun jagte ansonsten nicht gerade vorschriftsmäßig durch das nächtliche Hamburg.

Der Weg war nicht weit. Peer folgte dem Bauleiter nach St. Pauli und wusste schnell, wo Braun hinwollte.

»Ich fress 'nen Besen, wenn die beiden nicht unter einer Decke stecken«, murmelte er vor sich hin, als er beobachtete, wie Braun zum Hauseingang von Johanna Unken hinübereilte. »Mal sehen, wie lange du heute bleibst.«

20. KAPITEL

Boateng saß an seinem Schreibtisch und startete den Computer. Er war beinahe alleine im Büro, denn Carsten hatte die nächste Beobachtungsschicht übernommen, und Peer würde heute später ins Präsidium kommen. Er wollte sich ein paar Stunden aufs Ohr hauen nach der Nachtschicht, hatte er kurz mitgeteilt.

Boateng wollte ein paar überfällige Berichte tippen, da sie in dem aktuellen Fall momentan ohnehin nicht viel tun konnten.

Bevor er loslegte, holte er sich einen Tee in der Gemeinschaftsküche, wo er Fritsche traf.

»Und kommt ihr voran?«

»Nicht wirklich.« Michael stöhnte, während er etwas Zitrone in die Tasse träufelte. »Wir observieren zwar den Bauleiter, und es spricht einiges dafür, dass der Mann ein falsches Alibi hat und daher doch als Täter in Betracht kommt, aber bisher können wir das nicht beweisen.«

Fritsche nickte. »Was ist mit dem persönlichen Umfeld des Opfers? Hat sich da etwas Neues ergeben?«

»In der Familie schien es nicht wirklich Spannungen zu geben – eher herrschte da gegenseitiges Desinteresse.« Boateng dachte an den wochenlangen Auszug Neumanns in die Gartenlaube. »Natürlich bleibt die Option, die Flüchtlinge könnten etwas mit dem Mord zu tun haben, aber …«

Fritsche musterte ihn eingehend. »Das glaubst du nicht.«

Boateng schüttelte den Kopf. »Nicht wirklich. Das mit der Schaufel ist mir persönlich zu offensichtlich.«

»Trotzdem müsst ihr in diese Richtung weiterermitteln. Nicht auszudenken, es war doch jemand von denen und wir haben den Ansatz schleifen lassen.«

»Schon klar.«

»Außerdem herrscht nach der Medienhetze ein gewisser Aufruhr in der Bevölkerung. Beim Thema Flüchtlinge kocht alles schnell hoch, wie du weißt.«

»Ja, aber es könnte natürlich auch einer der anderen Gartenbesitzer gewesen sein.«

»Welches Motiv sollten die gehabt haben?«

Boateng zuckte mit den Schultern. »Aber welches sollen die Flüchtlinge gehabt haben?«

»Hast recht. Also, behaltet neben dem Bauleiter auch die Gartenkolonie und das Flüchtlingsheim im Auge.«

Boateng schlenderte zurück in sein Büro und pustete dabei in die heiße Teetasse. Es ärgerte ihn, dass die Ausländer mal wieder so schnell in die böse Ecke gedrängt wurden. Dabei waren alle immer angeblich so tolerant. »Ja, ja, das merkt man«, flüsterte er, als er den Raum betrat. Er fuhr leicht zusammen, als plötzlich das Telefon klingelte.

Er schaute auf das Display, doch die angezeigte Nummer war ihm nicht bekannt. »Polizei Hamburg, Michael Boateng.«

»Hallo, hier ist Said«, tönte es in leicht gebrochenem Englisch aus dem Hörer.

»Hallo, Said, wie geht's?«

Blöde Frage, schoss es Michael sofort durch den Kopf, wie sollte es einem da im Flüchtlingscamp schon gehen?

Said verstand die Frage anscheinend als unverbindliche Floskel und ging zum Glück gar nicht darauf ein.

»Ich wollte Bescheid geben, dass ich da in der Gartenkolonie jemanden an der Laube gesehen habe.«

»Was?« Michael wurde sofort hellhörig.

»Ja«, raschelte es aus dem Hörer.

Michael nahm an, dass Said zeitgleich nickte.

Plötzlich stand Lutz im Raum und fuchtelte Boateng zu.

»Moment mal«, sagte Boateng in den Hörer, unterbrach kurz das Telefonat und hielt die Sprechmuschel zu.

»Ich habe jemanden dran, der sagt, er habe einen Flüchtling an der Laube des Toten gesehen«, informierte sein Kollege ihn.

»Ach«, entfuhr es Boateng. »Wer sagt das?«

»Olaf Neumann.«

Peer reckte und streckte sich. Er war hundemüde, konnte aber nicht mehr schlafen. An den Fenstern seiner Dachgeschosswohnung befanden sich keine Rollos und mittlerweile war es später Vormittag und die Sonne schien hell ins Zimmer.

Sollte mal in Jalousien investieren, dachte Peer und rappelte sich auf.

Sofort kratzte Fritzchen wie verrückt an der Scheibe des Terrariums.

»Is' ja gut, mach nicht solch einen Terror, gibt gleich was.« Stöhnend stemmte Nielsen sich hoch, ging in die Küche, holte etwas Salat und fütterte das Tier. Gierig verschlang der Leguan sofort das Grünzeug.

Genauso gierig musste Braun gestern über Johanna Unken hergefallen sein, denn lange hatte sein Besuch nicht gedauert. Peer war dem Mann anschließend nach Hause gefolgt, doch danach hatte er die Wohnung nicht noch einmal verlassen.

Bisher hatte die Observation nichts erbracht und Peer überlegte, ob sie Johanna Unken vielleicht irgendwie unter Druck setzen konnten. Er nahm sich vor, Jens später auf die Dame anzusetzen. Da ließ sich bestimmt etwas finden, mit dem man sie verunsichern konnte.

Er trank seinen Kaffee aus und ging ins Bad. Als er nach dem Duschen den beschlagenen Spiegel über dem Waschbecken freiwischte, blickte ihn trotz der Erfrischung ein ziemlich graues Gesicht an.

Ich sollte mal wieder rausgehen, dachte Peer und schaute durch das kleine Dachfenster in den blauen Himmel. Ein wenig Tageslicht könnte nicht schaden.

Er rasierte sich, putzte die Zähne und schlüpfte anschließend in eine helle Stoffhose und ein Poloshirt. Dann griff er nach den Autoschlüsseln und fuhr ins Büro.

Boateng lenkte den Wagen vom Volkspark Richtung Osdorf. Neben ihm saß Said und knetete seine Hände ineinander.

Obwohl Michael sich sicher war, dass es Said war, den Olaf Neumann an der Gartenlaube gesehen hatte, mussten sie das überprüfen, und er wollte die beiden sozusagen gegenüberstellen. Jens war vorausgefahren, um die Familie des Mordopfers darauf vorzubereiten, obwohl Michael das für übertrieben hielt. Es war schließlich nicht der Mörder, den sie den beiden präsentierten. Es ging nur um eine Beobachtung.

Doch Jens hatte gemeint, man wüsste nie, und hatte sich auf den Weg zur Witwe und dem Sohn gemacht. Vielleicht auch nur, weil er etwas tun wollte, denn ansonsten ging es in dem Fall ja eher schleppend voran.

»Aber die denken bestimmt, dass ich was damit zu tun

habe, oder?« Said sprach nun aus, was ihn bedrückte und was auch Jens vermutete.

Boateng zuckte mit den Schultern. »Das tut ja erst einmal nichts zur Sache.«

»Na ja, die haben einen toten Mann zu beklagen, wer weiß.« Said blickte ihn aus ängstlichen dunklen Augen von der Seite an.

»Keine Angst, ich bin bei dir. Dir passiert nichts. Außerdem ist der Sohn genauso verdächtig wie du. Ist ja schließlich auch um die Laube geschlichen.«

»Mit dem Unterschied, dass der Garten dem Vater gehört hat. Aber vorher habe ich den da noch nie gesehen, da war immer nur der ältere Mann da.«

»Ich denke, du warst da in der letzten Zeit nicht mehr?«

»Schon, aber früher …« Said presste die Lippen aufeinander.

Boateng war froh, als sie das Haus in Osdorf erreichten. Er stoppte den Wagen und sie stiegen aus. Said zögerte ein wenig, blickte sich um.

»Komm«, forderte Michael ihn auf, »es passiert dir nichts.«

Sie klingelten und recht schnell erklang der Türsummer. Michael stieß die Tür auf, ließ aber Said den Vortritt. Der blieb etwas unschlüssig im Hausflur stehen, sodass Michael dann doch wieder voranging, sich aber nach dem ersten Treppenabsatz vergewisserte, ob der Syrer ihm folgte.

In der Wohnungstür stand Jens, dahinter sah Michael jedoch bereits Olaf Neumann den Kopf über die Schulter des Kollegen recken.

»Ist er das? Ist er das?« Die aufgeregte Stimme des Sohnes ließ Said wie angewurzelt stehen bleiben.

Jens drehte sich um. »*Sie* haben jemanden gesehen. Woher soll ich denn wissen, ob das die Person ist? Ich war nicht dabei«, entgegnete er leicht genervt.

Anscheinend hatte Jens sich schon ein paar haarsträubende Anschuldigungen und Verdächtigungen anhören müssen, vermutete Boateng, der sich umdrehte und Said aufmunternd zunickte.

Der Syrer kam nur zögernd näher und hob dabei seinerseits neugierig den Kopf. Er erblickte Olaf Neumann und stammelte aufgeregt: »Ja, den Mann habe ich gesehen, das ist der, der um die Laube herumgeschlichen ist.«

»Ich bin nicht geschlichen, der Kerl da ist geschlichen!« Plötzlich schoss ein Arm über Jens' Schulter.

»Könnten wir das in Ruhe besprechen?«, schlug Michael vor.

»In Ruhe besprechen? Mit dem Mörder meines Vaters?«

»Herr Neumann«, wies Jens den Mann zurecht, doch da drängte sich von hinten schon die voluminöse Witwe dazu und krakeelte: »Der hat meinen Harry umgebracht? Das ist der Mörder!«

Die ganze Situation drohte aus dem Ruder zu laufen, und als Said die böse funkelnden Augen sah, machte er kehrt und rannte davon. Michael schüttelte lediglich den Kopf in Richtung der Familie und lief hinterher.

»Warte bitte!«, rief er dem Syrer zu.

Said stürmte jedoch aus dem Haus. Und war dabei so flink, dass Michael befürchtete, ihn nicht einholen zu können. Als er jedoch die Haustür öffnete, prallte er direkt in den Mann hinein, der erst einmal tief Luft holte.

»Es tut mir leid, ich wusste nicht, dass die so reagieren.«

Said drehte sich abrupt zu Michael um. »Das wusstest du nicht?« Er funkelte ihn aus seinen dunklen Augen an.

»War doch klar. Ich meine, die suchen einen Schuldigen, und wer, wenn nicht der böse Ausländer, der Flüchtling, soll es gewesen sein?«

»Hallo?«, entfuhr es Boateng. »Schau mich an, glaubst du, ich kenne solche Situationen nicht?«

Said ließ seinen Blick über Michaels Gestalt wandern und musste grinsen.

Und auch Michael gluckste plötzlich los. Obwohl es eigentlich nichts zu lachen gab, kicherten die beiden vor sich hin und konnten kaum aufhören.

»Komm«, sagte Michael schließlich und wischte sich eine Lachträne aus dem Augenwinkel. »Ich lade dich auf einen Kaffee ein.«

»Schwarz?«, fragte Said immer noch kichernd und folgte Michael zum Wagen.

Das Büro war wie ausgestorben, als Peer dort eintraf. Er fuhr seinen Computer hoch und holte sich einen Kaffee.

Dann rief er Carsten Hinrichs an.

»Nee, nichts Auffälliges«, berichtete der. »Seit ich dich abgelöst habe, ist der lediglich auf die Baustelle gefahren und dort in seinem Baucontainer verschwunden.«

»Okay.« Peer hatte ohnehin nicht damit gerechnet, dass etwas geschehen würde, was ihnen weiterhalf, aber sie durften nichts unversucht lassen. Sicherlich würde Braun, sofern er der Täter war, irgendwann einen Fehler machen, und dann mussten sie parat stehen.

Da von seinen Mitarbeitern lediglich Lutz greifbar war, der wenig später vom Geburtstagsumtrunk eines Kollegen eine Etage höher erschien, setzte Nielsen ihn auf die Überprüfung der Prostituierten an.

»Aber die haben wir doch schon durchleuchtet.«

»Ich weiß, aber ich brauche etwas, um sie unter Druck zu setzen. Egal was. Durchwühl das Privatleben, befrag Freunde, Hauptsache, du findest etwas.«

Lutz zog die Augenbrauen unnatürlich hoch, nickte aber. »Ich schaue, was ich finden kann.«

21. KAPITEL

»Was wolltest du bei der Laube?« Ruth Neumann hatte sich vor ihrem Sohn aufgebaut, sofern man das in ihrem Zustand so nennen konnte. Vornübergebeugt lag ihr voluminöser Körper auf dem Gehwagen, den man unter der Last förmlich stöhnen hörte.

»Na, jemand muss sich doch um den Garten kümmern.«

»Du?« Die Witwe kniff die Augen zusammen. Bisher hatte sich lediglich ihr verstorbener Mann um den Garten gekümmert. Olaf war seit Jahren nicht mehr dort gewesen, soweit sie wusste. Ihm lag diese Kleingartenidylle nicht, betonte er stets. Aber im Grunde genommen hatte er recht, denn nun, da Harry tot war, musste irgendwer die Parzelle versorgen.

»Hast du mit Heinz geredet, der wollte doch immer einen Garten für seine Kinder?«

Olaf schüttelte den Kopf. »Soweit ich weiß, werden die Gärten nicht mehr weiter verpachtet. Wegen dem Deckel machen die Stück für Stück die Kleingartenanlage platt.«

»Deckel?«

»Na die Autobahn verschwindet doch teilweise im Tunnel.«

»Ach so, auch bei den Gärten?«

»Mensch, Mutti, genau das war doch Papas Problem, deswegen wollte er den Bau doch stoppen. Ansonsten wäre er über kurz oder lang seinen Garten los gewesen.«

Seine Mutter runzelte die Stirn, ging aber weiter nicht darauf ein. Sie interessierte etwas ganz anderes. »Was hast du im Garten gemacht? Ist da nicht alles abgesperrt?«

»Nee, nicht mehr. Aber in der Laube sieht es schlimm aus. Ich denke, dass einer der Flüchtlinge darin gehaust hat. Oder der Mörder hat darin randaliert.«

»Randaliert? Wieso das denn?«

Olaf zuckte mit den Schultern. »Wie gesagt, es sieht wüst aus.«

»Und diesen Typen, den die Polizei vorhin vorgeführt hat, hast du bei Papas Laube gesehen?«

»Ja, als ich ein wenig klar Schiff machen wollte.«

»Und du meinst, der hat etwas damit zu tun?«

Olaf zuckte wieder mit den Schultern. »Wer sonst?«

»Na, dieser Kerl von der Baustelle.«

»Wie kommst du darauf?«

»Na, wenn die Polizei den festgenommen hat?«

»Ja, aber die haben nichts. Hast du doch selbst gehört.«

Olaf stand von seinem Bett auf und zog sich ein paar Sneakers an.

»Wo willst du hin?«

»Einkaufen, oder willst du Getränke holen?«

Die Sonne schien nach wie vor von einem strahlend blauen Himmel, und als Peer aus seinem Wagen stieg, wehten ihm sofort die ersten Grilldämpfe entgegen. Hm, wie lange hatte er schon nicht mehr gegrillt? Seine Wohnung hatte keinen Balkon, und alles in einen Park schleppen? Für sich alleine machte man das nicht. Vielleicht würde das nach Sörens Umzug nun anders werden. Zur Wohnung des Freundes gehörte ein großer Garten, da ließ es sich gut grillen. Obwohl, Peer fiel ein, dass Sörens Freundin eine

Gesundheitsfanatikerin war – besonders seit das Kind auf der Welt war. Sicherlich hatte sie etwas gegen die krebserregende Grillerei einzuwenden. Er seufzte leicht. So sehr er sich manchmal eine Partnerin wünschte, auf solche Diskussionen hatte er keine Lust. Vielleicht war er einfach nicht für Beziehungen geschaffen. Sein Vater war da ja ganz ähnlich. Seit der Trennung von seiner Mutter hatte er den Kontakt zu Peer beinahe abgebrochen. Und die Frau, wegen der er die Familie verlassen hatte, mittlerweile vermutlich längst ausgetauscht. Ob so etwas vererbt wurde?

Er schloss den Wagen ab und überlegte, in welche Richtung er zuerst gehen sollte. Im Prinzip wollte er sich nur noch einmal ein wenig umsehen, den Alltag der Gartenkolonie erleben. Die wiederholte Präsenz der Polizei würde die Leute vielleicht mürbe machen.

Sein Erscheinen blieb nicht lange unbemerkt. Neugierig streckten sich hier und da Hälse in die Höhe. »Guten Tag!«, grüßte man ihn, denn durch die Befragungen wussten die Leute ganz genau, wer er war.

Er nickte freundlich nach rechts und links und schaute sich um. Alles wirkte so idyllisch. Ob hier tatsächlich ein Mörder zu finden war? Oftmals trog der Schein, das wusste Peer. Meist waren die wahren Verbrecher eben ganz normale Leute, der nette Nachbar von nebenan, dem man solch eine grausige Tat niemals zugetraut hätte. Das war für viele Menschen das wirklich Schockierende an einem Mord. Man wollte solche Taten als krank und irre abtun, aber das ging nun einmal nicht so einfach, wenn der nette Postmann, mit dem man jeden Morgen einen kleinen Plausch hielt, plötzlich seine Frau erstochen hatte. Die meisten Menschen, die jemanden umbrachten, waren weder krank noch irre, sondern hatten ein durchaus nachvollziehbares Motiv – mehr oder weniger.

Er hatte über dieses Thema vor nicht allzu langer Zeit mit einer forensischen Psychiaterin gesprochen, die der Meinung war, dass jeder Mensch zum Mörder werden konnte. Vermutlich auch er. Alles war eine Frage der persönlichen Hemmschwelle und der Ereignisse im Vorfeld, die zu solch einer Tat führten.

Daher war es gut möglich, dass einer der netten Hobbygärtner Harry Neumann umgebracht hatte. Wer sagte denn, dass es in der Kolonie keinen Streit gegeben hatte?

»Entschuldigung?«, sprach er einen älteren Herrn an, der zwischen einigen Gemüsepflanzen Unkraut entfernte.

»Ja?«

»Polizei Hamburg, Peer Nielsen.« Er hielt seine Dienstmarke hoch.

»Ich weiß, wer Sie sind. Sind Sie wegen der Ausländer da? Haben Sie Harry Neumanns Mörder endlich geschnappt?«

»Nein, noch nicht.«

Die Miene des Mannes verfinsterte sich leicht. »Warum nicht? Sie haben doch von uns genügend Hinweise bekommen.«

»Es gibt auch andere Verdächtige, und wir müssen in alle Richtungen ermitteln.«

»Ts, ist doch klar, dass das einer dieser Typen aus dem Camp war. Oder glauben Sie, ein Deutscher tut so etwas?«

Peer verschlug es beinahe die Sprache. Er hatte in den Medien zwar die Hetze gegen die Ausländer verfolgt, aber derart direkt damit konfrontiert zu werden schockte ihn. »Aus Erfahrung kann ich Ihnen sagen, dass auch Deutsche morden.«

Der Alte kniff die Augen zusammen.

»Außerdem könnte es ja auch Streit hier innerhalb des Gartenvereins gegeben haben.«

»Sicher, und nun glauben Sie, dass einer von uns Harry erschlagen hat, was? Worüber sollen wir denn gestritten haben?«

Na, da fiel Peer so einiges ein. Maschendrahtzaun lässt grüßen, dachte er – Nachbarschaftsstreits gab es auf der Welt mehr als genug. »Vielleicht hatte Harry Neumann nichts gegen die Flüchtlinge, und alleine das hat Ihnen nicht gepasst.«

»Was?« Der Mann stützte sich auf seinem Rechen ab. »Der Harry war einer von uns.«

»Und nun ist er tot.«

Das kleine Café war um die Mittagszeit gut besucht, sodass Michael und Said nur noch Plätze am Tresen fanden. Der syrische Mann war klein, und als er auf den Barhocker kletterte, wirkte es, als erklimme er den Mount Everest.

Michael bestellte zwei Tassen Kaffee und Brownies, die hier besonders lecker waren.

»Ist nett hier«, sagte Said, nachdem er sich eine Weile umgeschaut hatte. Michael nickte. Er kam oft in dieses kleine Café, das recht multikulti war. Said hingegen, so vermutete er, ging wahrscheinlich selten ins Café. Viel Geld hatte er nicht und sich in der Fremde zurechtzufinden war sicherlich nicht leicht.

»In Damaskus war ich früher auch oft in Cafés«, erklärte der Syrer, als könne er Michaels Gedanken lesen. »Aber hier ist es auch schön. Vor allem friedlich.« Er nahm einen Schluck Kaffee und biss anschließend in den Brownie.

»Na ja«, bemerkte Boateng in Hinblick auf die Hetze auf die Flüchtlinge der letzten Tage.

»Es fallen zumindest keine Bomben, man kann relativ sorglos auf die Straße gehen, es gibt genug zu essen«, zählte Said die Vorteile auf.

»Und doch vermisst du deine Heimat, oder?«

»Meine Heimat, wie sie war, gibt es nicht mehr.«

Boateng interessierte sich zwar sehr für die Thematik, spürte aber, dass dies nicht der richtige Zeitpunkt war, weiterzufragen. Er glaubte, eine Träne in Saids Auge funkeln zu sehen, und schon wischte sich dieser auch mit dem Handrücken übers Gesicht.

»Ja, wir haben es hier schon gut. Leider wissen das viele Leute nicht zu schätzen.«

»Ach«, winkte Said ab, »das ist mir doch genauso gegangen, als in meinem Land noch alles in Ordnung war.«

»Aber viele Menschen sind gefrustet.«

»Nicht so sehr wie im Camp.«

»Und wie ist es mit dir?« Michael stellte sich Saids Situation nicht einfach vor.

»Ich bin dankbar, dass ich hier sein darf, doch einige meiner Landsleute und auch andere Flüchtlinge hatten sich alles viel leichter, paradiesischer vorgestellt.«

»Wobei einige Länder – darunter auch Deutschland – solche Vorstellungen durchaus schüren«, gab Boateng zu bedenken.

»Ich bin Realist, und wer dem Tod nur knapp entkommen ist, der weiß jeden Tag, den er in Frieden leben darf, zu schätzen.«

»Geht es den anderen Flüchtlingen denn nicht ähnlich?«

»Viele haben die Erlebnisse nicht verarbeiten können, sind traumatisiert und reagieren ganz unterschiedlich.«

»Wie?« Michael überlegte, ob nicht doch einer der Asylbewerber für den Mord verantwortlich war.

»Aggressiv bis apathisch, alles dabei.«

»Und kannst du dir vorstellen, dass es da jemanden gibt, der …« Boateng war es unangenehm, den Mordfall anzusprechen.

Doch Said zeigte sich verständnisvoll. »Na klar kann ich mir das vorstellen. Seit dem Ausbruch des Krieges und meiner Flucht kann ich mir fast alles vorstellen. Du hast keine Ahnung davon, was ich alles erlebt habe.«

Das hatte Michael in der Tat nicht. Er konnte sich nicht vorstellen, wie es war, von jetzt auf gleich alles zurückzulassen und sich einfach auf den Weg zu machen – in eine unbekannte Welt, von der man nicht wusste, was einen in ihr erwartete. In welcher Not musste man sein, um seine Familie, sein Haus – einfach alles zurückzulassen, um sich in Gefahr zu bringen? Fremden Leuten zu vertrauen, zu wandern, zu bangen, zu weinen und viel Leid und immer wieder dem Tod zu begegnen.

»Ich habe mich ein wenig im Camp umgehört in den letzten Tagen«, wechselte Said nun das Thema und stellte seine leere Kaffeetasse auf dem Tresen ab.

»Und?«

»Es gibt da ein paar Kerle, die könnten vielleicht etwas mit dem Tod des Mannes zu tun haben, denke ich.«

Peer hatte seine Recherchen aufgegeben und war zu seinem Wagen zurückgekehrt. Dieses kleinkarierte Denken passte voll und ganz zu dem Bild, das er von Kleingärtnern hatte, obwohl er gedacht hatte, es würde sich dabei um ein Vorurteil handeln.

Gut, auch andere Leute hetzten gegen die Flüchtlinge.

Aber war das nicht nur Angst, die diese Menschen Parolen grölen ließ? Angst vor dem Unbekannten? Angst, schlechter gestellt zu sein, da man nun augenscheinlich mit den vielen Fremden etwas teilen musste? Man selbst weniger hatte? Obwohl man in Deutschland nun wirklich im Überfluss lebte, aber das sah man oft nicht, wenn man mitten in dem Konsumterror drinsteckte.

Er setzte sich in seinen Wagen und starrte auf die Gartenanlage. Was hatte wen bewogen, Harry Neumann umzubringen? War es ein Unfall, Totschlag im Affekt oder ein eiskalt geplanter Mord? Peer atmete laut aus.

Stephan Braun hatte seiner Meinung nach das stärkste Motiv. Hinzu kam, dass die Baustelle sein erstes großes Projekt war, er ein fragwürdiges Alibi hatte und Harry Neumann vor seinem Tod angeblich herumgeprahlt hatte, er hätte etwas gegen den Bauleiter in der Hand. Nur was sollte das gewesen sein? Klar war nur, dass es etwas mit der Baustelle zu tun hatte. Ob es doch um Schwarzarbeit ging? Die Beschäftigung illegaler Arbeiter war natürlich strafbar, aber würde man deswegen den Ausbau der A 7 wirklich stoppen? Und hatte Freimann Braun deswegen die Leitung entzogen? Er wählte die Nummer von Carsten und erkundigte sich nach den Beobachtungen des Mitarbeiters.

»Nichts Auffälliges, der Typ scheint zu arbeiten.«

»Auch kein Besuch auf der Baustelle?«

»Nee, alles ruhig.«

Na, das können wir doch mal ändern, dachte Peer und wählte, nachdem er sich von Carsten verabschiedet hatte, die Nummer eines Bekannten beim Zoll. »Ihr habt nicht zufällig Kapazitäten für eine spontane Razzia, oder?«

»Nee, nicht wirklich, wieso?«

Nielsen schilderte kurz den Fall. »Du bist mir noch einen Gefallen schuldig«, erinnerte er dann den Kollegen. Er hatte Martin Holt vor nicht allzu langer Zcit aus einer ziemlich peinlichen Lage befreit. Der Typ hatte schon seit Längerem etwas mit seiner Kollegin, und als auf einer Grillparty eines gemeinsamen Bekannten unerwartet Holts Ehefrau aufgetaucht war, hatte Peer sich die Mitarbeiterin vom Zoll geschnappt und getan, als sei sie seine Freundin.

»Ich weiß, ich weiß, ich schick da ein paar meiner Jungs hin, okay?«

»Wann?«

»In einer Stunde.«

Peer grinste breit. Egal, ob die Schwarzarbeit tatsächlich das war, was Neumann gegen Braun in der Hand gehabt hatte, auf jeden Fall würde es den Laden noch einmal ordentlich aufwirbeln. Er rieb sich die Hände.

Nielsen informierte Carsten über die bevorstehende Razzia. »Genieß das Schauspiel«, forderte er seinen Mitarbeiter auf, ehe er auflegte, um sich bei Lutz zu erkundigen, ob er etwas Brauchbares über die Prostituierte herausbekommen hatte. Kein Alibi und eventuell Schwarzarbeit, die Harry Neumann hatte auffliegen lassen wollen, das würde aus Peers Sicht für einen Haftbefehl reichen.

»Also so wirklich etwas, womit du ihr drohen könntest, habe ich nicht gefunden, aber …« Nielsen hörte, wie sein Mitarbeiter tief Luft holte. »Sie hat eine kleine Tochter, da könnte man ihr vielleicht mit einem Anruf beim Jugendamt mit dem Hinweis auf ihre Tätigkeit drohen?«

»Keine schlechte Idee«, lobte Peer. »Das könnte ziehen.« Wenngleich das nicht unbedingt die fairste ihrer Arbeitsmethoden war, aber was war in ihrem Job schon fair? Etwa, dass jemand wehrlose Rentner umbrachte? Oder Kinder missbrauchte? Ganz sicher nicht. Er startete den Wagen und fuhr nach St. Pauli.

Auf sein Klingeln hin wurde nicht geöffnet. Ob Johanna Unken nicht da war? Oder hatte sie gerade einen Freier? Er kratzte sich am Kopf, als eine andere Bewohnerin die Tür aufschloss. Schnell schlüpfte er durch die sich schließende Eingangstür. Die Frau beachtete ihn zum Glück nicht weiter. Anscheinend schien sie es gewohnt zu sein, dass sich hier irgendwelche fremden Typen im Hausflur herumdrückten.

Als er an der Wohnungstür den Finger auf den Klingelknopf legte, hörte er plötzlich Geräusche aus der Wohnung, die ganz offensichtlich verrieten, dass Johanna Unken arbeitete. Peer war es etwas unangenehm, in diesem Moment direkt vor der Tür zu stehen, und er setzte sich daher auf die Treppe. Lange konnte das den Geräuschen nach nicht mehr dauern.

Und tatsächlich. Keine Viertelstunde später öffnete sich die Wohnungstür und ein blasser, schmaler Mann verließ eilig die Wohnung. Als er Peer erblickte, machte er zunächst große Augen, schlich anschließend aber wortlos und schnell davon.

Johanna Unken, die im Türrahmen stand, hatte ihn sofort erkannt. »Sind Sie beruflich oder privat hier?«, fragte sie provokant.

»Beruflich.«

Sie verdrehte die Augen und wollte sich umwenden.

»Und privat.«

»Ach so, na wenn das so ist …« Sie lächelte süffisant. »Auch Polizisten haben Bedürfnisse.«

»Ebenso wie Prostituierte.«

Sie kniff die Augen zusammen. »Wie meinen Sie das?«

»Nun ja, vielleicht ist ›Bedürfnis‹ nicht das richtige Wort. Nennen wir es Gefühle.«

»Gefühle?« Noch war Johanna Unken das Lächeln nicht vergangen. Anscheinend hielt sie das Wortgefecht für eine Art Spiel, was sich mit Peers nächster Äußerung jedoch schlagartig änderte.

»Muttergefühle zum Beispiel.«

»Was wollen Sie?«, zischte sie ihn sofort an.

Lutz hatte recht, die Tochter schien bei Johanna Unken wie der Abdruck des Lindenblattes auf Siegfrieds Rücken in der Nibelungensage. Peer brauchte nur seinen Finger darauf zu legen und ein wenig zu bohren. »Na ja, sagen wir mal so, ich habe mich gefragt, wer denn die Kleine so betreut, wenn Sie beispielsweise mit Herrn Braun die ganze Nacht verbringen.«

»Wieso? Wen geht das etwas an?«

»Na, das Jugendamt könnte das interessieren.«

Bei dem Wort Jugendamt wich sämtliche Farbe aus Johanna Unkens Gesicht. Sie schluckte. »Ich kümmere mich sehr gut um meine Tochter.«

»Wie kann das sein, wenn Sie die Nächte mit Freiern verbringen?«

»Ja, also eigentlich …«

»Was eigentlich?« Nielsen trat einen Schritt auf die Frau zu. Aus der Wohnung strömte ihm Sandelholzgeruch entgegen.

»Nun, ich verbringe für gewöhnlich die Nächte nicht mit Kundschaft. Tagsüber betreut meine Mutter die Kleine, aber abends kümmere ich mich um sie.«

»Und was heißt ›für gewöhnlich‹? Für Stephan Braun haben Sie eine Ausnahme gemacht. Haben Sie da Ihre

Tochter alleine gelassen? Das dürfte das Amt sehr interessieren.« Peer machte Anstalten, sich umzudrehen, doch Johanna Unken hielt ihn am Arm fest.

»Nein, bitte, ich habe für Stephan Braun keine Ausnahme gemacht.«

»Moment.« Nielsen befreite sich aus ihrem Griff und zückte sein Merkbuch. Kurz blätterte er darin herum, hielt dann inne. »Sie haben ausgesagt, Sie hätten die ganze Nacht mit Herrn Braun verbracht.« Er tippte mit seinem Zeigefinger auf die entsprechende Stelle in seinen Notizen.

»Da muss ich mich wohl getäuscht haben.«

»Gctäuscht?«

»Ja, ach, was weiß ich, dann habe ich halt gelogen. Ich lasse meine Tochter nicht alleine, da gibt es nichts, was Sie dem Jugendamt erzählen könnten.«

Peers Mundwinkel bewegten sich aufwärts. »Wenn das so ist, dann muss ich Sie bitten, jetzt mit aufs Präsidium zu kommen und eine Aussage zu machen.«

22. KAPITEL

Boateng hatte Said zurück ins Camp gebracht.

»Du kannst mir die Typen ja mal zeigen«, hatte er vorgeschlagen, doch Said hatte sofort die Hände gehoben. »Nein, was glaubst du, was die mit mir machen, wenn die rausfinden, dass du von der Polizei bist?«

Daran hatte Michael tatsächlich im ersten Moment gar nicht gedacht. Irgendwie hatte er ausgeblendet, dass Said – wer wusste wie lange noch – in dem Camp leben und zurechtkommen musste.

»Gut, dann hör dich ein wenig um, und wenn du etwas rausgefunden hast, rufst du an. Hier ist meine Handynummer.« Er reichte ihm ein Kärtchen. Said steckte es schnell in seine Hosentasche.

»Danke, für den Kaffee«, sagte der Syrer, ehe er aus dem Wagen stieg und auf die Container zuging, ohne sich noch einmal umzudrehen.

Hartes Leben, dachte Boateng und startete den Motor. Doch anstatt ins Präsidium fuhr er zur Baustelle, um wie vereinbart Carsten abzulösen.

»Was ist denn hier los?«, fragte Michael seinen Kollegen, als er sich wenig später auf den Beifahrersitz schmiss, dabei deutete er mit einem Kopfnicken hinüber zur Baustelle.

»Nielsen hat den Zoll angerufen.«

»Warum?«

»Um Unruhe zu stiften, denke ich.«

»Na, ob das gut geht?« Boateng zog seine Augenbrauen in schwindelerregende Höhen. Aus Erfahrung wusste er, dass in Hamburg in gewissen Kreisen jeder mit jedem verbandelt war. Vielleicht Stephan Braun nicht, aber sein Boss ganz gewiss, und sicherlich war es nur eine Frage der Zeit, bis der beim Innensenat Beschwerde einlegte. Aber für den Moment fand auch er das Schauspiel durchaus interessant, denn erstaunlich viele Männer drückten sich am Eingang der S-Bahn herum und Braun rannte wie ein kopfloses Huhn zwischen den Zollbeamten hin und her.

»Ui, der hat jede Menge Dreck am Stecken«, kommentierte Boateng das Geschehen wenige Meter von ihnen entfernt. »Meinst du, der hat auch Harry Neumann umgebracht?«

»Durchaus vorstellbar.«

»Also, Sie geben zu, dass Ihre Aussage vom …« Peer blickte auf den Bildschirm seines Computers. »… 17. Juni 2015 nicht, sagen wir mal, ganz korrekt war?«

Johanna Unken nickte.

»Und inwiefern wollen Sie diese nun korrigieren?«

»Nun, Stephan Braun ist schon ein Freier von mir, aber an dem besagten Tag war er nicht bei mir.«

»Und zwischen 20:00 und 24:00 Uhr?«

»Auch nicht. Nachts arbeite ich nicht. Nie. Nehmen Sie das bitte zu Protokoll«, forderte ihn die Prostituierte auf.

Peer nickte lediglich und verschwieg seine Beobachtungen der letzten Nacht, schließlich wollte er Johanna Unken zum Reden bringen. »Aber warum haben Sie Braun dann ein Alibi gegeben?«

»Er hat mir Geld dafür gezahlt.«

»Geld dafür, dass Sie aussagen, er sei zu besagter Zeit bei Ihnen gewesen?«

Sie nickte lediglich.

»Wie viel?«

»1.000 Euro.«

1.000 Euro. Ziemlich billiges Alibi, wenn er tatsächlich etwas mit dem Mord zu hatte, befand Peer. Und dass er mit der Sache etwas zu tun hatte, besagte doch das erkaufte Alibi, oder? Warum sonst bestach er die Prostituierte?

»Hat er sonst noch etwas mit Ihnen abgesprochen?«

Sie schüttelte den Kopf. »Nein, ich sollte nur aussagen, dass er zu der angegebenen Zeit beziehungsweise die ganze Nacht bei mir war.«

»Und Sie haben nicht gefragt, weshalb Sie für ihn lügen sollen?«

»Bei so viel Geld frage ich nicht.«

»Aber Ihnen war klar, dass da etwas im Busch war.«

»Ja, aber ich dachte, das sei wegen seines Jobs. Stephan Braun hat eine Menge Stress und auf der Baustelle ist ja ständig was.«

»Zum Beispiel ein Toter, der da erschlagen herumliegt.«

Johanna Unken schluckte.

»Hat er Ihnen davon nichts erzählt?«

»Nein, das habe ich erst am nächsten Tag aus den Nachrichten erfahren.«

»Und da haben Sie sich nicht direkt an uns gewandt?«

Die Prostituierte schüttelte leicht den Kopf.

»Und warum? Weil Sie den Verdacht hatten, Braun könne etwas mit dem Toten zu tun haben. Ist schließlich seine Baustelle, und er hat Ihnen Geld gegeben, damit Sie ihm für den Tatzeitpunkt ein Alibi geben.«

»Einem geschenkten Gaul …«

Peer winkte ab. Es hatte keinen Sinn, die Unken weiter zu diesem Umstand zu befragen. Wahrscheinlich hatte die Prostituierte tatsächlich nicht weiter nachgedacht. Obwohl, auf Peer wirkte die Frau nicht gerade, als könne sie eins und eins nicht zusammenzählen. »Was wollte Braun gestern von Ihnen?«

»Mich an das Geld und meine Aussage erinnern.«

»Und?«

»Was, und? Ich habe halt mehr Geld gefordert. Immerhin schien die Angelegenheit brisanter, als er ursprünglich angedeutet hat.«

»Klar, und da dachten Sie gleich, da ist noch mehr zu holen.« Dieses Verhalten passte für Nielsen zu Johanna Unken.

»Und, ist das verboten? In meinem Job verdiene ich eh schon schlecht. Kann schließlich nur tagsüber arbeiten«, keifte sie ihn an.

Peer lehnte sich zurück. »Schon gut, ist ja okay.«

Er hatte, was er wollte, und mehr schien der Bauleiter bei der Dame nicht ausgeplaudert zu haben. Aber das erkaufte Alibi reichte Nielsens Ansicht nach, um Braun erneut festzunehmen. Er stand auf und nahm seine Jacke. Die Prostituierte erhob sich ebenfalls.

»Sie nicht, Sie müssen noch Ihre Aussage machen.«

»Häh, habe ich doch gerade.«

»Und haben Sie mich etwas tippen sehen? Mein Kollege kommt gleich und nimmt das alles auf.«

Johanna Unken fiel stöhnend auf den Stuhl zurück, und als Peer den Raum verließ, glaubte er, sie ein »Scheiß-Bulle« zischen zu hören.

Von unterwegs rief er den Staatsanwalt an.

»Schon wieder ein Haftbefehl? Habt ihr denn wirklich was?«

»Braun hat kein Alibi«, entfuhr es Peer entnervt.

Der Staatsanwalt klang wenig überzeugt, hatte aber selbst Druck bekommen in dem Fall. »Gut, hm, aber reicht das?«

»Er hat die Frau bestochen, ihm ein Alibi zu geben? Hallo?«

»Ja, ist gut, trotzdem können wir den nicht gleich wieder festnehmen. Also, wenn das die Presse erfährt.«

Peer runzelte die Stirn. »Wieso? Nur weil die sich auf die Ausländer eingeschossen hat, um die Leute aufzuhetzen?«

»Wer steckt da eigentlich dahinter? Habt ihr gehört, dass irgendwelche Rechten schon wieder einen Marsch beantragt haben?«

»Nee, woher?«

Er hörte den Staatsanwalt in den Hörer pusten. »Na gut, nehmt Braun fest, aber ich möchte, dass ihr auch die anderen Ansätze weiterverfolgt.«

»Klar doch«, entgegnete Peer, obwohl er glaubte, dass dies nicht nötig sein würde.

»Guck mal, wie der tobt«, sagte Carsten und wies in Richtung Baustelle. Seine Schicht war zwar zu Ende, aber das Spektakel wollte er nicht verpassen. Daher saß er nach wie vor mit Boateng in der Nähe der Baustelle in seinem Wagen und beobachtete das Geschehen.

»Na ja, ich wäre auch sauer, wenn wir Druck haben und jemand funkt ständig mit irgendetwas dazwischen«, entgegnete Michael.

»Ja, aber der rastet gleich aus. Wahrscheinlich sind dem bei Neumann auch die Sicherungen durchgebrannt und er hat den Mord begangen«, mutmaßte Carsten.

»Möglich. Braun könnte mit Neumann gestritten haben. Die Spusi und der Rechtsmediziner sagen jedoch, dass der Mord nicht hier stattgefunden hat, sondern die Leiche bewegt wurde. Und die Hundestaffel hat Blut in Neumanns Garten entdeckt. Außerdem passt die gefundene Schubkarre in der Nähe der Erstaufnahme exakt ins Bild.«

»Worauf willst du hinaus?« Carsten schaute ihn mit gerunzelter Stirn an.

»Na, mal angenommen, die haben sich in der Gartenkolonie gestritten. Das muss doch jemand mitbekommen haben. Da kannst du keine drei Meter gehen, ohne dass da jemand über den Zaun schielt. Und wenn die laut geredet haben, dann hätte das dort einer mitbekommen.«

»Auch nachts?«

»Die Gärtner wohnen in den Lauben. Harry Neumann auch – schon vergessen?«

»Dann haben die sich halt woanders getroffen.«

»Und was ist mit dem Blut im Garten? Und der Schaufel? Das deutet alles darauf hin, dass Neumann dort ermordet wurde.«

Carsten zuckte mit den Schultern. »Was weiß ich?«

Boateng kratzte sich am Ohr. Dann nahm er sein Handy und wählte die Nummer der Kollegen von der Spurensicherung. »Ja, sag mal, Fiete, habt ihr eigentlich irgendwo das Handy des Toten sichergestellt? Nicht? Aha. Und habt ihr es orten können?«

»Komisch«, bemerkte er, nachdem er sich verabschiedet und das Gespräch beendet hatte, »da war kein Handy in der Laube oder bei dem Toten.«

»Wer sagt denn, dass er überhaupt eins hatte?«

»Wie hat der sonst mit seiner Familie kommuniziert? Außerdem hat heute jeder ein Handy, und wenn auch nur für den Notfall.« Boateng kannte mittlerweile so gut wie niemanden, der kein Mobiltelefon besaß.

Ein plötzliches Klopfen an der Seitenscheibe ließ die beiden zusammenfahren.

»Was willst du denn hier?«, fragte Michael, nachdem Peer die hintere Tür geöffnet hatte und auf die Rücksitzbank gerutscht war.

»Haben die schon was?«

»Keine Ahnung, wir sollten uns doch im Hintergrund halten.«

Peer nickte und berichtete dann von Brauns geplatztem Alibi.

»War beinahe klar. Nehmen wir ihn nun fest?« Boateng hatte sich zu ihm umgewandt.

»Einen Moment geben wir den Kollegen noch, denke ich«, antwortete Nielsen und schaute zur Baustelle. Dort führten ein paar Zollbeamte gerade einige Arbeiter ab. »Also doch«, entfuhr es ihm. »Da kommt noch mehr Ärger auf Braun zu. Außerdem könnte die Schwarzarbeit wirklich die Bombe gewesen sein, die Neumann angeblich hatte platzen lassen wollen.«

Peers Telefon summte. Auf dem Display erschien eine Nachricht mit dem Haftbefehl.

»Auf geht's«, sagte er und sprang förmlich aus dem Wagen.

23. KAPITEL

Drei Stunden später erhob Nielsen sich stöhnend und blickte auf den zusammengesackten Bauleiter vor ihm am Tisch hinunter. Er schüttelte den Kopf und verließ wortlos das Verhörzimmer. »Ich pack das nicht, wieso gesteht der nicht?«

Boateng zuckte mit den Schultern. »Keine Ahnung, ich meine, er hat anscheinend ein Motiv und kein Alibi, was braucht es noch?«

»Beweise oder ein Geständnis, ansonsten können wir uns morgen die Anhörung beim Haftrichter gleich sparen.«

Stephan Braun hatte in den letzten drei Stunden immer wieder betont, Harry Neumann nicht umgebracht zu haben.

»Und wieso haben Sie sich dann ein Alibi erkauft?«

»Weil ich genau wusste, dass ihr mich irgendwann festnageln wollt. Der Typ hat in einer Tour, seit ich diese Baustelle leite, die Maßnahmen sabotiert, uns verklagt und gegen den Ausbau demonstriert.«

»Sabotiert?«

»Na, versucht einen Baustopp zu erzwingen. Sie kennen doch die Akte«, hatte Braun ihn angeschnauzt. Der Bauleiter war sichtbar am Ende seiner Kräfte. Immer wieder war er sich mit den Händen durchs Gesicht gefahren.

»Und das mit den Schwarzarbeitern war seine letzte Waffe?«

»Ach, die Schwarzarbeiter. Keine schöne Sache, aber mein Chef weiß darüber Bescheid, damit hätte der Neumann uns nicht gestoppt.«

Anscheinend versuchte Braun das Motiv wegzureden, doch Peer glaubte ihm nicht. »Carsten, versuch mal den Freimann zu erreichen und frag nach, ob der von den illegalen Arbeitern wusste«, wies er nun seinen Mitarbeiter an, als er sich einen Kaffee holte.

Die Aufklärung des Falls schien unmittelbar bevorzustehen; keiner wollte jetzt Feierabend machen und nach Hause gehen.

»Du, mir ist da vorhin etwas eingefallen«, bemerkte Boateng, »vielleicht hat Neumann Braun auch telefonisch drangsaliert.«

»Möglich«, entgegnete Peer, »aber worauf willst du hinaus?«

»Das Handy des Toten haben wir nicht gefunden. Vielleicht hat Braun es?«

»Kann sein«, antwortete Nielsen. »Aber frag zunächst bei der Witwe nach, ob er überhaupt eines hatte. Und falls ja, lass dir die Nummer geben. Vielleicht können wir es orten.«

»Olaf?« Die Stimme von Ruth Neumann drang scheppernd durch die Wohnung.

Seufzend erhob sich der Sohn von seinem Bett. Was sie wohl jetzt schon wieder wollte? Er hatte ihr vorhin doch erst auf die Toilette geholfen, und einen Kaffee hatte er auch gekocht. Aber wahrscheinlich musste sie deswegen schon wieder pinkeln. Kein Wunder, wenn die das Zeug wie ein Kamel soff.

Er öffnete die Tür und schlurfte ins Wohnzimmer, wo seine Mutter mit glühenden Wangen und Telefonhörer am Ohr auf ihrem Sessel hockte.

»Moment mal«, sagte sie ins Telefon, als er in den Raum trat. »Sag mal, hast du Papas Handy irgendwo gefunden?«

»Ich? Wieso?«

»Das ist die Polizei, die will das orten.«

Olaf schluckte. »War das denn nicht in der Laube?«

»Anscheinend nicht, sonst würden die wohl nicht fragen, oder?«

»Also ich habe das nicht gesehen.«

Ruth Neumann schob wieder den Hörer vor den Mund. »Nein, mein Sohn hat es auch nicht gesehen, dann hat der Mörder das wohl mitgehen lassen.«

Sie lauschte und nickte. »Moment.«

Wieder sah sie Olaf an. »Hast du die Nummer von dem Handy im Kopf?«

Olaf schüttelte den Kopf.

»Nee, auch nicht. Was?«, sprach sie in den Hörer. Sie schwieg einen Augenblick, wandte sich dann erneut an Olaf. »Sollst nachgucken.«

»Wieso? Papa ist tot, der wird nicht mehr ans Telefon gehen.«

Ruth Neumann verdrehte die Augen. Manchmal fragte sie sich, was bei Olaf schiefgelaufen war. »Die wollen es orten. Los, hol mal dein Handy, da ist die Nummer doch drin gespeichert.«

Olaf trabte los und erschien eine Weile später mit seinem Handy.

Laut nannte er die einzelnen Zahlen, die seine Mutter wie ein Papagei wiederholend in den Hörer sprach.

»Ja, gut, bitte«, sagte sie, als der Vorgang abgeschlossen war. Sie verabschiedete sich und legte auf.

»Seltsam«, murmelte sie, nachdem sie das Telefon zur Seite gelegt hatte.

»Was?«, fragte Olaf.

»Na, Papa ist doch nie ohne sein Handy unterwegs gewesen. Da war der doch meist noch schlimmer als du. Der hat doch alles geknipst, seit diese Dinger eigentlich keine Telefone mehr sind.«

Olaf zuckte gleichgültig die Schultern und verschwand dann wortlos in seinem Zimmer.

Peer war zu Brauns Chef in die Hafencity gefahren.

Freimann erwartete ihn bereits mit hochrotem Kopf. »Das waren doch Sie, oder?«, polterte er los, als Peer den Raum betrat. Die Nerven lagen blank. Freimann, der sonst so gelassen und souverän wirkte, war völlig aufgebracht, wartete nicht mal mit seinen Anschuldigungen, bis die Assistentin die Tür wieder hinter sich geschlossen hatte.

»Was bitte?« Peer setzte sich ohne Aufforderung auf einen Stuhl vor Freimanns Schreibtisch.

»Na, der uns den Zoll auf den Hals gehetzt hat!«

»Die Razzia hatte ihre Berechtigung«, verteidigte Nielsen das Vorgehen. »Wir haben zahlreiche Männer ohne Arbeitserlaubnis und ohne Anmeldung auf der Baustelle angetroffen.«

»Ja, aber das ist doch Alltag in unserer Branche, das macht jeder.«

»Das heißt aber nicht, dass wir das dulden.«

Freimann winkte ab. »Und was ist mit Braun? Wieso haben Sie den festgenommen? Doch nicht wegen der paar

Schwarzarbeiter.« Langsam fand er zu sich selbst zurück. Er lächelte Peer bei der Frage schon wieder leicht verächtlich an.

»Herr Braun steht nach wie vor unter dem Verdacht, Harry Neumann umgebracht zu haben.«

»Und wie kommt dieser Verdacht zustande?«

»Er hat kein Alibi?«

»Na und? Er ist Single, lebt alleine, wer sollte ihm da nachts ein Alibi geben, wenn er einsam in seinem Bettchen liegt?«

»Er hat sich aber ein Alibi erkauft.«

»Ach so?« Freimann schien ehrlich überrascht.

»Ja, und das ist leider aufgeflogen, da die Dame, die er dafür bezahlt hat, dann doch geplaudert hat. Man sollte sich seine Verbündeten in solch heiklen Angelegenheiten immer gut anschauen.« Nielsen fixierte den Mann. Vielleicht wusste Freimann weitaus mehr, als sie annahmen. »Außerdem hat er ein Motiv.«

»Welches?«

»Harry Neumann hat gedroht, einen Baustopp zu erzwingen. Irgendetwas hat er in der Hand gehabt, wahrscheinlich hat er da sogar etwas mit seinem Handy dokumentiert, denn das ist seltsamerweise verschwunden.«

Das passt tatsächlich irgendwie alles, schoss es Peer plötzlich durch den Kopf. Die Drohung, der Mord, dann der Unbekannte in der Laube, die durchsucht wurde, das Verschwinden des Handys, das passte alles zusammen, nur ein Puzzlestück schien noch zu fehlen, nämlich der Täter.

Er musterte Freimann genauestens. »Glauben Sie etwa, ich habe den armen Irren umgebracht?«

»Vielleicht nicht selbst, aber der Auftraggeber?«

»Ha«, entfuhr es dem Leiter der Baufirma, »und wen soll ich beauftragt haben?« Er lehnte sich in seinem Chefsessel nach hinten und verschränkte demonstrativ die Arme vor der Brust. Er wusste nichts über den Ermittlungsstand.

»Was wollte Braun neulich von Ihnen in der Bar?«

Augenblicklich wich Freimann sämtliche Farbe aus dem Gesicht. »Das war geschäftlich. Herr Braun leitet schließlich unser momentan wichtigstes Projekt«, entgegnete er mit zittriger Stimme.

»Soweit ich verstanden habe, aber nicht mehr lange, oder?«

»Nun ja, bei solch einem Großprojekt gibt es eigentlich immer Probleme und Druck, klar, dass wir da schlechte Arbeit nicht ewig dulden können.« Freimann hatte sich schnell wieder im Griff.

»Und es ging nicht um die Leiche?«

»Doch, auch.«

Peer runzelte die Stirn, doch sein Gegenüber verzog seine Lippen zu einem breiten Grinsen. »Schließlich hat der tote Gärtner unseren Zeitplan ordentlich in Verzug gebracht. So gesehen hat er mit seinem Tod einen Teilerfolg erzielt, was seine Absichten angeht.«

Peer musste sich innerlich schütteln. Wie zynisch konnte man sein? Harry Neumann war kaltblütig erschlagen worden, und das wahrscheinlich, weil er eine Meinung zu dem Ausbau der A 7 hatte, die nicht jedem passte. Vor allem der Bauleitung nicht.

»Und habt ihr das Handy orten können?« Boateng war gespannt, ob seine Spur ihnen weiterhalf.

»Nee, das muss abgeschaltet sein«, antwortete der Kollege vom kriminaltechnischen Dienst, den Michael angerufen hatte. »Oder der Akku ist leer.«

»Und die letzten Verbindungsdaten?« So schnell gab Boateng nicht auf.

»Schick ich dir gleich, zusammen mit dem Bewegungsprofil«, entgegnete sein Gesprächspartner, der wie so oft keine Zeit für weitere Erklärungen hatte. Wie immer war der KTD chronisch überlastet. Sie hatten einfach zu wenig Mitarbeiter, um alle Verbrechensspuren zeitnah zu analysieren. Bei Glassplittern dauerte es teilweise bis zu 24 Monate, bis sie eine Auswertung angingen. Statt Personal einzustellen, hatte man ein System entwickelt, das die entsprechenden Spuren nach Priorität katalogisierte. Ein Mord jedoch, zu Boatengs Glück, hatte immer erste Priorität.

Nervös trommelte er mit den Fingern neben der Tastatur seines Computers auf den Tisch, bis endlich das erlösende Geräusch einer eingehenden Nachricht ertönte. Er öffnete die Mail.

Auf den ersten Seiten hatte der Kollege das Bewegungsprofil erstellt, das würde er sich gleich näher anschauen. Zunächst wollte er wissen, ob sich unter den Daten der letzten Telefonate Brauns Nummer befand.

Mit dem Finger fuhr Michael am Bildschirm die aufgelisteten Nummern ab. Viele waren es nicht, der Rentner, so schien es, hatte sein Mobiltelefon nur im Notfall benutzt.

Seufzend ließ Michael sich in seinem Stuhl zurückfallen. Die Nummer des Bauleiters war nicht dabei. »Gibt es doch gar nicht«, murmelte er, setzte sich gerade auf und ging erneut die Nummern durch. Doch auch beim zweiten Durchgang fand sich kein Hinweis darauf, dass Neumann und Braun miteinander telefoniert hatten. Dafür hatte

Harry Neumann in den Tagen vor seinem Tod anscheinend erstaunlich viel mit seinem Sohn gesprochen. Boateng stand auf, nahm die Autoschlüssel des Dienstwagens und warf einen Blick ins Büro der Kollegen, aber die waren ebenfalls ausgeflogen.

24. KAPITEL

Peer stand mitten in der Hafencity und strich sich mit der flachen Hand über den kahlen Kopf. Also ganz sauber war die Baufirma nicht, aber etwas Konkretes hatte er weder gegen Braun noch gegen Freimann in der Hand. Außer den Schwarzarbeitern, die jedoch sowohl vom Bauleiter als auch vom Firmenchef als selbstverständlich angesehen wurden. Gut, es mochte sein, dass es in der Branche üblich war, illegal Arbeitskräfte zu beschäftigen. Erlaubt war es trotzdem nicht.

Dennoch ließ das Verhalten der beiden Männer darauf schließen, dass Neumann wenn, dann etwas anderes gegen den Bau der Autobahn vorbringen konnte. Ansonsten hätte Braun – sofern er wirklich der Mörder war – den Rentner kaum umgebracht, oder?

Nur was konnte es sein, das Neumann herausgefunden hatte?

Peer versuchte, Boateng im Büro zu erreichen, doch es meldete sich nur Lutz Bielenberg.

»Keine Ahnung, wo der steckt. Hat mir nur einen Zettel dagelassen, ich solle mal das Bewegungsprofil von Neumanns Handy überprüfen.«

»Ach, die Handydaten sind da?« Peer war ganz Ohr.

»Scheint so, aber Näheres weiß ich noch nicht. Bin gerade erst reingekommen.«

»Gut«, entgegnete Peer und rief Michael auf dem Handy an.

»Hallo, Chef«, meldete der sich kurz darauf.

»Bist du unterwegs?«, wunderte Nielsen sich, da er Motorengeräusche im Hintergrund hörte.

»Ja, mir ist aufgefallen, dass Harry Neumann ziemlich oft von seinem Sohn angerufen worden ist, da wollte ich mal nachhören, was der Grund war.«

Nielsen atmete seine Enttäuschung weg. Er hatte gedacht, dass die Verbindungsdaten etwas wirklich Interessantes zutage befördert hatten. Zum Beispiel Telefonate zwischen Braun und dem Opfer.

»Nee, da scheint es keinen Kontakt gegeben zu haben.« Die Motorengeräusche verstummten.

»So, ich bin jetzt da, melde mich nach dem Gespräch«, verabschiedete Boateng sich und stieg aus dem Wagen.

Er drückte den Klingelknopf der Neumanns und wartete, den Türknauf bereits in der Hand. Doch das Türsummen ließ auf sich warten.

»Darf ich mal?«, erklang unvermittelt eine krächzende Stimme hinter ihm. Eine ältere Dame mit Hackenporsche blinzelte ihn an.

Michael trat zur Seite und half der älteren Frau das Wägelchen die Stufen zu ihrer Wohnung hinaufzutragen.

»Oh, das ist freundlich, junger Mann.«

»Das Haus ist nicht gerade behindertengerecht«, bemerkte er daraufhin. »Frau Neumann aus dem ersten Stock hat ja ähnliche Probleme.«

Die Alte kniff die Augen zusammen, nickte dann aber. »Ach ja, das ist schrecklich mit dem Harry. Und das alles nur wegen dieser Kerle.«

»Welcher Kerle?« Michael wurde hellhörig.

»Na, diese Ausländer.«

»Wie kommen Sie darauf, dass es einer von denen war?«

Sie musterte ihn, als ob ihr seine Hautfarbe erst jetzt auffiel. »Stand doch in der Zeitung.«

Sie kniff zusätzlich den Mund zusammen. Anscheinend wollte sie nicht weiter mit ihm sprechen.

Doch Boateng wusste sich zu helfen. »Polizei Hamburg, Kommissar Boateng«, stellte er sich ganz offiziell vor.

»Ach so«, entfuhr es der Frau. »Ja, haben Sie den Mörder denn nun?«

»Nein, und es steht ganz und gar nicht fest, dass es ein Asylbewerber war.«

»Aha.« Sie taxierte ihn erneut von oben bis unten, ganz so, als vermute sie, er stecke mit den Flüchtlingen unter einer Decke. »Und was wollen Sie dann hier?«

»Wieso?«

»Na, wenn Sie der Familie nicht sagen können, wer den Mann umgebracht hat, dann sollten Sie Ruth nicht quälen.«

»Ich habe aber ein paar Fragen, die nur die Familie beantworten kann.«

»Hm.« Wieder presste sie die Lippen zusammen, ehe sie in der umgehängten Damenhandtasche nach dem Wohnungsschlüssel kramte.

»Oder haben Sie eine Idee, warum Harry Neumann in den letzten Tagen so oft mit seinem Sohn telefoniert haben könnte?«

Sie schüttelte den Kopf. »Da mische ich mich nicht ein.«

Jetzt plötzlich, schoss es Boateng durch den Kopf, doch er nickte nur und beobachtete, wie die ältere Frau in ihrer Wohnung verschwand.

»Herr Braun, dann versuchen Sie mir doch noch einmal zu erklären, warum Sie unbedingt ein Alibi brauchten. Oder warum haben Sie Frau Unken Geld gegeben, damit sie aussagt, Sie seien die ganze Nacht bei ihr gewesen?«

»Ja, also …« Stephan Braun senkte den Kopf. Peer hatte nach seiner Rückkehr ins Präsidium beschlossen, den Bauleiter zusammen mit Lutz Bielenberg noch einmal zu befragen.

Irgendwann würde der schon weich werden und den Mord zugeben.

»Weil ich keines hatte und mir klar war, dass Sie mich verdächtigen. Damit hatte ich ja wohl auch recht.« Er hob den Blick und funkelte Nielsen böse an. Trotz der Müdigkeit, die man dem Bauleiter ansah, war er sehr angriffslustig. Die Tatsache, dass sein komplettes Leben gerade den Bach hinunterging, schien ihn halb wahnsinnig zu machen. »Hören Sie, ich habe nichts mit dem Mord zu tun, und wenn Sie mich nicht sofort laufen lassen, kann ich den Job ganz vergessen. Wer kommt dafür auf, wenn mein Chef mich feuert und ich mich bei der Arge melden muss – schlimmer sogar noch, wenn das rauskommt, dann kann ich mich in der ganzen Branche nicht mehr bewerben.«

Peer blickte auf seine Fingernägel und verschwieg wohlweislich, dass die Presse bereits über Braun berichtet hatte. Natürlich hatten die Journalisten Wind von der Sache bekommen. Es hielten nie alle dicht – dafür waren alleine bei der Razzia zu viele Leute involviert gewesen. Zum Glück bauschten die Medien die Festnahme nicht auf, dennoch berichtete man natürlich über die Schwarzarbeiter sowie den Verdacht, der Bauleiter könne etwas mit dem Toten auf der Baustelle zu tun haben.

»Wenn Sie mit der Sache nichts zu tun haben, was glauben Sie dann, was Harry Neumann herausgefunden haben wollte?«

»Was weiß ich, wahrscheinlich hat der nur geblufft.«

»Und deswegen haben Sie die Laube nach Beweisen durchsucht. Oder haben Sie gar sein Handy? Verkaufen Sie mich nicht für blöd«, fuhr Nielsen den Verdächtigen an.

Braun stöhnte und fuhr sich mit beiden Händen durchs Gesicht. Die Verzweiflung war ihm anzusehen, nur worauf basierte sie genau, überlegte Peer und nickte Lutz zu, der das Verhör nun übernahm.

»Herr Braun, wir wissen, dass das Ihr erstes großes Projekt ist. Da ist es doch normal, dass nicht alles rundläuft.«

»Nicht alles rund? Wissen Sie, was diese Bauverzögerung alleine für die Firma bedeutet? Und dann diese Scheißgesetze in Deutschland. Ist doch klar, dass man da auf Schwarzarbeiter zurückgreifen muss, die nicht nach gesetzlichen Arbeitszeiten krähen.« Braun atmete heftig aus. »Das Schlimmste aber ist, dass ich den Job so gut wie los bin. Mein Chef feuert mich, wenn er es nicht bereits getan hat. Die Leitung hat er Pohl schon kommissarisch übertragen und die nächsten Ingenieure stehen Schlange.«

»Echt?«, unterbrach Peer abrupt die Befragung. »Können Sie da eventuell Namen nennen?« Er schob einen Zettel und einen Stift über den Schreibtisch.

Braun schaute ihn zweifelnd an, nahm aber schließlich den Stift und schrieb zögerlich drei Namen auf das Papier.

»Also, Herr Neumann, was hatten Sie denn in der letzten Zeit so viel mit Ihrem Vater zu besprechen?«

Olaf Neumann hockte Boateng mit weit aufgerissenen Augen am Couchtisch gegenüber. Seine Mutter saß wie immer ächzend in ihrem Sessel und verfolgte mit offenem Mund das Gespräch.

»Nichts Besonderes.«

»Nichts Besonderes?« Boateng fummelte den Ausdruck der Verbindungsnachweise aus seiner Tasche. »Daher haben Sie ihn in den drei Tagen vor seinem Tod insgesamt 23-mal angerufen und ihm neun SMS geschickt?«

»Na, er ist nicht rangegangen. Ich habe mir Sorgen gemacht. Aber wahrscheinlich war das Handy da schon weg.«

»Nicht rangegangen.« Michael blickte wieder auf die Daten. »Aber die Telefonate haben teilweise drei bis vier Minuten gedauert.«

»Ich habe auf die Mailbox gesprochen. Mama ging es nicht gut, er sollte sich melden, stimmt's, Muddern?«

Die Witwe nickte stumm, immer noch mit geöffnetem Mund.

»Was hatten Sie denn?«, wandte sich Michael direkt an Frau Neumann. Ihm stank diese Aussage bis zum Himmel. Was hatte der Sohn bitte schön zu verbergen?

»Na ja.« Die Witwe räusperte sich. »Also, ich hatte Durchfall und …«

Boateng hob die Hand. Weitere Details wollte er sich ersparen, doch da fiel Olaf Neumann direkt in die Klage der Mutter ein: »Ja, immerzu hat sie sich eingeschissen. Das hat hier überall gestunken, und ich konnte nicht weg, musste ihr ja ständig helfen. Da wollte ich, dass er in der Apotheke was besorgt.«

Michael blickte auf Frau Neumann, die zu der Aussage des Sohnes nickte.

Sollte er diese haarsträubende Geschichte glauben? Aber er konnte schlecht das Handy des Sohnes überprüfen. Dazu gab es keine Veranlassung. »Aber Ihr Vater ist definitiv erst in der Nacht von Freitag auf Samstag gestorben. Wieso, glauben Sie, ist er vorher nicht ans Handy gegangen und hat sich auch nicht zurückgemeldet?«

»Weil es weg war.«

»Und haben Sie Ihren Vater dazu nicht befragt, als er dann schließlich hier in der Wohnung auftauchte?«

»Na, er hat behauptet, dass die Flüchtlinge das Handy wohl geklaut haben müssen. Angeblich hatte es auf dem Verandatisch gelegen, und als er aus der Laube gekommen war, ist es weg gewesen.«

Boateng zog die Augenbrauen hoch. »Wieso erzählen Sie das erst jetzt?«

»Weil es mir gerade erst eingefallen ist, aber der Vadder hat das doch erzählt, nicht, Mutti?«

Michael blickte wieder auf Frau Neumann, die heute irgendwie abwesend wirkte. Ob der Sohn ihr Medikamente gab? »Wo ist denn Ihre Toilette?«

»Wieso?«

»Ich müsste mal.«

Nur widerwillig deutete Olaf Neumann den Gang entlang. »Zweite Tür rechts.«

Boateng stand auf und ging ins Bad. Er schloss die Tür hinter sich und blickte sich um. Nicht gerade sauber, dachte er, als er mit spitzen Fingern den schmuddeligen Spiegelschrank öffnete und dessen Inhalt inspizierte. Rasierschaum, Mundwasser, eine Packung Hansaplast und – Michael triumphierte innerlich – Schlaftabletten.

Er drückte die Klospülung und ging zurück ins Wohnzimmer, wo Olaf Neumann lässig im Sofa lehnte. »Ja, also gut, wenn ich ansonsten nichts für Sie tun kann.«

Er blickte fragend auf Michael, dann zu Ruth Neumann. »Meine Mutter braucht Ruhe, das alles hat sie sehr mitgenommen.«

Michael nickte. Er konnte momentan eh nichts weiter machen, auch wenn ihm das ganze Schauspiel merkwürdig erschien.

25. KAPITEL

Im Flur prallte Peer mit Fritsche zusammen.

»Ah, gut, du bist schon auf dem Weg.«

»Auf dem Weg? Äh, ja?«

»Die Pressekonferenz«, erinnerte sein Chef ihn.

»Oh nein«, entfuhr es Nielsen, »aber ich kann nicht.« Er wedelte mit dem Zettel in seiner Hand durch die Luft. »Wir haben einen neuen Ansatz, und ich muss drei Leute überprüfen.« Gerhard Fritsche runzelte die Stirn. »Kann das nicht Michael erledigen?«

»Der ist unterwegs.«

»Und ein anderer Mitarbeiter? Ich brauche dich bei dem Meeting.«

»Aber, na ja …« Nielsen hasste es, vor die Journalistenmeute zu treten. Ganz besonders, wenn er, wie in diesem Fall, keine Ermittlungsergebnisse präsentieren konnte.

Doch sein Chef war schon ein Stück vorausgegangen und ließ Peer keine andere Wahl.

Schnell eilte er hinterher und holte Fritsche am Fahrstuhl ein.

»Wir müssen dieser Hetze gegen die Flüchtlinge etwas entgegensetzten. Habe Druck von ganz, ganz oben bekommen«, erklärte Peers Vorgesetzter.

»Aber wir haben nichts. Braun beteuert immer wieder, es nicht gewesen zu sein.«

»Der war doch in der Gartenkolonie.«

Der Fahrstuhl öffnete sich und sie stiegen ein.

»Das leugnet er gar nicht. Er sagt aber, mit dem Mord habe er nichts zu tun. Und nachweisen können wir ihm aktuell nichts.«

»Ja, aber dann fällt der Verdacht direkt wieder auf die Flüchtlinge.«

»Vielleicht haben die wirklich etwas damit zu tun? Oder ein anderer Gärtner. Du weißt doch, der Mörder ist immer der Gärtner.« Nielsen grinste schief.

»Es ist nicht die Zeit für Scherze«, ermahnte Fritsche ihn. »Außerdem, was für ein Motiv sollten die Flüchtlinge oder ein anderer Gartenbesitzer gehabt haben?«

Peer zuckte mit den Schultern. »Keine Ahnung, aber es gibt Leute, die morden schon für eine ungeschnittene Hecke.«

»Das können wir aber auf keinen Fall bei der Konferenz erklären. Wir brauchen etwas Handfestes.«

Der Lift hielt nur eine Etage später und einige Kollegen stiegen zu.

Für einen kurzen Moment herrschte Schweigen, dann aber schüttelte Fritsche den Kopf. »Die werden uns nicht in Ruhe lassen, Fragen stellen.«

»Na und, dann beantworten wir die halt nicht. Die Anordnung lautete, die Hetze gegen die Asylbewerber zu stoppen.«

»Ja, und wenn es nun doch einer von denen war?«

Peer musterte seinen Chef und auch die anderen Kollegen schauten auf Fritsche.

So unsicher und ratlos hatte Nielsen seinen Vorgesetzten selten gesehen. Eigentlich noch nie. Was war los mit ihm? »Ist mit dir alles in Ordnung? Ich kann das auch alleine übernehmen«, bot er daher an.

»Nein, nein, es ist alles in Ordnung. Ich schaff das schon.«

»Sicher?«

Fritsche nickte, holte tief Luft, als die Lifttüren sich öffneten, und rannte geradezu Richtung Konferenzsaal.

Peer folgte ihm, straffte kurz die Schultern, ehe er den Saal betrat. Sein Blick fiel als Allererstes auf Pisto, der wie immer in der ersten Reihe saß. Mit dem Journalisten verband ihn eine längere Geschichte. Seit Peer für die Mordkommission arbeitete, waren die beiden sich bereits öfter in die Quere gekommen. Generell hatte Nielsen eine Abneigung gegen Journalisten, vor allem, wenn sie wie Pisto nur auf Effekthascherei aus waren und weder die Intimsphäre von Opfern wahrten noch an der ganzen Wahrheit interessiert waren. Das war kein anständiger Journalismus, sondern in seinen Augen Schmiererei. Trotzdem hatte er sich dem Ganzen zu stellen und musste noch gute Miene zum bösen Spiel machen, denn wirklich ausfallend gegenüber dem Journalisten war er einmal geworden, und das hatte kein gutes Licht auf die Polizei geworfen.

Er lächelte dem Schmierfink zu, dachte sich seinen Teil und nahm neben Fritsche am Tisch Platz. Fritsche räusperte sich bereits und klopfte aufgeregt auf das Mikrofon, um zu prüfen, ob es in Betrieb war.

»Ah, ja gut«, sagte er, als er merkte, dass die Anlage eingeschaltet war. »Ich darf Sie zur Pressekonferenz in dem Fall Harry Neumann begrüßen und Ihnen einen kurzen Überblick zum Stand der Ermittlungen geben.« Fritsche machte zunächst ein paar allgemeine Angaben zu Harry Neumann und dem Tatvorgang. Im Prinzip nichts Neues, daher zogen die Journalisten auch lange Gesichter, die noch länger wurden, als Peer schließlich übernahm und lediglich sagte, dass sie zu den aktuellen Ermittlungen keine konkreten Angaben machen könnten.

»Weil ihr nichts habt, stimmt's?«, fragte Pisto dazwischen.

Darauf ging Peer jedoch gar nicht ein. »Fakt ist, zum jetzigen Zeitpunkt haben wir keine konkreten Hinweise oder gar Beweise, die die Anschuldigung eines Bewohners der Erstaufnahmeeinrichtung rechtfertigen würden.«

»Aber auszuschließen ist es nicht, dass die etwas damit zu tun haben, oder? Schließlich wurde doch die Tatwaffe dort gefunden, oder?« Wieder war es Pisto, der die Frage aufwarf.

Fritsche sah sich genötigt, dazu Stellung zu beziehen. Ein fataler Fehler, denn in kürzester Zeit schnellten Hände in die Höhe, wurden Fragen zu den Flüchtlingen laut.

Peer war sprachlos, als sogar nach Verbindungen zur Terrororganisation IS in dem Fall gefragt wurde.

Ratlos schaute Fritsche Nielsen an, der genau das tat, was er angekündigt hatte. »Tut mir leid, dazu können wir aktuell keine Auskunft geben.«

»Und zu dem Festgenommenen?«, hakte einer der Journalisten nach.

»Auch nicht.«

»Ihr könnt also mal wieder gar nichts sagen«, spuckte Pisto Peer geradezu vor die Füße.

Doch Peer hatte in seiner Laufbahn dazugelernt. Er lächelte Pisto erneut an und schaute dann in die Menge. »Wenn ich mich jetzt verabschieden dürfte? Wir haben immerhin einen Mordfall aufzuklären.«

Boateng saß an seinem Schreibtisch, als Nielsen und Fritsche von der Konferenz zurückkamen.

»Und wie war die Meute?« Er hatte durch Carsten und

Lutz von der Pressekonferenz erfahren und war froh gewesen, sich den Aasgeiern nicht stellen zu müssen. Er wollte Karriere machen, aber vor solchen Aufgaben graute ihm. Obwohl seine Frau ihn immer wieder drängte, sich für einen höheren Posten zu bewerben, hatte er das bisher verschoben. Er konnte Jasmin zwar verstehen – sie wollte wie jede Frau stolz auf ihren Mann sein, und ein höheres Einkommen schuf zusätzliche Sicherheit, sollte es in der nächsten Zeit doch einmal mit dem Nachwuchs klappen –, aber Michael scheute ein wenig die Verantwortung, die mit einer Beförderung verbunden war. Außerdem war ihr Glück nicht allein vom Geld abhängig, was sich seiner Meinung nach auch darin zeigte, dass sie schon länger erfolglos versuchten, ein Kind zu bekommen. Einige Untersuchungen hatten sie schon machen lassen, aber der Arzt hatte gemeint, sie müssten einfach ein wenig entspannter sein und Geduld haben.

Geduld, das war so gar nicht seine Stärke, aber die brauchten sie, wie es aussah, auch in diesem Fall. Denn momentan tat sich so gar nichts, keine Beweise, keine Fehler oder Geständnisse des Täters, obwohl sie diesmal, wie er fand, wirklich in alle Richtungen ermittelten.

»Die Witwe war heute total abwesend. Nimmt Medikamente«, sagte er zu Peer.

»Nicht ungewöhnlich, wenn man bedenkt, was die in den letzten Tagen durchgemacht hat«, befand Peer.

»Nee, ist es vermutlich nicht, aber der Olaf Neumann, der hat sich seltsam verhalten.«

»Was hat er zu den zahlreichen Anrufen gesagt?«

»Seiner Mutter sei es nicht gut gegangen.« Michael rollte mit den Augen. »Außerdem hat der heute erzählt, das Handy seines Vaters sei geklaut worden.«

»Von wem?«

»Angeblich von den Flüchtlingen.«

Peer stöhnte laut auf. »Mein Gott, die sollen aber nun auch wirklich für alles verantwortlich sein.«

Boateng schaute von Fritsche zu Nielsen. »Ich glaub das auch nicht. Hat Jens sich das Bewegungsprofil angeschaut?«

»Wieso, ich dachte, das Telefon sei ausgeschaltet?«, mischte Gerhard Fritsche sich ein.

»Oder der Akku war irgendwann leer. So genau können die Kollegen das nicht sagen, aber wenn es von den Flüchtlingen geklaut worden wäre, hätten die es ja wohl mit ins Camp genommen, oder? Außerdem hätten die doch wahrscheinlich über die Karte des Opfers telefoniert. Die haben alle keine Kohle, also würden die es doch ausnutzen, wenn die ein funktionierendes Handy klauen.«

»Und wenn sie es verkauft haben?«, warf Peer ein.

»Möglich, aber wie gesagt, ich glaube nicht, was Olaf Neumann ausgesagt hat. Der versucht da etwas zu verbergen.«

»Wieso sollte er das tun?« Fritsche blickte fragend zu Boateng.

»Keine Ahnung, aber da stimmt was nicht. Wieso hat er seinen Vater ständig angerufen? Und dann diese Diebstahlgeschichte …«

»Nun mal langsam«, bemerkte Gerhard Fritsche, »bevor ihr den Sohn verdächtigt. Vielleicht hat auch Harry Neumann die Geschichte mit dem geklauten Handy erfunden. Der hatte bestimmt etwas gegen das Flüchtlingscamp. Der hatte vermutlich gegen alles etwas, das die Ruhe in seinem Garten störte.«

»Da ist uns bisher nichts zu bekannt«, kommentierte Peer die Bemerkung seines Chefs.

»Aber angeblich ist der doch schon mal bedroht worden. Und vielleicht sind die Flüchtlinge wirklich in die Laube eingebrochen.«

»Mensch, Gerhard, jetzt fängst du genauso an wie die Journalisten.«

»Ja, aber unberücksichtigt darf man das auch nicht lassen.«

Sie hatten Feierabend gemacht, und doch konnte Peer nicht abschalten. Das war in seinem Job nicht leicht, gerade wenn es solch einen kniffeligen Fall gab. Nicht alle Mordfälle waren derart undurchsichtig. Die meisten Täter waren meist rasch überführt – wenngleich das nicht unbedingt weniger Arbeit bedeutete. Aber viele Mörder planten nur die Tat, und über das Verdecken der Straftat machten sie sich zu wenig Gedanken. Deshalb ließ sich ein Großteil der Verbrechen aufklären, denn anhand der Spuren an einer Leiche konnte man den Täter, der meist aus dem näheren Umfeld des Opfers stammte, schnell ausfindig machen.

Alles Punkte, die im aktuellen Fall nur zum Teil zutrafen. Spuren gab es, Verdächtige im näheren Umfeld auch, und doch konnten sie die Puzzlestücke nicht zusammenbringen.

Die Faserspuren an der Leiche, die die Kollegen auch in der Laube gefunden hatten, waren beispielsweise ein wichtiger Beweis. Nur hatten sie bei Stephan Braun kein entsprechendes Kleidungsstück sicherstellen können. Das konnte bedeuten, dass er nicht der Mörder war, oder aber er hatte das Beweisstück sorgfältig entsorgt. So oder so hatten sie nichts, womit sie die Faserspuren abgleichen konnten, um den Täter zu überführen.

Er stöhnte, als er gedankenversunken die Stufen zu seiner Wohnung hinaufstieg.

Die Henkel der Plastiktüte mit seinen Einkäufen schnitten ab dem dritten Stockwerk tief in das Fleisch seiner Hand.

Er wechselte die Seite, nicht zuletzt, um mit der rechten Hand seinen Haustürschlüssel aus der Hosentasche zu ziehen. Während er um die Ecke zum letzten Stockwerk bog, blickte er auf und hielt abrupt in der Bewegung inne. Vor seiner Tür saß Miriam, seine ehemalige Nachbarin.

»Was machst du denn hier?« Sein Herz machte einen Sprung, dennoch ahnte er nichts Gutes.

Sie blickte auf, und erst jetzt fiel ihm der große bläuliche Fleck in ihrem Gesicht auf, den sie unter einer dicken Schicht Make-up versteckt hatte.

»Wollt mal sehen, wie es dir so geht.«

Miriam war vor gut drei Monaten aus der angrenzenden Wohnung ausgezogen, ohne eine Adresse zu hinterlassen. Ihr Exfreund hatte sie gestalkt, deswegen war sie in einer Nacht-und-Nebel-Aktion sang- und klanglos verschwunden. Sie hatte sich nicht einmal bei Peer verabschiedet; ihm nicht gesagt, wo sie hinwollte. Anscheinend zu Recht, wenn er sich Miriam anschaute. Es war dem Stalker wohl gelungen, sie aufzuspüren.

Er reichte ihr die Hand, half ihr beim Aufstehen. Dann schloss er die Tür auf und bat sie hinein.

»Es ist nicht gerade aufgeräumt«, bemerkte er. »War nicht auf Besuch eingestellt.« Er grinste sie schwach an, während er ein paar Klamotten vom Sofa schob und ihr anbot, Platz zu nehmen. »Bier?«

Sie nickte.

Peer ging in die Küche und öffnete den Kühlschrank. Was will sie hier, fragte er sich. Er mochte Miriam, hegte durchaus Gefühle für sie, wenn er ehrlich zu sich war, aber seit sie einfach so verschwunden war, hatte er versucht, sie aus seinem Gedächtnis zu löschen.

»Und was macht der Job? Habe gehört, es gab einen Toten auf der Baustelle der A 7«, erkundigte sie sich, als Peer ihr das Bier reichte und sich zu ihr setzte.

»Ja, bei Kilometer 151 – unschöne Geschichte, lass uns von etwas anderem reden.«

Doch sie schien nicht wirklich etwas über sich erzählen zu wollen, fragte, wie die Ermittlungen liefen.

»Na ja«, antwortete Nielsen, »man kann es ja in den Medien lesen. So recht voran kommen wir nicht, und dann werden unsere Ermittlungen auch noch erschwert, weil schlecht Wetter gegen die Flüchtlinge gemacht wird.«

»Haben die denn etwas mit dem Tod zu tun?«

Peer zuckte die Schultern. »Auf jeden Fall vermuten das alle, obwohl es andere Hinweise gibt. Aber es ist halt leicht, das den Flüchtlingen in die Schuhe zu schieben.«

»Viele haben vermutlich einfach nur Angst vor den Fremden.«

»Mag sein, aber das rechtfertigt noch lange nicht solch eine Hetze.«

»Und wenn die Angst gerechtfertigt ist?«, flüsterte Miriam, und Nielsen nahm die Wendung, die ihr Gespräch gerade nahm, sofort wahr. Forschend blickte er sie an. Er wusste, dass ihr Exfreund Araber gewesen war.

»Das sind ganz andere Kulturen mit ganz anderen Wertvorstellungen«, murmelte sie leise weiter. »Zunächst fand ich es faszinierend – diese fremde, ganz andere Welt, aber mittlerweile fürchte ich mich davor. So viel Hass und Gewalt und Wut, die da zutage kommt.«

»Du sprichst von Mahoud, nicht von allen Ausländern.« Er rückte ein wenig näher an sie heran und legte seine Hand auf ihren Arm. »Du musst dich wehren.«

Sie fing an zu schluchzen. »Aber wie denn? Schau mich nur an. Egal was ich tue, wo ich mich verstecke, er findet mich sowieso.«

Nielsen verstand die Verzweiflung und spürte Wut in sich aufsteigen. Er wusste selbst, wie wenig die Opfer tun konnten. Zwar gab es einstweilige Anordnungen nach dem Gewaltschutzgesetz, aber die Polizei konnte nicht ständig vor Ort sein und die Leute schützen.

Er legte den Arm um Miriam und zog sie an sich. Wie ein Kind schmiegte sie sich an ihn. Nielsen spürte, wie sie zitterte, drehte sich leicht zur Seite und nahm ihr Gesicht zwischen seine Hände. Ihr Blick wirkte wie der eines verängstigten Tieres. Er wischte die Tränen von ihren Wangen, beugte sich langsam zu ihr, bis seine Lippen auf ihre trafen.

26. KAPITEL

Am nächsten Morgen kam Peer gut gelaunt ins Büro. Miriam war über Nacht bei ihm geblieben, und obwohl nichts zwischen ihnen gelaufen war, hatten sie eine wunderschöne Zeit miteinander verbracht. Peer fühlte so etwas wie Verliebtheit und hatte Miriam angeboten, ein paar Tage bei ihm zu bleiben. »Hier wird er dich nicht vermuten, oder?«

Sie hatte den Kopf geschüttelt und sogar gelächelt.

Dieses Lächeln hatte er mit in die Dienststelle genommen. Es verging ihm aber sofort, als er das Büro betrat und Lutz Bielenberg die Tageszeitung lesen sah.

»Typisch, dass die wieder gegen uns wettern«, meckerte Peer. »Wir werden wieder als völlig unfähig dargestellt, und zu allem Überfluss behaupten die noch, wir wollten die Ausländer nur schonen. Na, wenn das nicht für ordentlich Zündstoff sorgt.«

»Und ob. Darauf kannste Gift nehmen«, kommentierte Fritsche Nielsens Bemerkung, die er beim Betreten des Büros aufgeschnappt hatte. »Wir brauchen endlich Erfolge.«

»Ich habe Braun schon aus der JVA abholen lassen; wird gleich zum Verhör gebracht«, erklärte Boateng. »Der Staatsanwalt hatte angerufen; wir brauchen ein Geständnis, sonst müssen wir den nämlich wieder laufen lassen, denn der Richter hat angedeutet, dass die Indizien nicht ausreichen für eine weitere Inhaftierung.«

»Na, der ist bestimmt auch beeinflusst durch die Medien«, blaffte Nielsen. Seine gute Stimmung war wie weggeblasen. Er holte sich einen Kaffee, ehe er sich gemeinsam mit Michael zum Verhörraum aufmachte.

»So, Herr Braun«, begann Peer ohne jegliche Begrüßung das Gespräch, »wie sieht es denn heute aus? Ist Ihnen etwas eingefallen, das Sie uns sagen wollen?«

Der Bauleiter sah elend aus. Die Inhaftierung schien ihm zuzusetzen, oder gab es da noch etwas anderes, das einen derartigen Zustand verursachte?

»Ich kann nur immer wieder betonen, dass ich Harry Neumann nicht umgebracht habe.«

»Und ich kann immer nur wiederholen, dass Sie uns etwas verschweigen. Immerhin haben Sie sich ein falsches Alibi erkauft, sind an der Laube rumgeschlichen, wofür es – ich betone – Zeugen gibt, und Sie haben, was die Baustelle betrifft, etwas zu verbergen. Was hatte Harry Neumann herausgefunden?«

Stephan Braun wandte sich auf seinem Stuhl hin und her. Irgendwie erschien er Peer heute verändert. Hatte die U-Haft ihn mürbe gemacht? Oder lag es an dem Gespräch mit einem Anwalt, das Braun geführt hatte, wie Peer den Unterlagen der Haftanstalt entnehmen konnte.

»Nun ja, also, es ist so …«

Nielsen sah Boateng an und setzte sich aufrecht hin.

»Ich habe da …« Braun zögerte.

Jetzt bloß keinen Druck aufbauen, dachte Nielsen und lehnte sich leicht zu dem Verdächtigen. »Ja?«

»Kann sein, dass da mit dem Bau nicht alles konform läuft.«

»Konform?« Peer runzelte die Stirn. »Was meinen Sie damit?«

»Na ja, also ich, ähm …«

»Raus mit der Sprache. Wir finden es ohnehin früher oder später heraus«, mischte sich Michael ein, dem völlig untypisch der Geduldsfaden gerissen war.

»Ja, also, ich habe durch mein Studium ziemlich viele Schulden angehäuft und …«

»Sie haben sich schmieren lassen«, schoss es sofort aus Peer heraus.

»Na, es ist so, dass wir nicht alles nach Vorschrift auf der Baustelle gemacht haben.«

»Sie meinen die Schwarzarbeiter.«

»Ja, nein, auch.«

Was denn noch?

»Wir haben da minderwertiges Material verbaut.«

»Das ist ja der Oberklopfer«, entfuhr es Fritsche, als Peer ihm die Neuigkeiten erzählte. »Das kann ja, gerade in dem Bereich …« Dem Vorgesetzten fehlten die Worte.

Auch Peer war ein wenig sprachlos, aber froh über die Aussage. Nicht nur, dass diese Tatsache ein Motiv für den Mord war, wenngleich Braun diesen nach wie vor nicht gestanden hatte, sondern sie konnten auch Menschenleben retten, eine Katastrophe verhindern. Nicht auszudenken, wenn die neue Brücke dem Verkehr nicht standhielt. Er hatte Braun gefragt, ob er sich darüber gar keine Gedanken gemacht hatte, als er sich hatte schmieren lassen, doch der hatte nur bedröppelt aus der Wäsche geschaut.

Harry Neumann hatte diesen Pfusch am Bau wohl entdeckt. Wie auch immer. Wahrscheinlich hatte er vor der Baustelle auf der Lauer gelegen und das angelieferte Material geprüft. Obwohl, war der Rentner dazu überhaupt in der Lage gewesen? Wahrscheinlicher war wohl, dass Neumann Gespräche zwischen Braun und seinem Komplizen belauscht hatte. Der Bauleiter konnte sich nicht anders erklären, wie der Kleingärtner davon erfahren hatte.

Nur gedroht hatte Harry Neumann ihm. Er würde in den nächsten Tagen die Sache auffliegen lassen und den Bau damit stoppen.

»Ja und dann?« Peer konnte sich nicht vorstellen, dass nichts passiert war. Sicherlich waren dem Bauleiter alle Sicherungen durchgebrannt, und er hatte den Mann erschlagen, oder?

»Nein, er hat für sein Schweigen Geld verlangt, und ich habe gezahlt.« Umgebracht habe er Harry Neumann aber nicht, hatte Stephan Braun immer wieder beteuert.

»Und die Beweise hat er Ihnen gegeben?«

Braun hatte verzweifelt den Kopf geschüttelt. »Deswegen bin ich ja zur Laube, wo diese Frau mich gesehen hat.«

»Sie sind also in das Gartenhäuschen eingebrochen?« Langsam war in Nielsens Kopf ein Bild entstanden.

Doch der Bauleiter hatte behauptet, er sei nicht in der Laube gewesen. »Die war versiegelt, außerdem hatte ich das Gefühl, beobachtet zu werden. Hören Sie, ich habe mit dem Mord nichts zu tun.«

»Das ist doch seltsam«, entfuhr es Boateng, während Peer bereits seine Sachen schnappte. »Wer soll dann der Mörder sein?«

»Komm, wir fahren in die Hafencity und schauen mal, was Freimann dazu sagt«, entgegnete Nielsen, der das Gefühl hatte, sich, was den Fall betraf, auf der Zielgerade zu befinden.

»Haben Sie einen Termin?« Die Dame am Empfang blickte die beiden fragend an.

»Brauchen wir nicht«, entgegnete Peer und hob seine Dienstmarke.

»Oh«, entfuhr es der Frau, »ja also, ich weiß nicht, ob Herr Freimann …«

»Ich aber.« Da Peer mittlerweile wusste, wo sich das Büro des Leiters befand, stiefelte er einfach los. Boateng folgte ihm.

Hinter sich hörten sie die Sekretärin auf ihren High Heels den Gang entlangstöckeln. »Sie können da nicht …«

Peer klopfte flüchtig an die Tür und riss sie gleichzeitig auf.

Völlig überrumpelt blickte Freimann auf die beiden, fing sich aber schnell.

»Entschuldigung, die Herren …« Die Frau vom Empfang hatte sie eingeholt und drängte sich ins Büro ihres Chefs.

Der winkte jedoch ab. »Kommissar Nielsen, was kann ich für Sie tun?«

Peer und Michael betraten den Raum und bauten sich vor Freimanns Schreibtisch auf.

»Der Bau muss unverzüglich gestoppt werden«, verkündete Nielsen.

»Bitte?« Freimann tat, als habe er nicht verstanden, dabei konnte man jedoch sehen, wie seine Gesichtsfarbe plötzlich ins Aschfahle wechselte.

»Die Arbeiten in Stellingen müssen eingestellt werden. Sofort«, wiederholte Peer.

»Aber das geht nicht.«

»Doch, das geht. Oder wussten Sie nicht, dass minderwertige Materialen an der neuen Langenfelder Brücke verarbeitet wurden?«

»Was?«, entfuhr es dem Inhaber der Baufirma. »Aber, aber …« Er schnappte nach Luft.

Nielsen musterte den Mann vor sich am Schreibtisch. Freimanns Reaktion wirkte auf ihn, als habe er wirklich keine Ahnung von dem Pfusch gehabt. Sollte das alles nur auf Brauns Mist gewachsen sein? »Harry Neumann wollte also keine Anzeige deswegen erstatten?«

»Wer?«

»Der Tote von der Baustelle«, erklärte Michael. Er war ebenso überrascht über Freimanns Reaktion wie Peer.

»Nein, ich weiß nichts davon. Hören Sie, meine Familie fährt jeden Tag über die Brücke, glauben Sie, ich würde solch einer Gefährdung zustimmen? Und warum? Die Stadt zahlt doch anständig für den Bau.«

»Das heißt, Sie haben keine Extra-Gelder eingesteckt?«

Freimann erhob sich. »Sehe ich so aus?«

Gute Frage, dachte Peer. Wie sah jemand aus, der den Hals nicht voll genug bekommen konnte? Er musste an den FIFA-Skandal denken, da waren es auch meist die obersten Herren, die solche Deals machten. Sollte es hier anders sein?

»Haben wir eigentlich die finanziellen Daten von Braun geprüft?«, fragte Nielsen Michael, als sie wenig später das Büro verließen. Freimann hatte zugestimmt, den Bau vorübergehend zu stoppen und einen Sachverständigen hinzuzuziehen, der den Zustand der Brücke beurteilen sollte.

»Ich weiß nicht, müsste Lutz gemacht haben.«

Der jedoch verneinte diese Frage, als Peer ihn anrief und sich danach erkundigte. »Dann hol das bitte sofort nach.«

Die Lage schien sich immer mehr zu verdichten. Vielleicht konnten sie den Fall noch heute abschließen.

27. KAPITEL

Said hatte sich in der Erstaufnahmeeinrichtung ein wenig umgehört, wenn auch nicht besonders enthusiastisch. Im Prinzip stand er ebenfalls unter Verdacht. Er war ein Fremder in diesem Land und nicht alle Deutschen waren ihm gegenüber freundlich gestimmt. Das hatte er besonders in den letzten Tagen immer öfter zu spüren bekommen.

Er mied die Gartenanlage wie viele andere der Flüchtlinge, trotzdem wollte er raus aus dem Camp und lief daher ein wenig im Volkspark herum. Um diese Jahreszeit war bereits alles schön grün, und einige Menschen nutzten das gute Wetter, um spazieren, joggen oder mit den Kindern raus zum Spielen zu gehen.

Er setzte sich auf eine Bank an der großen Spielwiese und versuchte, den Sonnenschein zu genießen. Doch so wirklich entspannen konnte er sich nicht. Die ganze Situation, die Ungewissheit, zerrte nicht nur an seinen Nerven, auch körperlich fühlte er sich müde und schlapp. Er wusste einfach nicht, wie es zukünftig für ihn weitergehen würde. Zwar war er dem Tod, Krieg und Terror entkommen, doch nun schien er in einer Sackgasse zu stecken. Schon seit Wochen vertröstete man ihn. Dabei wollte er nur eins: ein ganz normales Leben führen.

Er sah eine Gruppe junger Männer näher kommen. Er kannte die drei aus dem Camp, wenn auch nur äußerst flüchtig. Überraschenderweise steuerten die Männer direkt auf ihn zu. Er blickte sich um, doch da war außer ihm niemand in der näheren Umgebung.

Vorsichtig nickte er den dreien zu, die sich vor der Bank, auf der er saß, aufbauten. Sie waren alle nicht besonders groß oder kräftig, aber Said, der von seiner Statur ein wahrer Hänfling war, mehr als überlegen.

»Was hast du mit der Polizei zu tun?«, fragte ihn der älteste der Männer.

Also doch, man hatte ihn mit Kommissar Boateng gesehen. Und natürlich vermuteten die drei, dass er der Polizei Interna aus dem Camp verriet, was prinzipiell auch stimmte. Außerdem war er derjenige, der den Kommissaren die Mordwaffe in einem der Container präsentiert hatte. »Nichts, sie haben mich verhört.«

»Verhört? Wegen dem Mord?«

Said nickte stumm.

»Und das ist alles?« Der in der Mitte kniff die Augen zusammen. Sie glaubten ihm nicht, und Said konnte es ihnen nicht einmal verübeln. Jeder aus dem Camp würde beinahe alles tun, um dort herauszukommen. Wenn es sein musste, sogar seine Freunde verpfeifen. Aber die Männer waren nicht seine Freunde. Die dealten, soweit er wusste, und irgendwas mit den Frauen, die sich im Camp gegen wenig Geld anboten, hatten sie auch zu tun.

»Wenn das nicht stimmt …« Der Älteste trat näher auf ihn zu. »Dann reden wir mal mit der Polizei.«

Said schluckte.

»Mal sehen, was die sagen, wenn wir denen erzählen, dass du etwas mit diesem Mord zu tun hast.«

»Aber …« Said wollte etwas einwenden, doch der Mann hob seine Hand.

»Man sucht einen Schuldigen, und es steht so gut wie

fest, dass es einer von uns war. Glaubst du, die Polizei fackelt lange, wenn wir ihnen einen Täter auf dem Tablett servieren?«

Bereits am nächsten Morgen hatten sie die Finanzdaten von Braun und tatsächlich, der Bauleiter hatte in den vergangenen Wochen höhere Bareinzahlungen auf sein Konto getätigt.

»Und hier.« Peer tippte energisch mit dem Zeigefinger auf eine Spalte in den Kontoumsätzen. »Eine Abhebung. Wahrscheinlich das Geld, das Braun Neumann geben wollte. Und bei der Geldübergabe sind dem Braun dann die Sicherungen durchgebrannt«, fasste Peer zusammen, äußerst zuversichtlich, mit diesen Beweisen den Inhaftierten festnageln zu können.

»Aber ging es Harry Neumann denn tatsächlich um Geld? Ich denke, der wollte den Bau der Autobahn stoppen, oder?«, gab Boateng zu bedenken.

»Tja, irgendwie ist doch jeder käuflich«, grinste Peer und begab sich ins Verhörzimmer, wo Braun bereits wartete.

Nielsen hatte gute Laune, pfiff sogar ein Lied, als er den Raum betrat. Wenn der Fall gelöst war, konnte er in den nächsten Tagen mehr Zeit mit Miriam verbringen. Sie war tatsächlich geblieben und zwischen den beiden schien sich etwas anzubahnen. So jedenfalls interpretierte Peer den vergangenen Abend, den sie beide zusammen kuschelnd auf dem Sofa verbracht hatten.

»So, Herr Braun, also wir haben mit Ihrem Chef gesprochen«, begann er das Verhör und setzte sich dem Bauleiter gegenüber an den Tisch. Boateng war Nielsen gefolgt und schloss die Tür.

»Herr Freimann sagt, er wusste nichts von dem Pfusch am Bau.«

»Das stimmt ja auch, aber trotzdem habe ich den Mann nicht umgebracht. Wieso glauben Sie mir nicht?« Der Bauleiter sah heute noch schlechter aus als am Tag zuvor.

»Kann ich Ihnen sagen.« Peer beugte sich zu Braun. »Da wir Ihre Finanzdaten überprüft und gesehen haben, dass Sie in der letzten Zeit eine größere Summe eingezahlt haben. Woher stammt das Geld?«

»Das, äh, ist …«, stotterte sein Gegenüber.

»Nicht zufällig das Schmiergeld von einem Subunternehmer, der das mangelhafte Material geliefert hat? Und einen Teil haben Sie abgehoben, weil Harry Neumann Sie erpresst hat und Sie sein Schweigen erkaufen wollten, oder?«

»Ja, schon, aber …«

»Aber was?«

Es klopfte plötzlich und eine Kollegin steckte den Kopf zur Tür herein. »Michael? Kannst du mal kommen?«

Peer blickte böse auf die Polizistin. Wie konnte man in solch einem Moment einfach in ein Verhör platzen? Er kannte die Frau nicht, konnte nur eine Neue sein, vermutete er. Womöglich sogar eine Praktikantin.

Boateng erhob sich schnell und verließ den Raum.

»Was ist?«, fragte er draußen die junge Kollegin.

»Da ist ein Anruf von einem Said Al-Balawi. Es scheint dringend.«

Michael runzelte die Stirn, ging dann aber ans Telefon an seinem Schreibtisch, wohin die Kollegin das Gespräch durchstellte.

»Said, hallo?«

»Michael?« Die Stimme des Syrers klang gehetzt.

»Ja, was ist los? Hast du etwas rausgefunden?«

Er hörte ein Rascheln, anscheinend nickte Said, dann ein leises »Ja«.

»Und was?«

»Ich will aber in so ein Zeugenschutzprogramm«, stammelte der Syrer aufgebracht.

»Zeugenschutzprogramm?«

»Ja, ich werde bedroht.«

Michael kratzte sich am Kopf. Ein Zeugenschutzprogramm in diesem Fall und für einen Flüchtling, dessen Asylantrag noch nicht einmal bearbeitet worden war, da sah er keine Chancc. »Was ist denn genau los? Wer droht dir?«

»So Typen.«

»So Typen? Und warum?«

»Weil sie Angst haben, dass ich sie verpfeife.«

Boateng überlegte kurz. Noch hatten sie kein Geständnis, dass Braun den Rentner umgebracht hatte, also konnte es immer noch einer der Flüchtlinge gewesen sein, auch wenn er davon nicht überzeugt war. Der Fall war nicht gelöst und sie durften derlei Hinweise nicht außer Acht lassen. »Wo bist du jetzt?«

»Bei einem Freund auf dem Holmbrook.«

»Holmbrook, in der Unterkunft da?«

Wieder erklang kurzes Rascheln, bis Said anscheinend bewusst wurde, dass Michael seine Antwort nicht sah. »Ja.«

»Hm.« Boateng sah auf seine Uhr. »Gut, bleib da, ich komme jetzt dahin.«

Etwa eine halbe Stunde später erreichte Michael die Flüchtlingsunterkunft, die auf der Fläche über dem Elbtunnel errichtet worden war und sich in die Wohngegend gut einfügte.

Die roten Bauten wirkten einladender als die Container am Volkspark, aber eine endgültige Lösung konnte das nicht sein, oder, fragte Boateng sich, als er aus dem Wagen gestiegen war und auf die Häuser zuging.

Es war inzwischen Mittagszeit und es roch nach fremdländischen Gerichten. Michael bemerkte, dass er außer einem Apfel und einem Joghurt heute noch nichts gegessen hatte.

Als er näher kam, sah er Said aus einem der Häuser treten. Er hob die Hand zum Gruß, doch der Syrer drehte sich verschreckt um. Die Typen mussten ihm ordentlich zugesetzt haben.

»Said, ich bin's.« Erst auf den zweiten Blick erkannte der Syrer Boateng, und seine Haltung entspannte sich ein wenig. Die Erleichterung, den Polizisten zu sehen, stand ihm förmlich ins Gesicht geschrieben. »Michael, endlich. Gut, dass du kommst.«

»Komm, lass uns ein Stück gehen«, bot Michael an und schlug einen kleinen Kiesweg Richtung Röpers Weide ein, unter der der Elbtunnel hindurchging. Auf der Wiese befand sich neben einem Restaurant auch die Leitzentrale für die Tunnelüberwachung. Aber es waren wenige Leute unterwegs, lediglich ein paar Hundebesitzer und Mütter mit Kinderwagen.

»Also, wer hat dir gedroht?«, fragte Michael nach einer Weile des Schweigens.

»Ich kenne die Namen nicht, aber die gehören zu solch einer Truppe, die im Camp Drogen verkauft und auch sonst kriminelle Geschäfte betreibt.«

»Und meinst du, die könnten etwas mit dem Mord zu tun haben?«

»Ich weiß es nicht, aber wieso sollten die mir sonst drohen?«

»Womit?«

»Dass sie mich anzeigen, diesen Mann umgebracht zu haben.«

»Was für ein Motiv solltest du denn gehabt haben?«

»Ich bin Ausländer – schon vergessen? Da braucht es kein Motiv.« Saids Stimme klang anders, aggressiver als sonst. Die Angst hatte einen völlig anderen Menschen aus ihm gemacht.

28. KAPITEL

Nach der Störung hatte Braun plötzlich dichtgemacht. Anscheinend sah er langsam ein, dass er sich in einer ziemlich schlechten Lage befand, denn er verlangte, was er bisher noch nie gemacht hatte, nach seinem Anwalt und verweigerte jegliche Aussage.

Stöhnend hatte Peer den Verhörraum verlassen. Das wurde wohl nichts mit dem freien Wochenende. Zwar würde er nicht arbeiten müssen, hatte lediglich Bereitschaft, aber solange der Fall nicht gelöst war, konnte er nicht entspannen, das kannte er schon. Insgeheim tat ihm Miriam leid und er ärgerte sich über diesen blöden Bauleiter.

Warum gab er nicht einfach zu, dass er Harry Neumann umgebracht hatte?

Meinetwegen im Affekt oder so, nur gestehen, dass er es war, soll er endlich, dachte Nielsen.

Die Ermittlungen in diesem Fall gingen einfach nicht voran. Er ärgerte sich, obwohl er sonst gerne Spürnase spielte. Deshalb hatte er diesen Beruf wohl ergriffen. Schon als Kind hatte Peer gerne Detektiv gespielt, und er liebte Rätsel. Über die Jahre hatte er seinen Spürsinn, über den er bereits in jungen Jahren verfügte, immer mehr verfeinert und hatte Spaß daran, einzelne Puzzlestücke zusammenzusetzen. Doch bei dem einen oder anderen Fall hatte er schon eine gewisse Ungeduld in sich verspürt. Und das war in seinem Job nicht gut. Da musste man geduldig Stück für Stück aneinanderfügen, bis das Bild passte und die Lösung sich so offenbarte. Doch irgendwie war ihm die Geduld abhandengekommen und er spürte eine gewisse Resignation, war müde.

Schnell versuchte er jedoch, diese Gedanken zur Seite zu schieben. Er konnte sich keine Schwäche erlauben, weder vor den Verbrechern noch vor seinen Mitarbeitern. Er hatte Verantwortung. Er straffte die Schultern, als er in Boatengs Büro trat. Er blickte sich suchend um, ehe er sich einen Kaffee aus der Gemeinschaftsküche holte und auf dem Rückweg in die anderen Büros schaute, in denen aber lediglich Lutz und Carsten irgendwelche Daten abglichen und Berichte der Spusi lasen. »Wo ist denn Michael?«

Die beiden zuckten mit den Schultern.

Als Peer aus dem Raum trat, stieß er mit dem Gesuchten zusammen und drückte dabei gleichzeitig den schmalen Said an die Wand, bei dem Versuch, möglichst keinen Kaffee zu verschütten, was ihm allerdings nicht gelang.

»Oh, Mist«, entfuhr es Peer. »Gibt es etwas Neues aus dem Camp?«

»Kann man so sagen«, antwortete Boateng, »Said wird bedroht.«

»Bedroht?« Nielsen musterte den jungen Mann. Stimmte das, oder erfand er einfach etwas, um seiner Situation zu entkommen? Peer musste sich eingestehen, dass er sich diese Frage bei einem Deutschen vermutlich nicht gestellt hätte, und schämte sich augenblicklich. Wieso unterstellte er dem Asylbewerber zunächst einmal etwas Schlechtes? Da war er auch nicht besser als all die anderen Leute da draußen, die gegen die Ausländer hetzten.

»Ja, dann nehmen Sie Platz und erzählen.« Sie hatten Peers Büro erreicht und setzten sich an dessen Schreibtisch. »Wer bedroht Sie denn?«

Said schaute ihn mit weit aufgerissenen Augen an, blickte anschließend zu Michael.

»Er will in ein Schutzprogramm«, erklärte der.

Nielsen runzelte die Stirn. »Ja, rechtfertigt die Aussage das denn, ich meine …«

»Ich habe Angst«, brach es aus dem Syrer heraus.

»Womit hat man Sie bedroht?« Nielsen versuchte sich ein Bild von der Lage zu machen.

»Die Typen wollen mir den Mord anhängen.«

Peer beugte sich etwas zu dem Mann vor. »Und haben Sie etwas damit zu tun?«

»Natürlich nicht!« Said sprang auf.

»Aber dann haben Sie doch nichts zu befürchten.« Peer lehnte sich wieder etwas zurück.

Michael nickte dem Flüchtling zu, vermutlich hatte er ihm das auch schon erklärt. Doch Said blickte unsicher zwischen den beiden hin und her. »Und wenn die Beweise haben?«

»Was denn für Beweise?«

»Was weiß ich, vielleicht denken die sich etwas aus. Die sind kriminell.«

»Inwiefern?«

»Dealen, Zuhälterei und noch so ein paar Dinge.«

»Auch Mord? Könnten die etwas mit dem Tod des Gärtners zu tun haben?«

Said zuckte mit den Schultern. »Zutrauen würde ich denen das. Aber beweisen kann ich da nichts.«

»Hm«, Peer fuhr sich über seinen glatt rasierten Kopf. »Vielleicht sollten wir die Männer einfach befragen?«

»Was? Dann wissen die doch sofort, dass ich geredet habe.« Saids Stimme war nur noch ein Krächzen.

»Ja, was?«, entgegnete Peer. »Sie haben uns schließlich von den Drohungen erzählt und die haben Sie ja eh schon auf dem Kieker.«

»Kieker?« Said schaute zu Michael, der ihm das Wort erklärte, für das Nielsen keinen entsprechenden englischen Ausdruck parat gehabt hatte.

»Ja, aber ich kann da nicht zurück. Wenn Sie nichts finden und die wieder laufen lassen müssen, dann machen die mich fertig.«

»Dann kommst du erst einmal mit zu mir.« Michael fühlte sich verantwortlich für den Mann, den er letztendlich angestiftet hatte, sich im Camp umzuhören.

»Ja, aber …«

»Doch, das ist doch eine gute Idee«, fiel Peer dazwischen. Sie mussten dieses Ausländerthema ein für alle Mal klären und das war eine gute Möglichkeit.

»Ich bin's!« Olaf Neumann schlug die Haustür hinter sich zu und streifte seine Sneakers ab, ehe er beladen mit diversen Tüten zunächst in seinem Zimmer verschwand.

»Wo warst du?«, quietschte seine Mutter aus dem Wohnzimmer.

»Einkaufen.«

»Schon wieder?«

»Ja, ich brauchte noch Batterien.«

Er hörte das Ächzen des alten Sessels, das andeutete, wie seine Mutter aufstand. Schon hörte er ein Schlurfen und ließ eine der Tüten schnell unter seiner Bettdecke verschwinden.

Als er mit den restlichen Einkäufen in die Küche ging, trat Ruth Neumann gerade auf ihren Rollator gestützt aus dem Wohnzimmer. »Du gibst zu viel Geld aus, wir wissen schließlich nicht, was wir an Geld nach Vadderns Tod bekommen. Die Witwenrente wird auf jeden Fall niedriger sein als das, was wir sonst hatten.«

»Das lass mal meine Sorge sein.« Olaf verstaute einige Lebensmittel im Kühlschrank und nahm sich anschließend eine kalte Cola raus.

»Seit wann kaufst du Dosen? Wir haben doch immer Flaschen, die sind billiger.« Ruth Neumann kniff die Augen zusammen. Sie hatte sich nie um die Finanzen der Familie gekümmert, das war immer Harrys Metier gewesen, das Olaf nach dessen Tod wie selbstverständlich übernommen hatte. Aber sie konnte eins und eins zusammenrechnen, und Coca-Cola-Dosen waren nun einmal teurer als River-Cola-Einwegflaschen.

»Aus Dosen schmeckt es aber besser.«

»Ist denn schon Post wegen der Witwenrente gekommen?«, hakte sie nach.

»Nee«, entgegnete Olaf und rülpste laut.

»Aber die Arge braucht doch bestimmt den Rentenbescheid, wegen dem Wohngeld und so.«

»Nun mach dir man keine Sorgen, das wird schon.«

Ruth Neumann musterte ihren Sohn, der äußerst entspannt wirkte. Sie fragte sich, woran das lag, denn eigentlich war er es immer, der über ihre finanzielle Lage geklagt hatte.

Doch anstatt arbeiten zu gehen, hatte er immer nur gejammert. Das hatte nach Harrys Tod plötzlich aufgehört. Wieso? Hatte die Sterbeversicherung mehr ausgezahlt, als er ihr erzählt hatte? Oder woher kam das Geld? Ganz sicher nicht vom Amt.

»Ich habe dir auch ein paar Pralinen mitgebracht.« Mit

diesen Worten zog Olaf sie aus ihren Grübeleien. »Ich finde, du brauchst ein wenig Trost.«

Das ließ sich Ruth nicht zweimal sagen, denn Olaf hatte tatsächlich ihre Lieblingspralinen gekauft, die sie sonst nur zu Weihnachten oder zum Geburtstag bekam. Gierig steckte sie sich gleich die erste in den Mund und strahlte Olaf an. »Danke!«

Peer wollte gerade Mittagspause machen, Miriam anrufen und fragen, ob sie zusammen in der Stadt etwas essen wollten, da klingelte sein Telefon. Kurz überlegte er, es klingeln zu lassen, denn er fand, er hätte sich eine Pause verdient, aber dann griff er doch zum Hörer.

»Ja, hier Maik aus der kriminaltechnischen Untersuchung. Also das Handy von eurem Toten ist wider Erwarten eingeschaltet worden und wir konnten es orten.«

»Echt?« Peer schöpfte Hoffnung, mit solch einer guten Nachricht hatte er nicht gerechnet. Wobei, Braun konnte dann das Handy kaum haben, denn der saß nach wie vor in U-Haft und hatte sämtliche persönlichen Gegenstände abgeben müssen.

Er ließ sich vom Kollegen die Adresse geben und krauste sogleich die Stirn. »Das ist die Adresse der Familie«, sagte er.

»Dazu kann ich nichts sagen, aber das ist die Position, wo wir das Handy orten konnten«, erklärte der Kollege.

»Gut, danke«, sagte Peer und beeilte sich, in das Nebenbüro zu kommen.

Sofort schauten seine Mitarbeiter auf, die die Aussagen der verdächtigen Flüchtlinge erfassten. Es war bei dem Verhör nichts rausgekommen, trotzdem mussten die Gespräche festgehalten werden.

»Michael, komm, wir haben das Handy von Harry Neumann.«

Boateng war schnell auf den Beinen und folgte Peer zum Fahrstuhl. »Und wo haben die Kollegen es geortet?«

»Bei den Neumanns.«

»Bei den Neumanns?«

»Ja, also hat der Sohn uns offensichtlich angelogen. Bin mal gespannt, was der dazu zu sagen hat.«

Um im dichten Verkehr schnell voranzukommen, nutzte Peer diesmal das Blaulicht, obwohl es nicht ganz den Vorschriften entsprach. Er wollte Olaf Neumann so schnell wie möglich zur Rede stellen. Er hasste es, verarscht zu werden.

Olaf Neumann wirkte überrascht, fasste sich aber schnell.

»Die Kollegen haben das Handy Ihres Vaters geortet.«

»Ach ja, ich habe vergessen, Ihnen Bescheid zu geben, dass ich es gestern gefunden habe.«

»Wo?«

»Hier in der Küche. Muss er bei seinem letzten Besuch vergessen haben. War also doch nicht geklaut.«

»Und dann finden Sie es erst jetzt?« Nielsen glaubte dem Mann kein Wort.

»Ja, wir haben in den letzten Tagen gar nicht gekocht. Uns stand der Sinn nicht danach, das verstehen Sie ja sicherlich, oder?« Er blickte zwischen Nielsen und Boateng lächelnd hin und her.

»Und wo ist es?«

»Hier.« Olaf Neumann hielt ihnen ein modernes Smartphone entgegen.

»Das ist von Ihrem Vater? Solch ein modernes Gerät?« Nielsen beäugte das Telefon misstrauisch. Ein Smartphone hatte er dem Rentner nicht zugetraut, aber warum eigentlich nicht?

»Ja, seit Kurzem hatte er solch ein Telefon, ist ein Zweitgerät mit Partnerkarte.« Neumann lächelte wieder.

Peer schaltete das Gerät an und ließ sich von Olaf die PIN geben. Die Verbindungen hatten sie, ihn interessierte vielmehr, was da an Bildern und Dokumenten gespeichert war.

Er öffnete das Album und atmete beinahe zeitgleich geräuschvoll aus.

»Na, wenn das nicht die Bilder sind, mit denen Harry Neumann Braun gedroht hat, dass er ihn auffliegen lässt«, kommentierte Nielsen die Aufnahmen und zeigte sie Boateng.

»Was denn für Bilder?« Olaf Neumann reckte neugierig den Hals.

»Gut, wir nehmen das Handy mit und melden uns.«

»Machen Sie das, aber wir bekommen es ja wohl zurück, oder? Ist ja eine Stange Geld wert.«

»Keine Sorge, Sie bekommen es nach Abschluss des Falls auf jeden Fall zurück«, versicherte Boateng, als sie sich verabschiedeten.

Kaum saßen sie im Auto, platzte es aus Peer heraus: »So, nun will ich mal wissen, ob wir Braun damit nicht aus der Reserve locken können. Vielleicht kommt alles noch einmal hoch, wenn er die Bilder sieht, und er gesteht endlich den Mord.«

Sie fuhren direkt in die U-Haft.

Ungeduldig trommelte Peer auf dem Tisch im Besucherraum herum, während man den Inhaftierten holte.

»Ich fress 'nen Besen, wenn der es nicht war«, murmelte er dabei vor sich hin. Kurz darauf sprang er auf, als sich die Tür öffnete und der Bauleiter von einem Justizbeamten in den Raum geführt wurde.

»Herr Braun, was sagen Sie hierzu?« Nielsen hielt dem Bauleiter sogleich das Smartphone unter die Nase. »Sind das die Bilder, mit denen Neumann Sie erpresst hat?«

Braun schluckte. »Woher haben Sie denn das Handy?«

»Vom Sohn.«

Braun pustete geräuschvoll aus. »Dann war der es, der mich erpresst hat. Jetzt wird mir einiges klar. Hatte ich mir beinahe gedacht. Harry Neumann ging's nicht ums Geld, der wollte den Bau stoppen. Hatte mich schon gewundert, als ich die Geldforderung erhielt.«

»Wie jetzt?« Nielsen kniff die Augen zusammen.

»Na, dann hat der Sohn mich erpresst – im Namen seines Vaters und mit dessen Entdeckung.« Stephan Brauns Gesichtszüge entspannten sich. »Und wahrscheinlich wollte Harry Neumann da nicht mitmachen, wollte trotzdem aussagen. Da hat sein Sohn ihn halt zum Schweigen gebracht.« Der Bauleiter lehnte sich auf dem Stuhl zurück und sah plötzlich recht entspannt aus.

»Olaf Neumann?« Peer hob die Augenbrauen. »Aber wieso haben Sie nichts von Ihrem Verdacht erwähnt? Zumindest seit der Skandal bekannt ist?«

»Hätten Sie mir etwa geglaubt?«

29. KAPITEL

Peer musste Stephan Braun insgeheim recht geben. Er hätte ihm nicht geglaubt, musste er sich eingestehen, als er zum zweiten Mal an diesem Tag gemeinsam mit Boateng zu den Neumanns fuhr. Und in gewisser Weise hatte er auch jetzt noch Zweifel. Doch nur weil ihm der Bauleiter gut in den Kram passte, hieß das tatsächlich nicht, dass er der Mörder war. Ebenso wenig wie die Flüchtlinge etwas mit dem Mord zu tun haben mussten, nur weil sie fremd waren und man ihnen schnell etwas Kriminelles unterstellte. Da war er in der Tat nicht besser, musste er sich eingestehen.

»Aber wieso sollte Olaf Neumann seinen Vater ermordet haben?« Boateng sprach die Frage laut aus, die Zweifel daran aufkeimen ließ, dass sie an die richtige Adresse fuhren.

Peer konnte nur mit den Schultern zucken und versuchte sich dabei auf den Verkehr zu konzentrieren, was ihm nicht leichtfiel. Viele Fragen schwirrten durch seinen Kopf und er war sich nicht mehr sicher, den Fall schnell abschließen zu können, so wie er es sich nach der Festnahme Brauns gewesen war.

Als sie wenig später erneut die Wohnung der Neumanns erreichten, stand vor der Tür ein Karton eines überdimensionalen Flachbildfernsehers.

Das bestätigte geradezu, dass sie hier, zumindest was die Erpressung betraf, richtig waren. Nielsen legte seinen Finger auf den Klingelknopf und übte Druck darauf aus.

Diesmal hatte Olaf Neumann seine Überraschung nicht so gut und vor allem nicht schnell im Griff. »Sie, Sie …«, stammelte er zur Begrüßung, als er ihnen mit einer blauen Fleecejacke bekleidet öffnete.

Nielsen registrierte sofort das Kleidungsstück und warf Boateng einen vielsagenden Blick zu.

»Ja, wir haben noch ein paar Fragen, dürfen wir reinkommen?«, wollte er anschließend von Olaf Neumann wissen. Der Angesprochene nickte stumm.

Der neue Fernseher nahm beinahe die gesamte Wand im Wohnzimmer ein und wirkte wie ein Trümmerteil.

Sie setzten sich und starrten zunächst auf das Ding, dann aber konfrontierte Peer den Sohn direkt mit den Anschuldigungen. »Sie haben Ihren Vater erschlagen, stimmt's?«

Die Augen des Angesprochenen traten aus den Höhlen hervor, ansonsten wirkte Olaf Neumann wie versteinert, und von der Mutter war nur ein leises Schnaufen zu hören. Die Atmosphäre war zum Zerreißen gespannt.

»Sie haben Ihren Vater im Garten mit der Schaufel erschlagen und anschließend in einer Nacht-und-Nebel-Aktion in einer Schubkarre über die Brücke zur Baustelle befördert, damit der Verdacht auf den Bauleiter fällt. Und um zusätzliche Spuren zu legen, und weil Ihnen die Flüchtlinge eh nicht in den Kram passen, haben Sie die Schaufel im Camp versteckt und die Schubkarre in der Nähe drapiert.«

Nielsen sah, wie Olaf Neumanns Adamsapfel auf- und abhüpfte.

»Die Geschichte mit dem Übergriff der Flüchtlinge auf Ihren Vater war erfunden. Oder warum hat Heinz Schröder das nicht bestätigt?«

Olaf Neumann nickte kaum merklich, brachte Peer damit allerdings erst so richtig in Fahrt. »In die Laube sind Sie eingebrochen und haben dort alles verwüstet. Damit der Verdacht auf den Bauleiter fällt, den Sie anstelle Ihres Vaters erpresst haben.« Plötzlich fügten sich für Nielsen die Puzzleteile zusammen. »Oder eben auf die Asylbewerber, denen Sie auch die Tatwaffe untergeschoben haben, aber erst ein paar Tage später, als sich der Verdacht gegen die Flüchtlinge verhärtet hatte. Wo hatten Sie die Schaufel denn in der Zwischenzeit aufbewahrt?«

»Im Gebüsch oberhalb der Gartenanlage«, murmelte Olaf Neumann. »Zusammen mit der Schubkarre, die ich dann in der Nähe von dem Camp abgestellt habe.«

»Und das alles, weil Ihr Vater sich mit Geld nicht abspeisen lassen wollte. Weil er weiter um seine Laube und seinen Garten, für seine Überzeugung, sein Leben kämpfen wollte, oder?« Peer blickte den Sohn durchdringend an.

Der nickte, woraufhin der Witwe ein entsetztes »WAAAAS?« entfuhr.

Olaf Neumann zuckte augenblicklich zusammen. »Ja, aber ich habe es für uns getan, Mutter«, flüsterte er.

»Für uns?« Ruth Neumanns Stimme zerschnitt abermals schrill den Raum.

»Ja doch. Der Braun hat gezahlt und wir können uns mal was leisten. Die einzige Bedingung war, dass Vater die Baumängel nicht auffliegen lassen würde, und bestimmt wäre noch mehr Geld drin gewesen. Den Braun hätte man jahrelang melken können wie eine Kuh«, sprudelte es nun geradezu aus Olaf Neumann heraus. »Doch Papa wollte sich nicht kaufen lassen, wegen seinem blöden Garten. Angeschrien hat er mich, dass ich sowieso ein Nichtsnutz sei und für nichts einstehen würde.«

Er stimmte einen leicht heulenden Ton an, doch der wirkte weder auf Nielsen und Boateng noch auf seine Mutter, die fassungslos auf Olaf stierte.

»Und da hast du ihn umgebracht?«

»Es war ein Versehen, ein Unfall, ich wollte das nicht, wirklich. Das musst du mir glauben.« Er sprang auf und eilte zum Sessel, wollte die Hand seiner Mutter ergreifen, doch Ruth Neumann stieß ihn weg.

Olaf Neumann taumelte, geistesgegenwärtig packte Boateng ihn, und Nielsen ließ zeitgleich die Handschellen zuschnappen.

»Herr Neumann, Sie sind wegen des Verdachts der Erpressung und des Mordes an Ihrem Vater Harry Neumann vorläufig festgenommen.«

30. KAPITEL

Peer stieg müde die Treppe zu seiner Wohnung hinauf. Es war spät geworden, doch der Fall war endlich abgeschlossen. Fritsche hatte ihm und seinem Team gratuliert und die Berichte auf morgen vertagt.

Er schloss die Tür auf. Es war still. Zu still.

»Miriam?«

Keine Antwort. Nielsen ging ins Wohnzimmer, ein ungutes Gefühl beschlich ihn, das sich verstärkte, als er die Wohnung leer und einen Zettel auf seinem Couchtisch liegend vorfand.

Lieber Peer,

tut mir leid. Ich muss gehen. Ich kann nicht bleiben. Noch nicht.

Die letzten Tage waren schön, aber ich bin noch nicht bereit, jemandem wieder ganz und gar zu vertrauen. Ich hoffe, du verstehst das.

Mach's gut und vielen Dank für alles.

Miri

Peer stand einen Moment bewegungslos da, dann erschien ihm das Zimmer zu eng, zu muffig, er konnte nicht atmen, bekam keine Luft. Schnell verließ er die Wohnung, schlug die Tür hinter sich zu und ging zu seinem Wagen. Er setzte sich hinters Lenkrad, startete den Motor und gab einfach Gas.

Wenig später stand er vor Sörens Tür. Er hätte nicht sagen können, wie er da hingekommen war.

»Oh, habt ihr den Fall gelöst?«

Peer nickte stumm, während Sören ihm in die Augen blickte – nur einen kurzen Moment. »Das wird schon, Alter.«

Der Freund zog ihn in die Wohnung und klopfte ihm dabei leicht auf die Schulter.

»Bier?«, fragte Sören, holte dabei bereits zwei Getränke aus dem Kühlschrank, ohne die Antwort abzuwarten.

Er reichte Peer eine der Flaschen und stieß mit seiner leicht an das Glas der anderen.

»Danach warten aber noch ein paar Regale auf dich«, sagte er grinsend.

»Geht klar«, entgegnete Nielsen und prostete dem Freund zu, froh darüber, dass es zumindest einen Menschen auf dieser Welt gab, der ihn ohne Worte verstand.

DANKESCHÖN

Die Idee für Peer Nielsens 3. Fall wurde maßgeblich beeinflusst von Hauptkommissar Michael Much, der die Zentrale Erstaufnahmeeinrichtung in der Schnackenburgallee vonseiten der Hamburger Polizei betreut hat und mir mit seinem Fachwissen zur Seite stand. Ebenso konnte ich von seinen Kenntnissen als Bürgernaher Beamter (BünaBe) im Bereich der Baustelle und des Kleingartenvereins profitieren. Vielen lieben Dank, Michael. Dann gilt mein Dank diesmal meiner Friseurin Jessica, die nicht nur ihre Kindheit in der Kleingartenanlage am Volkspark verbrachte, sondern noch heute dort einen Garten besitzt. Vielen Dank für die »Interna«. Selbstverständlich gilt mein Dank meinem Verlag und hier vor allem meiner neuen Lektorin Dominika Sobecki, die noch ein paar neue Aspekte in den Kriminalfall einbrachte. Und auch meiner Familie, meinen Freunden und meinem Mann Kay sei gedankt für die Geduld und das Ertragen meiner »Mordslaunen«, wenn ich Peer Nielsen auf Verbrecherjagd schicke. Ich weiß, es ist nicht immer einfach mit mir, wenn ich erst mal in die fiktive »Mörderwelt« abgetaucht bin. Nicht zuletzt gilt mein Dank den vielen Lesern meiner Krimis, die mich meinen Traum vom Schreiben leben lassen. Herzlichen Dank!

Das Neueste aus der Gmeiner-Bibliothek

Unser Lesermagazin

Bestellen Sie das kostenlose Krimi-Journal in Ihrer Buchhandlung oder unter www.gmeiner-verlag.de

Informieren Sie sich …

www … auf unserer Homepage:
www.gmeiner-verlag.de

@ … über unseren Newsletter:
Melden Sie sich für unseren Newsletter an unter www.gmeiner-verlag.de/newsletter

f … werden Sie Fan auf Facebook:
www.facebook.com/gmeiner.verlag

Mitmachen und gewinnen!

Schicken Sie uns Ihre Meinung zu unseren Büchern per Mail an gewinnspiel@gmeiner-verlag.de und nehmen Sie automatisch an unserem Jahresgewinnspiel mit »mörderisch guten« Preisen teil!

GMEINER SPANNUNG

WWW.GMEINER-VERLAG.DE
Wir machen's spannend